女性・戦争・植民地　1919-1939

女性・戦争・植民地

1919—1939

澤田直＋野崎歓 編

Sawada Nao + Nozaki Kan

ドミニク・ベルテ
中村隆之
大久保恭子
永井敦子
ジゼル・サピロ
小川美登里
ロラン・ヴェレー
大久保清朗
木下千花

水声社

序　両大戦間期フランスの表象
――女性、戦争、植民地

澤田直

本書は、二〇二四年七月二十、二十一日に日仏会館で行われた創立百周年記念の日仏シンポジウム「両大戦間期フランスの表象――女性、戦争、植民地」の記録論集である。その趣旨と背景を簡単に記すことにしたい。

シンポジウムの発端

日仏会館が設立された一九二四年は、第一次世界大戦後の復興も軌道に乗り、フランスに活気が戻ってきた時期である。パリ・オリンピックが開催され、シュルレアリスムが誕生した年でもあり、前衛芸術が展開した時代というイメージがある。じっさい、「狂乱の時代」とも呼ばれる一九二〇年代は、アールデコや優美なファッションによって日本でもよく知られ、すでに多くの研究もなされている。それに続く三〇年代も、世界恐慌こそ起こったものの、文学、美術、音楽、服飾の分野で多くの傑作が生まれたこともあり、第二次世界大戦が勃発するまでのいわゆる両大戦間期は全体としてたいへん華やかな印象があるだろう。だが、それ相応の暗い側面や知られざる側面もあり、そういった面を浮き彫りにし、この時代に少し異なる角度からアプローチしてみたいと考えた私は、以前に一つのシンポジウムを企画したことがある。それが、二〇一六年十月二十九日、三十日の二日にわたって日仏会館で行われた国際シンポジウム、「芸術照応の魅惑II　両大戦間期のパリ――シュルレアリスム、黒人芸術、大衆文化」である。高級文化の影に隠れがちな大衆文化に焦点を当て、写真、縁日、ナイトクラブを取り上げたほか、一九三一年にパリで行われた国際植民地博覧会とシュルレアリスムの関係、さらにはカール・アインシュタインによる黒人芸術論やジョセフィン・ベイカー現象などの黒人文化への関心の高まりについて各界の専門家の方に論じていただいた。記録論集は『異貌のパリ　1919-1939――シュルレアリスム、黒人芸術、大衆文化』として水声社から刊行された。

こうして、当時のサブカルチャーに関してなにがしかの光をあてることができたと自負しているが、映画について言及できなかったことが心残りだった。そこで、今回その続篇を企画するにあたって野崎歓さんに全面的にご協力を仰ぎ、当時の重要な娯楽であり、大きな転換期を迎えていた映画に関するセッションを設けた。また、前回のシンポジウムでもう少し掘り下げるべきだったと思ったのが、戦争の問題、さらには当時の女性たちの活躍ぶりである。かくして、芸術や文化を担った女性たちに光をあてるとともに、その背景にある戦争と植民地についても取り上げようという少し欲張りな構想がまとまった。タイトルには「女性」が含まれるが、狭義の女性に留まらず、ジェンダー・ノンコンフォーミングも射程に収められる。

近年、この時代の女性芸術家たちへの関心が高まっていることは、二〇二二年にパリのリュクサンブール美術館で行われた展覧会「先駆者たち――狂乱の時代のパリの女性芸術家」(1)や二〇二三年にモンマルトル美術館で開催された「シュルレアリスムの女性形？」展(2)、さらにそれに先立つ一九九八年にパリで開催された「フランスの新しいヴィジョンの女性写真家　一九二〇―一九四〇」などからも窺える(3)。

女性たちのフランス

一九二〇年代、三〇年代のフランスで活躍した女性芸術家と言えば、ソニア・ドローネー、マリー・ローランサン、キキ・ド・モンパルナス、タマラ・ド・レンピッカなどがすぐさま思いつくだろうし、シュルレアリスム関係では、ヴァランティーヌ・ユゴー、英国出身のレオノーラ・キャリントン、スペイン出身のレメディオス・バロなどの名前も浮かぶ。

今回の論集のテーマである植民地との関係では、アフリカを描いたアンナ・カンコー[4]やアジアに題材を取ったマリー＝アントワネット・ブヤール＝ドゥヴェなども紹介されるべきアーティストだろう[5]。二人の作品を単なるエキゾチシズムの結果と考えるべきなのか、深い共感の表れと見るべきなのかについては、議論の余地もあるが、研究対象として魅力的な芸術家が目白押しなのは、当時の状況と密接に関わっている。

女性芸術家たちの活躍の背景には、一九三〇年にマリー＝アンヌ・カマックス＝ゾエガーらが設立した現代女性芸術家協会による定期的な展覧会という体制の確立もある。また、特筆すべき出来事としては、一九三七年二月にジュ・ド・ポーム美術館で開催された女性芸術家たちの作品のみを集めた展覧会がある。ヨーロッパの十五カ国から百人以上のアーティストの五五〇ほどの作品が出品されたこの展覧会は、女性芸術家たちの躍進を如実に表す例だ[6]。

この時代に女性芸術家が数多く輩出したのは偶然ではない。一九一四年から一八年まで続いた第一次世界大戦は人類史上未曾有の戦争であった。ドイツとオーストリア＝ハンガリー帝国を主力とする同盟国と、フランス・イギリス・ロシアなどの連合国が死闘を繰り広げ、英仏の植民地の人びとも動員され、文字通り世界を巻き込んだ初めての戦争となっただけでなく、航空機、毒ガス、戦車、機関銃、潜水艦といった最新の軍事テクノロジーによる大量殺戮の場となった。その結果、戦闘員のみならず、民間人を含む多くの戦死者や負傷者が出た。フランスでは戦没者が約一七〇万人とも言われる。当時の人口が約三九六〇万人とされるから、その影響には計り知れないものがあった。続く時代の女性進出にはこの大戦が大いに関係している。

第一次世界大戦によって、男たちは青年壮年を問わず前線に駆り出され、経済・社会活動の多くが女性たちによって担われるようになった。それに伴い女性たちの服装に大きな変化が起こる。これこそココ・シャネルによるファッション革命であったことは周知の通りである。ただし、これはよく知られた一例にすぎない。一九二〇年代のフランスでは芸術、文学、道徳、モード、生活様式などあらゆる面で、それまで抑圧されてきた女性の力が噴き出した。芸術の例は後に見るが、それ以外の分野では、たとえば女性飛行士の活躍がある。アドリエンヌ・ボーランは、一九一九年にコードロン飛行学校で訓練を受けた後、一九二〇年八月、女性としては二人目となるドーバー海峡横断飛行を行った後、一九二一年四月には、旧式の軍用複葉偵察機コードロンG3でアルゼンチンのメンドーサからチリのサンチャゴまで三時間十五分かけて飛行、標高四五〇〇メートルのアンデス山脈を越えた最初のパイロットになるという快挙を果たした。

このような女性進出の状況を象徴するのが、伝統的な生き方のみならず、従来の性愛規範にも抵抗し、新しい女性のイメージを大胆に提示した「ギャルソンヌ（garçonne）」と呼ばれる女性たちだ。ギャルソンヌとはgarçon（少年）の女性形。既存の社会規範や倫理観に囚われずに行動する女性は十九世紀にも存在したし、すでに女性作家コレットが『さすらいの女』や『シェリ』で社会通念に抗して自由に振る舞う女性たちを描いていた。(7)それが一大社会現象になるのが一九二〇年代である。きっかけとなったのは、一九二二年に刊行された、ヴィクトル・マルグリットの手によるその名も『ギャルソンヌ』という一世を風靡した小説。ギャルソンヌは解放された女性の代名詞となる。外観から言えば、膝丈の短いスカートやショートヘアのボブカット、濃いメイクアップ、ときにはネクタイなどの男装も取り入れ、生活様式としては、ジャズや、飲酒、喫煙、ドライブ、水浴を楽しみ、自由な性交渉、ときに同性愛にひたる女性たち、[8] 端的に言えば、伝統的に女性に求められてきた社会的・性的規範に抗った女性たちを示す。その影響力にはたいへんなものがあった。

たとえば、このファッションと風潮が、思春期のシモーヌ・ド・ボーヴォワールに大きな影響を与えたことは間違いない。後に自殺する親友のザザことエリザベト・ラコワンがブーローニュの森で撮った写真（一九二八年）があるが、エリザベトの妹ジェルメーヌも右端のボーヴォワールも、ブルジョワ女性の服装ではなく、ギャルソンヌの装いだ。戦後、ボーヴォワールはフランスで初めてのフェミニズムの理論書『第二の性』（一九四九年）を発表するが、そこで展開される自律した女性や同性愛の女性に関する記述は一九二〇年代の社会状況を抜きにしては十全には理解できないだろう。

選挙権も持たず、法律的にはあいかわらず家父長の支配下にあったとしても、十九世紀とは異なる精神が女性たちを導いていた。また、多くの外国人女性も、女の都パリを目指してやってきたことは、グレタ・シラー監督の映画『パリは女』（一九九六年）が描くとおりだ。[9] ガートルード・スタイン、ジャネット・フラナー、ナタリー・バーニー、ジューナ・バーンズ、ナンシー・キュナードらが闊歩する左岸では何かが確実に変わりつつあった。

植民地と黒人世界

この時代、植民地との関わりにも変化が見られる。その最たるものは一九三一年にパリで行われた国際植民地博覧会であるが、『ヴュ（Vue）』などのグラビア雑誌も、植民地特集を組み、その情景は写真によって一般人にとっても身近なものになった。また、第一次世界大戦では、植民地からも多くの人員が徴発され、その数は兵士・労働者あわせて六十万人以上と言われる。[10] ヨーロッパ戦線に投入されたセネガル兵をはじめとするブラック・アフリカ各地出身の黒人兵の数は十八万人にのぼる。(11) アフリカだけではなく、カリブ海からも多くの人が動員され、戦後はフランス本土にも多くが住みつくことになった。二〇二三年に出版されたマルティニックの作家ラファエル・コンフィアンの小説『ブロメ街の舞踏会』(12) はまさにそういった動員兵あがりのマルティニック人を主人公にしている。モンパルナス地区のブロメ通り三三番地に一九二四年にオープンしたナイトクラブ「バル・ネーグル」はジョセフィン・ベイカー、モーリス・シュヴァリエ、ミスタンゲッツといったショービズ関係者はもちろんのこと、ヘミングウェイをはじめとするアメリカ人、藤田嗣治やコクトーらの流行児が通ったことで知られ、絵の題材ともなっている。コンフィアンは、このように白人芸術家の文脈で語られてきたバル・ネーグルを、十分な恩賞ももらえず、パリで工員として働くことになった元兵隊の黒人の視線から語り直している。これまで見られる対象でしかなかった黒人が主体となり、その視点から、ビギンの聖地とも言うべきナイトクラブの神話的世界が描かれる点で興味深い。

パリにやってきた植民地からの若者のなかには文学的野心を持つものも少なくなかった。象徴的な出来事として、マルティニック出身のルネ・マランが一九二一年に『バトゥアラ　真の黒人小説』でゴンクール賞を受賞したことを挙げることができるだろう。(13) 中央アフリカの自然と現地民の暮らしや心理を描くこの小説はフランス語による黒人文学の先駆的作品とされるが、その背景には一九二〇年代初めにフランスを席巻した黒人愛好（négrophilie）の現象があることは、本人が序文で述べているとおりだ。『異貌のパリ　1919-1939——シュルレアリスム、黒人芸術、大衆文化』では、黒人礼賛現象のなかで美術、音楽、ダンスを見たが、文学を取り上げることができなかったので、今回はこの分野にも触れることにした。

以下、収録論文の内容を簡単に紹介したい。

黒人世界・植民地・戦争

このセクションに収めたのは黒人による文学、黒人表象に関わるテクスト、植民地や戦争との関わりによる美術の変容を扱う三つの論考である。

ドミニク・ベルテの「『黒人世界評論』と『正当防衛』――意識を目覚めさせる二つの武器としての雑誌」は、マルティニック出身者による二つの雑誌を例に取り、当時のフランスにおける植民地出身者の活動を概観する。ポーレット・ナルダルらによる『黒人世界評論』は、黒人の作家、音楽家、詩人、学生、政治家、哲学者、芸術家たちのネットワークを築き、黒人意識を構築することを目指した雑誌である。『正当防衛』は、マルティニック県議会の奨学金を得て渡仏したルネ・メニル、ジュール・モヌロ、テリュス・レロ、エティエンヌ・レロ、オーギュスト・レロらによるもの。彼らの活動がネグリチュードを準備したことを指摘している。

中村隆之「人種主義と帝国主義に抗して――ナンシー・キュナードの『ニグロ・アンソロジー』(一九三四年)」は、英国出身でパリを拠点に活動したナンシー・キュナードの政治的・文化的仕事を通して、「黒人表象」の展開を考察する。当時の「黒人問題」の歴史的文脈を再構成しながら、キュナードが一九三四年に出版した大著『ニグロ・アンソロジー』の内容をつぶさに分析しつつ、その独自性を剔出している。

大久保恭子「アンリ・マティスとプリミティヴィスムの変容」は植民地と美術の関係を巨匠マティスの例をとおして解明する。穏やかな自然主義的様式にシフトして国家からフランス的な画家としての承認を得たマティスの作品を、アール・ネーグルの「発見」に始まるプリミティヴィスムの大戦間期の展開と変容の視点から見るとき、そこに植民地の訓致が読みとれるという。論者はこの点を当時の社会状況を参照しながら、具体的な作品を分析することで明らかにしている。

美術と文学の女性たち

このセクションには、美術や文学の分野で活躍した女性たちや、戦争と関係した文学作品における女性像に関する論考四本を収めた。

永井敦子「一九三〇年代のシュルレアリスムとクロード・カーアンのアンガージュマン」は、ジェンダー問題を先駆的に問うた特異なセルフ・ポートレート写真で知られる女性芸術家カーアンのシュルレアリスム運動との関わりを扱う。「革命的作家芸術家協会」や「コントル＝アタック」に参加するかたわら、パリやロンドンでのシュルレアリスム展にも参加したカーアンのアンガージュマンの動機と活動形態がつぶさに分析される。

澤田直「女性写真家と作家たち――ジゼル・フロイントを中心に」は、当時のほとんどすべての作家を撮影したドイツ人女性写真家ジゼル・フロイントを取り上げる。彼女のカラー写真によるポートレートを概観することによって文壇の裏側にあるネットワークをあぶり出すとともに、アドリエンヌ・モニエ、シルヴィア・ビーチ、ヴァルター・ベンヤミンなどとの交流も提示する。

ジゼル・サピロ「戦時下における看護婦、炊事婦、女性戦闘員の文学表象――デュアメル、セリーヌからエルザ・トリオレまで」は、戦争によって女性表象が変化する過程を三つの小説作品の分析を通して行う。当時の一般的なジェンダー区分によれば、男性には権力、生産性、行動、勇敢さ、英雄主義《ヒロイズム》を担うことが、女性には再生産＝生殖、看護、憐憫、男性の性的欲求を満たすことが割り振られていた。ところが、戦争によって男性が負傷し、男性性を失うことで、支配関係の逆転が時に生じ、新たな女性像が生まれることが指摘される。

小川美登里「マルグリット・デュラスにおける想起、記憶喪失、そして忘却」は、一九一四年に仏領インドシナで生まれ、十九歳で祖国に来たデュラスの例を取り上げ、女性、戦争、記憶、生き残り、マイノリティなどのテーマを、『苦悩』、『かくも長き不在』、『ヒロシマ・モナムール』(小説と映画のシナリオ)を通して解析。戦争が不可避的に引き起こす記憶との困難な関係の問題を、デュラスが生き証人の傷を通した「語り得ないもの」として事後的に描いたことの意味が明らかにされる。

イメージの戦い

最後のセッションには、映画を中心に女性、戦争、植民地の問題がどのように表象され、描かれたのかを扱う論考四本を収めた。

ロラン・ヴェレー「一九三〇年代末のフランス映画における第一次大戦——女性表象の映画的特徴と社会的問題」では、レーモン・ベルナール監督『フランスに奉仕するマルト・リシャール』(一九三七年)、ジャン・ルノワール監督『大いなる幻影』(一九三七年)、アベル・ガンス監督『失われた楽園』(一九三九年)が俎上に載せられ、女性登場人物と、それを演じる女優たちの演技の分析を通して、フランス映画が第一次世界大戦の知覚的記憶の新たな解釈をどのように、またなぜ提起したのかが解き明かされる。

本書は、フランスに留まらず、それを日本とも関わらせることでより立体的に考察する論文も収録している。大久保清朗の「アノニムな美徳——アンドレ・バザンの日本映画評を通して見出される「天才《ジェニー》」の概念」は、一九五二年の『羅生門』評から亡くなる一九五八年まで日本映画の「独特の特質」を積極的に評価してきた映画評論家アンドレ・バザンを取り上げる。イタリアの「ネオレアリズモ」との共通性を見出す同時代の批評やトリュフォーの「作家主義」とは距離を取ったバザンの日本映画解釈を通して、日本映画の戦争表象がフランスでどのように受容されたかが検討される。

木下千花の「水木洋子のインドシナ——『浮雲』(一九五五年)再考」は、日本映画第二の黄金時代の名作、成瀬巳喜男監督の『浮雲』を取り上げ、林芙美子の原作との関係などから論じられてきたこの作品を、脚本家・水木洋子を通して捉え直す。第二次大戦下の日本の植民地・占領地における女性知識人という視点から、植民地的状況における権力関係とジェンダー、さらには映画における「脚本」の役割が論じられる。

掉尾を飾るのは、映画における軍服の役割を分析した野崎歓「戦争にあらがうフランス映画――軍服の表象をめぐって」。通常、軍服は「敵」と「味方」の識別の根本要素であり、愛国主義を鼓舞する要素として機能する。ところが、ジャン・ルノワール、マルセル・カルネ、ジャン＝ピエール・メルヴィルの作品では、軍服はそのようなクリシェとはまったく異なる仕方で扱われる。そこにフランス映画に底流する戦争にあらがう態度が見て取れると著者は考察する。

以上の十一本の論考を通して、この時代の女性、戦争、植民地について、わずかなりとも新たな知見をもたらすことができるとすれば、発表者一同にとって喜ばしい限りである。

なお、シンポジウムの際には戦争と反戦をテーマにしたミニコンサートが行われたことも付記しておく。詳細は巻末のプログラムをご覧いただきたい。

＊

本シンポジウムの企画の段階から出版にいたるまで、お世話になった方や団体は数多い。

とりわけ、公益財団法人石橋財団の寛大な助成なくしては、フランスからの研究者の招聘はもとより、本書の刊行も不可能であった。ここに記して満腔の謝意を表したい。

公益財団法人日仏会館の中地義和副理事長には企画の段階からさまざまなご助言をいただき、事務局には運営に関して入念に対応していただいた。日仏会館・フランス日本研究所のトマ・ガルサン所長からもご支援をいただいた。関係者各位に心より感謝申し上げます。

共同企画者である野崎歓さんにもこの場を借りてあらためて感謝します。野崎氏の文学と映画に関する幅広い知見のおかげで、本シンポジウムの構成には厚みが出ました。

末筆になるが、企画の段階から校正にいたるまで、たいへん細やかな配慮をしてくださった水声社の廣瀬覚氏と福井有人氏に厚く御礼を申し上げます。

それでは、みなさま、両大戦間期のフランスの世界をお楽しみください。

【注】

（1） Camille Morineau et Lucia Pesapane (dirs.), *Pionnières. Artistes dans le Paris des années folles*, sous la direction de Camille Morineau et Lucia Pesapane / Musée du Luxembourg, 2022.

（2） Alix Agret et Dominique Païni (dirs.), *Surréalisme au féminin?*, In Fine éditions d'art / Musée de Montmartre, 2023.

（3） Christian Bouqueret, *Les femmes photographes de la nouvelle vision en France 1920-1940*, Marval, 1998.

（4） 黒人彫刻に深い関心と共感を生涯にわたって示したカンコーの女性像《フータ・ジャロン》は話題となり、雑誌『イリュストラシオン』の表紙を飾るまでになった（ちなみに彼女の母のテレーズ・カイヨー＝カンコーは、ロダンのもとでカミーユ・クローデルとともに学んだ彫刻家だった）。アンナ・カンコーは三十四歳のときローマ大賞の次席を得たが、ローマに行く代わりに西フランスに向かうという選択をするほどアフリカにのめり込んだ。以下の資料を参照。Marie-Josèphe Conchon, *Thérèse et Anna*

Quinquaud, La sculpture en partage, Les Ardents Editeurs, 2022. 味岡京子「女性彫刻家アンナ・カンコーによる植民地表象――女性・帝国・美術」、天野知香編『西洋近代の都市と芸術　第3巻　パリII――近代の相克』竹林舎、二〇一五年、三〇四―三二六頁。

（5）　マリー＝アントワネット・ブヤール＝ドゥヴェは一九二二年のマルセイユの植民地博覧会の際に、インドシナの役者やダンサーの姿を想像で描いた作品を展示した。その後、仏領インドシナに暮らすことになり、その経験をもとにした作品が一九三一年の植民地博覧会で展示された。パステル画やグアッシュ、さらにリトグラフによってアジア人たちを活写している。

（6）　*Les femmes artistes d'Europe exposent au Jeu de paume*, Musée du Jeu de Paume, février 1937.

（7）　コレットが一九二〇年にレジオン・ドヌール勲章を授与されたことは社会的な認知とも言える。

（8）　シャネルやジャン・パトゥーなどのファッションがこの現象に寄与する部分も大きい。同性愛のテーマは、すでにプルーストの『失われた時を求めて』でも描かれていた。

（9）　その書籍化は邦訳されている。アンドレア・ワイス『パリは女――セーヌ左岸の肖像』伊藤明子訳、パンドラ／現代書館、一九九八年。

（10）　平野千果子『アフリカを活用する――フランス植民地からみた第一次世界大戦』人文書院、二〇一四年。

（11）　谷垣美有「植民地の軍事利用――第一次世界大戦期仏領西アフリカ連邦における援助と見返り」、『パブリック・ヒストリー』第一七号、大阪大学西洋史学会、二〇二〇年、二五―四一頁。

（12）　Rafaël Confiant, *Le bal de la rue Blomet*, Mercure de France, 2023.

（13）　マランとその小説については、砂野幸稔「黒人文学の誕生――ルネ・マラン『バトゥアラ』の位置」、『フランス語フランス文学研究』第六三巻、日本フランス語フランス文学会、一九九三年、六九―八一頁に詳しい。

目次

II 美術と文学の女性たち

III　イメージの戦い

I

黒人世界・植民地・戦争

『黒人世界評論』と『正当防衛』
――意識を目覚めさせる二つの武器としての雑誌

ドミニク・ベルテ

まず、「両大戦間期フランスの表象――女性、戦争、植民地」というテーマのコロックに参加する機会をくださった澤田直教授に感謝申し上げたい。この場を借りて私が論じるのは、一九三一―三二年にパリで出版された二つの雑誌である。ひとつは、マルティニック人女性ポーレット・ナルダルらが共同で創刊した『黒人世界評論』、そしてもうひとつは、やはりマルティニック人の学生グループが主導して刊行した『正当防衛』。本稿の目的は、「狂乱の時代のパリ」という文脈、それも一九三一年五月から十一月までヴァンセンヌの森で国際植民地博覧会が行われていたという文脈において、これら二つの雑誌を何が結びつけ、また何が切り分けているのか示すことである。手始めに、第一次世界大戦後の知的・芸術的な高揚期について簡単に述べておきたい。二〇二二年、パリのリュクサンブール美術館で「先駆者たち――狂乱の二〇年代パリの女性芸術家[1]」という展覧会が開催された。この時期の沸き立つような文化的熱気、この時期を特徴づける創作エネルギー、そして「先駆者たち」として紹介された女性芸術家たちの役割や位置づけをこの展覧会は示すものであった。

一九三五年、ドイツの哲学者ヴァルター・ベンヤミンは自身のテクストのひとつに「パリ、十九世紀の首都」

という題をつけた。後年、パリと十九世紀にかんする未完の代表作『パサージュ論』が仏訳されたさいに冠されたのもこの題である。「パリ、十九世紀の首都」という簡潔な表現が物語っているのは、世界中の芸術家、作曲家、作家、詩人を惹きつける芸術上のモデルニテの中心地として、第二次世界大戦に至るまでパリがいかに重要な場所であったかということである。ベンヤミンの隠喩を敷衍するなら、二十世紀初頭においてもパリは、芸術と思索の観点から〈世界－首都〉、さらにはエドゥアール・グリッサンの概念を借りるなら〈全－世界の首都〉であったといえよう。同時に、二十世紀初頭、パリは植民地出身のエリートらが交流した場でもあった。ポーレット・ナルダルの役割に着目してこれから見ていくように、アフリカ、カリブ、アフリカ系アメリカのディアスポラが、そこで出会うのである。

本論の導入として、一九二〇―三〇年代のパリで暮らしたナルダル姉妹（ポーレット、エミリー、アリス、ジャンヌ、リュシー、セシル、アンドレ）に直接関係する私的なエピソードを手短に申し上げておきたい。というのも偶然の巡り合わせで、私は一九九三年から二〇〇〇年まで、フォール＝ド＝フランスのガリエニ通り五二番地にあるアパルトマンを借りていたのだが、そのアパルトマンは、ナルダル家の姉妹が住んでいた二つの建物のうちのひとつだったのである。もとは、シュルシェール通りとガリエニ通りという平行する二つの通りに面する形でナルダル家の木造の屋敷が建っていた。一九五六年、放火によってこの屋敷は焼失してしまったが、跡地に中庭を囲む四階建ての建物が二棟建設され、ひとつはシュルシェール通りに、もうひとつはガリエニ通りに面していた。姉妹はそれぞれの階に一人ずつ住んでいた。私はガリエニ通りの建物の最上階の四階、かつてエミリー・ナルダル（一八九八―一九八一）が暮らしていた部屋に住んでいた。このアパルトマンで暮らしていた時期、同じ建物の三階にはリュシー・ナルダル（一九〇五―一九九八）が住んでおり、彼女は九十三歳で亡くなった。(2)また、二階にはアリス・ナルダル（一九〇〇―二〇〇〇）が住んでおり、百歳で亡くなった。彼女は歌手クリスティアーヌ・エダ＝ピエールの母親である。このような得がたい状況のなか、まだ存命だった三人の姉妹のうち同じ建物に住む二人と頻繁に顔を合わせているうちに（なお、一九〇三年生まれのセシルは一九九九年に亡くなった）、彼女たちの非凡な人生に興味が湧いてきた。ここではっきりとさせておきたいのだが、エミリー、リュシー、アリスはパリで学んでいた頃、長女ポーレット（一八九六―一九八五）、次女ジャンヌ（一九〇二―一九九三）、一番下の妹アンドレ（一九一〇―一九三五）が主催する「クラマールのサロン」に出入りしていたのである。

『黒人世界評論』の創刊、内容、そしてその調子《トーン》を理解するには、ナルダル三姉妹が日曜日の午後にパリ近郊の街クラマールのアパルトマンで主催していたこの「サロン」に目を向けなくてはならない[3]。一九二〇年にパリに到着したポーレットは、一九二一年一月にソルボンヌ大学に入学し、英語を専攻した。彼女はソルボンヌ大学初の黒人女学生であった。ジャンヌは一九二三年にパリに到着し、ソルボンヌ大学で文学を学んだ。彼女は、古典文学の教員資格試験《アグレガシオン》に合格した最初の黒人女性である。アンドレはパリ国立高等音楽院で学んだ若きピアニストであり、一九二〇年代後半にパリに到着した。アンドレは、一九二三年から一九三〇年にかけてパリで音楽を学んだ姉アリスと共に、会合に音楽の要素を持ち込んだ。この会合では、詩の朗読や即興のコーラス、そして「植民地問題や人種間問題、フランス社会における有色の男女の役割の増大[4]」についての議論がひっきりなしに行われていた、とナルダル姉妹の従兄弟にあたるルイ・トマ・アシルは証言している。彼は一九二六年にパリに到着し、ルイ＝ル＝グラン高校の準備学級で学んでいた。毎週行われたこの非公式の会合は、ポーレットの広範な人脈によって一九二九年に開始した。

当時のパリには、様々な場所から黒人の作家、音楽家、詩人、学生、政治家、哲学者、芸術家たちが集まっていた。ポーレット・ナルダルの目標は、彼らの結びつきを創り、黒人意識の構築に熱意を燃やす人々を幅広く集めることにあった。クラマールのサロンは、まさに言語や国籍を超えた国際的な黒人のアイデンティティの構想が練られた場であったのである。このサロンの常連ルイ・トマ・アシルは、一九七三年にポーレットおよびジャンヌ・ナルダルとの鼎談で、このサロンにカトリックとプロテスタントの双方が通っていたため、全キリスト教会的《エキュメニック》な性格があったと回想している。そこは「キリスト教的な環境であり、『正当防衛』や『黒人学生』〔一九三五年にエメ・セゼールらが創刊した新聞〕のような無神論的な環境ではなかった〔……〕そこはフランス人やアメリカ人のプロテスタントにも開かれた全キリスト教会的な環境であった[5]」と彼は述べている。

一九二一年に『バトゥアラ』でゴンクール賞を受賞したルネ・マランもこのサロンの常連であった。またそこには、先に挙げたルイ・トマ・アシルや、ソルボンヌ大学で法学を学んでいたジョルジュ・グラシアン、さらにジュール・モヌロ、エティエンヌ・レロ、ルネ・メニルといった、のちに『正当防衛』を論じるさいにあらためて話題となる他のカリブ出身の学生たちも集っていた。エメ・セゼールはどうかというと、一九三一年九月にパリに到着した彼も、クラマールのサロンに何度か足を運んだ。また、レオン゠ゴントラン・ダマスや植民地の行政官であったフェリックス・エブエのような仏領ギアナ出身者も加わっていたし、ハイチ出身のジャン・プリス゠マルス（上院議員）やレオ・サジュー（医師）、そしてレオポール・セダール・サンゴールのようなアフリカ人、さらにアレイン・ロック、ラングストン・ヒューズ、クロード・マッケイ（アメリカに帰化したジャマイカ人）といったハーレム・ルネサンス運動参加者のアフリカ系アメリカ人も参加していた。加えて、著名な参加者としては、ジャマイカの活動家マーカス・ガーヴィーもこのサロンに名を連ねていた。いちいち名前を挙げるのはここで止めよう。ほかでもなくこの知的・芸術的な昂《たかぶ》り、意見交換、様々な視点のぶつかり合いの文脈のなか、『黒人世界評論』はポーレット・ナルダルとレオ・サジューの共同編集によって産声を上げたのである。

この雑誌の特徴のひとつは、すべてが英仏二言語で書かれた月刊誌であったことであり、そのため当初からこの雑誌は国際的な性格を備えていた。翻訳を行ったのはポーレット・ナルダルである。一九三一年十月から一九三二年四月までのあいだに六つの号が発行された。第一号巻頭に編集部によって掲げられた編集意図に目を向けると、そこにはこの雑誌の目的が明確に示されている。「私たちがしたいこと」というタイトルのもとで掲げられているのは、次の三つの編集意図である。

黒人種の知的エリートや黒人の友たちに、彼らの芸術的、文学的、科学的な作品を発表する場を提供すること。

新聞、書籍、講演、または講義を通じて、黒人文明やアフリカの自然の豊かさに関するあらゆる事柄を研究し、広めること［……］。

国籍を問わず世界中の黒人の間に知的・道徳的な絆を築き、彼らが互いをよりよく知り、友愛の精神で愛し合い、集団的な価値をより効果的に守り、彼らの〈人種〉の名誉を高めること。

以上が、『黒人世界評論』が追求する三つの目的である。(6)

ここで期待されている基本的な目標は、「黒人が他の人種のエリートと共に［……］人類の物質的、知的、道徳的向上に貢献すること」であり、そのためのスローガンは「平和、労働、正義のために。自由、平等、友愛によって」である。この「向上」によって、「普遍的な民主主義の前奏曲、〈諸民族《ナシオン》〉を超えた偉大な民主主義」の形成が可能になるという(7)。

ルイ・トマ・アシルは、雑誌復刊版の序文において、二人の創刊者が果たした根本的な役割について強調している。二人とは、ポーレット・ナルダルとジャンヌ・ナルダルであり、彼女らがこの雑誌に文化的、芸術的、社会学的な方向性を与えたのである。もっとも、周知のようにイデオロギーというものは至る所に入り込んでしまうものであり、文化に関わる分野ではなおさらそうだ。その点、彼女たちの役割は決定的であった。意見の相違を超え、多様な分野の人々や時には大きく歳が離れた人々を結びつけることに成功したからである。彼女たちは、六カ月以上にわたる活発な雑誌刊行を成し遂げたが、資金難のために出版は中断せざるを得なくなった。このような二人の活躍ぶりは、発表点数の面から見たとき彼女らが目立たない存在であるのとは対照的である。というのも、ポーレット・ナルダルがこの雑誌で発表したテクストは二つ、ジャンヌはひとつも寄稿していない。アンドレも一本寄稿しただけであるが、それに対して雑誌に掲載されたテクストの総数は八十本以上（エッセイ、詩、フィクション、中・短編小説、批評的考察、イベント報告など）におよぶ。扱われた主題は非常に多岐にわたっている。それらは、芸術（ダンス、音楽、彫刻、絵画）、文化、宗教、ハイチ、リベリア、エチオピア、キューバに関する社会問題にまでおよび、特に文学と詩には大きな比重が置かれていた。

〔主な〕寄稿者としては、ルイ＝ジャン・フィノ、ジャン・プリス＝マルス、ポーレット・ナルダル、クロード・マッケイ、ルイ・トマ・アシル（以上第一号）、レオ・サジュー、エティエンヌ・レロ、ジュール・モヌロ、アンドレ・ナルダル（第二号）、ルネ・メニル、ルネ・マラン、ラングストン・ヒューズ、フェリックス・エブエ（第三号）、ジョルジュ・グラシアン（第四号）、レオ・フロベニウス、ウォルター・ホワイト（第五号）、ヌムール大佐（第六号）などが名を連ねている。ここに列挙された名前からも、政治的感性、国籍、また知名度の多様さがうかがえる。じっさい、ルネ・マランやクロード・マッケイ、レオ・フロベニウス、さらにはフェリックス・エブエやジャン・プリス＝マルスと同じ雑誌に学生も寄稿していた。

セシル・ベルタン＝エリザベットは、ネグリチュード概念の成立におけるナルダル姉妹の役割と地位の回復を狙った論文のなかで、エメ・セゼールがジャンヌ・ナルダルとポーレット・ナルダルのテクストの先駆性を人々の頭から消し去ってしまったと指摘している。それにはいくつかの理由があるという。すなわち、彼女たちが女性であったこと、あまりに同化主義的であったこと、政治的なアンガージュマンが不十分であると見做されていたこと、そして熱心なカトリック教徒であったこと。[8] ポーレット・ナルダル自身も、自分たちが女性であったために影が薄くなったと繰り返し述べている。一九七五年のインタビューで彼女は次のように語る。

ネグリチュードのはじまりについて、しばしば考え、申し上げてきたことがあります。それは私と妹が所詮は不幸な女性であったということ、そしてそれゆえに、ネグリチュードを見つけたのが女性であったにもかかわらず、私たちについて語られることは一切なかったということです。私たちが語ったことの持つ価値は失せてしまいました。それを語っているのが女性であるという理由で、過小評価されてしまったのです。(9)

一方、コリーヌ・マンセ゠カステールは、ポーレット・ナルダルがいくつかの文章を通じてフェミニズム的なメッセージを発信していることを示している。(10)特に、『黒人世界評論』の最終号に掲載された「〈人種〉意識の覚醒」と題された文章はそのことを如実に表している。ポーレット・ナルダルはこの文章中で、とりわけ黒人女性たちが置かれた厳しい状況について述べており、そこから彼女たちの連帯の発展に至る道筋を描き出す。このような「人種的」連帯が、雑誌のなかで表明されているのである。

本国で独りで生活を送る有色人種の女性たちは、植民地博覧会が行われるまで、首尾よく成功を収めた男性同胞たちよりも恵まれない状況に置かれており、彼女らは男たちに先んじて、物質的な次元にとどまらない人種的連帯の必要性を痛感した。かくして、彼女らは人種意識に目覚めたのである。(11)

ポーレット・ナルダルにはしばしばイデオロギー的な立ち位置に矛盾があると批判されてきた。というのも彼女は、一方で黒人としての誇りを掲げ、妹のジャンヌと共に黒人による国際主義を望みながらも、他方で誠実な共和主義者であり、有色人種に対するフランスの自由主義的な政策を称賛し、(12)「ラテン文化」がもたらす恩恵を擁護していたからである。『黒人世界評論』のいくつかのテクストに見られるこの両義性、それをポーレット・ナルダル自身は次のように要約している。

私たちは、白人文化に負うところの大きさを十分に自覚しており、それを捨て去って、蒙昧へ後戻りするようなことを促すつもりはさらさらない。白人文化がなかったら、私たちは自分たちが何者であるかを認識することはできなかっただろう。しかし、私たちはこの白人文化の枠を超え、白人種の学者や黒人の友ら皆の助けを借りながら、自分たちがおそらく最も古い文明を有する人種に属しているという誇りを我らが同胞に取り戻させてやりたいのである(13)。

少なくとも現代の読者にとって、問題含みのテクストもいくつか掲載されている。その一例は、ジョゼフ・フォリエ(後に司祭となる熱心なカトリック信徒)の神学哲学の博士論文『植民地化の権利』に関する無署名の書評である。この博士論文では、宣教師たちが行った「広範かつ深遠な活動」が示されている。著者が究明しているのは、この活動を駆動する原則、すなわち「教会が[……]宣教師たちやキリスト教の一般信徒である植民者たちにもたらす植民地化の理論」である。フォリエは、論文のなかで彼自身が考える植民地主義を正当化する「悪い理由」と「良い理由」を論じている。それに対して、書評の著者は「このような作品が黒人にとってどれほど重要な意義を持つかを、あえて強調する必要はない」と付け加えている(14)。

フランスが行った植民地政策に対してこの雑誌が「穏健な」立場をとっていた別の例もある。すなわち、一九三一年の国際植民地博覧会が、雑誌の紙面でほとんど言及されなかったことである。この博覧会についてはほんの数回触れられただけであり、いずれも批判的なものではない。雑誌の第一号は、博覧会の閉幕一カ月前に発行されたのだが、博覧会については、フランス学生協会委員長エミール・シカールによって書かれた学生協会中央委員会会議の事後報告を通して言及されている。この会議は植民地博覧会中に行われた。シカールは「この会議において黒人の人材が果たした役割に(15)」喜びを感じているものの、博覧会それ自体については一言も述べていない。一九三一年十二月の第二号に掲載されたビギンに関する記事の書き出し部分で、アンドレ・ナルダルは「植民地博覧会のおかげでアンティルのダンスであるビギンが流行のダンスになった[16]」とさりげなく触れている。だが博覧会そのものについては何も記していない。すでに見たように、最終号でポーレット・ナルダルは博覧会に言及しているのだが、そこで彼女は植民地博覧会以降、黒人は本国である程度の尊敬を享受しているように見えると述べている[17]。最後に、もう一カ所、この博覧会に関連して触れられているのは、博覧会の一環として行われた国際民族学会議でフェリックス・エブエが発表したテクストの抜粋の紹介においてである[18]。このように、博覧会は背景として登場する程度であり、報告の対象にすらなっていない。ただしずっと後になって、『黒人世界評論』の友人・家族グループの最後の生き残り」を名乗るルイ・トマ・アシルがこの雑誌の再版序文でいくつかの情報を提供している[19]。

フィリップ・ドゥウィットの研究[20]に依拠しつつ、アシルはこの雑誌の貢献を要約しており、この雑誌によって以下のものが始まったのだという。

〔『黒人世界評論』によって始まったのは〕植民地のくびきを打破し、真の黒人のアイデンティティを築き、また、一九三一年のヴァンセンヌの植民地博覧会のような、植民地支配のこの上なく美化された側面しか知らなかった本国の世論に警鐘を鳴らすための政治的・文化的な長い一連の取り組みである[21]。

この一文に含まれる、くだんの大規模博覧会が植民地支配に対して肯定的な見方を与えたという点に留意してほしい。著者はそれについて、さらに詳細にこう述べている。

植民地出身者を含む一般大衆にとって、いくつかの宗主国の同化政策によって脅威に晒された文化のこの途方もない縮図は、大衆が実物を見ることはおそらく決してないだろう遺跡の豪奢なレプリカが散りばめられた世界一周の旅であり、お祭り気分に浸るパリは、ひっきりなしに文化的な催しを行ってそれを活気づかせた。植民地出身者たちは、互いの文化を驚きと共に発見した。(22)

次いで、ルイ・トマ・アシルはこの博覧会を「村祭り《ケルメス》」と類比する。「この多人種的な村祭りを背景として［……］『黒人世界評論』は［……］誕生した(23)」と述べている。

この雑誌において博覧会はほとんど触れられていないというのに、なぜそれについてここで語っているのか。それは、この博覧会が、『黒人世界評論』編集チームの政治的感性と、『正当防衛』誌創刊チームの反植民地主義的立ち位置のあいだの相違を示す非常に特異な局面だからである。この博覧会はフランス植民地主義の宣伝の場であったが、シュルレアリスム運動や共産党はこれを「人間動物園」と見なし、それに対する反対キャンペーンを展開していた。キャンペーンを主導する者たちのうち、とりわけシュルレアリストたちはこの博覧会へのボイコットを呼びかける「植民地博覧会に行くな」というビラを作成し、また植民地主義を告発するため「植民地の真実」と題した対抗《カウンター》博覧会を開催した。それにもかかわらず、植民地博覧会には約八百万の人々が訪れたのである。(24)

私は先に、『黒人世界評論』に寄稿した三名の協力者の名前を挙げておいたが、以下、彼らについて述べることにしよう。三人とは、エティエンヌ・レロ、ルネ・メニル、ジュール・モヌロであり、彼らは『正当防衛』創刊メンバーの一員である。では〔『黒人世界評論』への〕彼らの寄稿はどのような性質のものだったのか。彼らはイデオロギー的に妥協していたと見なすべきなのか。エティエンヌ・レロとジュール・モヌロは、一九三一年十二月発行の第二号に寄稿している。レロは長編の文学作品の一部を発表したが、それは、密かに好意を寄せている女子学生イヴリンに宛てた長い手紙の形をとっている。「アンドレ」と署名されたこのテクストは、欲望と期待への礼賛である。この手紙の続きは、一九三二年一月発行の第三号に掲載された。さらに、第二号にレロは一編の詩を発表している。ジュール・モヌロはというと、「経験的な価値」を持つ短い文学的なテクストと詩を発表しており、その詩について読者の意見を乞うている。第三号には、レロのテクストの後編に加え、ルネ・メニルがウィリアム・ビューラー・シーブルック（アメリカの白人作家）によるハイチのブードゥー教をテーマとした作品『魔法の島』にかんする称賛を込めた書評を寄せている。さらにメニルは、一九三二年二月発行の第四号に「黒人フォークロアへの見解」と題したテクストを発表し、意見を述べているのだが、これは、孤独な旅人が旅の途中で出会う彷徨いと障壁をめぐる文学的な物語である。最後に、エティエンヌ・レロは、最終号である第六号で、ウィリアム・B・シーブルックの別の書物『ジャングルの秘密』の書評を寄せているのだが、この書物は象牙海岸にいるヤクバの人々やドゴンの地にいるハベの人々との旅を描いた作品である。レロはシーブルックの作品について、これらの書物は「民族学者の学問的著作のどれよりも、黒人の魂の完全理解を目指す道において、より多くのことを成し遂げたことになるだろう[25]」と述べている。これらの詩や文学的テクスト、書評には政治的な次元は見られない。だからといってこの三人の寄稿は、植民地主義に対する寛容な見方への賛同として解釈されるべきではない。この雑誌は、創刊号で掲げられた第一の目的に沿って、彼らに表現の場を、それも著名な人物や著者と共に寄稿する場を与えたのである。

かくして『黒人世界評論』の最終号は一九三二年四月に発行された。その二カ月後、一九三二年六月に『正当防衛』の創刊号にして唯一の号が生まれた。この新しい雑誌は、あらゆる点で先の雑誌とは対極にある。『正当防衛』は一連の状況に対する応答なのである。

この新しい雑誌は季刊誌として企画され、次号では「判型がより大きくなる[26]」と予告されている。編集者はエティエンヌ・レロ。『正当防衛』は、マルティニック総評議会が付与する奨学金を受けてパリで高等教育を受けるべく渡仏した若いマルティニック出身の学生グループによって発行された。ルネ・メニル、ジュール・モヌロ、テリュス・レロ、エティエンヌ・レロ、オーギュスト・レロといった、このグループの多くのメンバーが後に政治の道を歩んでいる。

二十二ページからなる創刊号は、一種の宣言文といえる緒言から始まる。署名者はエティエンヌ・レロ、テリュス・レロ、ルネ・メニル、ジュール＝マルセル・モヌロ、ミシェル・ピロタン、モーリス＝サバス・キトマン、オーギュスト・テゼ、ピエール・ヨヨットの八名。この宣言に続き、ジュール＝マルセル・モヌロ、モーリス＝サバス・キトマン、ルネ・メニル、エティエンヌ・レロの文章が掲載されており、五つ目は、クロード・マッケイの抄録である。その後に、エティエンヌ・レロ、ルネ・メニル、ジュール＝マルセル・モヌロ、シモーヌ・ヨヨットの詩ないし詩的テクストが続く。裏表紙の内側には雑誌『帝国主義に抗して』の刊行が告知されている。「シュルレアリストたちのマニフェスト」として紹介されているそれは、「〈帝国主義に反対し植民地人民の独立を求める国際連盟〉のフランス支部〈植民地の抑圧と帝国主義に反対するフランス同盟〉の機関紙」である。また『正当防衛』定期購読用の記入欄もそこに設けられている。そして裏表紙に目をやると、シュルレアリストの作家たちの五つの新刊情報が載っている。すなわちルネ・クルヴェル（『ディドロのクラヴサン』）、ギー・ロゼ（『三四年戦争』）、アンドレ・ブルトン（『白髪の拳銃』）、ポール・エリュアール（『直接の生』）そしてトリスタン・ツァラ（『狼の泉』）である。この情報は、『正当防衛』の編集チームとシュルレアリスム・グループとのつながりを示している。例えば二〇〇一年のことだが、ルネ・メニルは私に「一九三二年、『正当防衛』の発刊にさいしてパリでブルトンやシュルレアリスムのグループと出会い、交流した[27]」と語ってくれた。一九三二年当時、メニルは二十五歳、アンドレ・ブルトンは三十六歳である。彼らの交流は、パリのフォンテーヌ通り四二番地にあるブルトンの自宅で行われていた。また、彼らは同じ建物の一階にあるキューバ・クラブ（ラ・カバーヌ・キュベーヌ）に通っていた。メニルはまた、「シュルレアリスムの根城」として知られるブランシュ広場のカフェ「ル・シラノ」でのシュルレアリストの会合にも参加していた。

『正当防衛』の内容に戻ると、この冊子は、アンガージュマンを肯定し、叛抗のイデオロギーに立脚することを宣言する文章から始まる。冒頭の文には、次の一節を読むことができる。「不本意ながら我々がその一部をなす、資本主義的、キリスト教的、ブルジョワ的な世界に息詰まることのないすべての者たちに抗して、我々はここに立ち上がる」[28]。これがこの雑誌の調子《トーン》なのである。続けて、二つの参照先が示される。一方は共産党と弁証法的唯物論、もう一方はシュルレアリスムである。次のように書かれている。

共産党は［……］ありとあらゆる国で（ヘーゲル的な意味での）「精神」という決定的な切り札を切ろうとしている。［……］我々はその勝利を無条件に信じている。というのも我々は、［……］レーニンによって現実の試練にかけられたマルクスの弁証法的唯物論を拠り所にしているからである[29]。

直後にはこう記されている。「人間的表現のための比喩の諸形態という具体的なレベルにおいて、我々はまた、シュルレアリスムを無条件に受け入れており、――一九三二年の――我々は、そこに自らの将来を結びつけている」[30]。雑誌の読者には、「アンドレ・ブルトンの二つの「宣言《マニフェスト》」、そしてルイ・アラゴン、アンドレ・ブルトン、ルネ・クルヴェル、サルバドール・ダリ、ポール・エリュアール、バンジャマン・ペレ、トリスタン・ツァラの全作品」[31]だけでなく、サド、ヘーゲル、ロートレアモン、そしてランボーの全作品を読むことが奨励されている。署名者八名が主張するもう一つの参照先はフロイトと精神分析である。以下のように記されている。

フロイトにかんしていえば、彼が始動したブルジョワ的家族解体のための巨大装置を喜んで利用するつもりだ。［……］我々は自らの夢のうちをはっきりと見据え、その声に耳を傾けたい[32]。

八名の署名者は「有色ブルジョワ階級」に属しており、この雑誌を通じて、同じくブルジョワ階級に属する若いアンティル人たちに呼びかけている。このような若いアンティル人のうちに彼らは叛抗の潜在能力が漲っていると見ているのである。この文章は次のような言葉で締めくくられる。

地球上で最も悲しい存在のひとつであるフランス有色ブルジョワ階級に属す我々は宣言する、［……］自らの階級の裏切り者として、我々は裏切りの道をあたう限り遠くまで突き進むつもりだ、と。奴らが愛し、崇め奉るものに唾を吐きかけてやる、奴らが滋養と悦楽を引き出しているすべてのものに唾を吐きかけてやるのだ。(33)

この号は主にアンティル諸島の問題に焦点を置いており、従属と妥協のありさまを説明している。モヌロは、「世襲型白人金権政治(34)」と呼ぶ勢力の手中にあるマルティニックの経済状況を描き出している。一方で、有色ブルジョワジーはフランスのブルジョワジーのようになろうと気を揉んでいると描写されている。モーリス＝サバス・キトマンは、若者の教育状況について述べており、そのさい彼が依拠しているのは、七百人の新兵のうち五百人以上が読み書きができないという軍の統計データである。(35) ルネ・メニルは、支配的なイデオロギーを持った憲兵や「行政官」がマルティニックに到着する状況を描き出している。有色人種の作家に対しては、白人植民地主義者の作品を猿真似する者として描かれている。(36) 最後に、エティエンヌ・レロは、彼もまた、アンティル人が置かれている疎外状況を非難しており、彼の見立てでは一部のムラートがその状況に加担しているとして批判の的になっている。(37) この文章の最後で著者はまた、シュルレアリスムに敬意を表し、来るべきアンティルの詩の誕生への願いを綴っている。調子《トーン》は総じて尖っており、主張は攻撃的である。

この冊子の出版が引き金となり、彼らの発言への報復として、これらの若い書き手たちに対してマルティニック総評議会から与えられていた奨学金が取り消されたのではないか、という見解がよく提示される。この考えは、文章の内容を考慮すると一見理にかなっているように思える。しかし、より詳細に検討した方が良いだろう。というのも、最後の散文的テクストと詩篇パートの間にはさまれた一五頁目に、「首を絞めつける縄」というタイトルのもと、興味深い情報が記されているのである。雑誌の執筆者たちはこう書いている。「我々は、マルティニック総評議会が経済危機を口実にして、一九三二—一九三三年度の奨学金や無利子あるいは低金利の名誉貸付の支給を全面的に停止する決定を下したと仄聞している」[38]。これに対して若者たちは、この措置を、小ブルジョワ階級出身の学生たちに対するマルティニックのブルジョワ階級の不当な行為の表れだと見ている。ブルジョワ階級の子どもたちはすでに奨学金を受け取っているにもかかわらず、「このように、自分たちの子どもが本国で生活する費用を負担できるマルティニックのブルジョワ階級は、競争相手となる小ブルジョワ学生の首にかけた縄をさらに締めつける決断をしたのだ[39]」とある。この情報から推測すると、たとえ『正当防衛』が出版されなかったとしても、いずれにせよ奨学金は停止されていた可能性がある。この奨学金は最終的に、フェリックス・エブエ総督の介入により復活した。ここで述べられているのは、小ブルジョワ階級とブルジョワ階級との間の一種の「階級闘争」に関わる事柄なのである。

これらの学生とシュルレアリスムとの関係については、マルティニック人の若者たちがシュルレアリスムのグループの活動に参加していたことが複数の文書によって確認されている。ルネ・メニル、エティエンヌ・レロ、ピエール・ヨヨットの名前は、一九三四年一月二十五日に書かれたと思しき手書き資料に記載されており、この資料はアンドレ・ブルトンによって「ダリ事件問題」と題されている。この「ダリ事件」によって、一九三四年一月から三月初めにかけて、ファシスト的な発言をしたとされる画家の追放を目的とした会議や手紙のやり取りがなされた。ピエール・ヨヨットは、一九三四年二月三日付のブルトンからダリに宛てた手紙に登場する。また、ルネ・メニル、ピエール・ヨヨット、ジュール＝マルセル・モヌロ、エティエンヌ・レロは、一九三四年二月十日にアンドレ・ブルトンの呼びかけで発表された「闘いへの呼びかけ」のビラに署名した人物として記録されている。このビラは、二月六日にファシスト連盟が主催したデモを受けて作成された。一九三四年四月、ジュール＝マルセル・モヌロとピエール・ヨヨットは、「ビザなしの惑星」と題するビラの署名に加わり、フランスからのレオン・トロツキーの追放を非難した。一九三四年六月、新シリーズの『ドキュマン三四』第一号が刊行されたさい、エティエンヌ・レロとピエール・ヨヨットはその特集号の執筆者のなかに登場している。また、アンドレ・ブルトンが一九四六年の冬の終わりにマルティニックで行った三回の講演のうち、ひとつの手書きの断片には、一九三〇年ごろにモヌロ、ヨヨット、メニル、レロ、テゼがブルトンと結んだ交友関係が綴られている。

『正当防衛』は、このように、マルクス主義的かつシュルレアリスム的、反植民地主義的、反教権的、反同化主義的な立場を取った出版物であり、その中には唯一の女性、シモーヌ・ヨヨットがいた。この雑誌は、『黒人世界評論』の調子や立場とは大きく異なり、様々な状況や事実を告発した。そこには、妥協、中途半端な態度、穏健さの余地はなかった。また、支配関係の告発が、人種的アイデンティティの問題よりも優先されていた。一九九八年に雑誌『美学探求』〔ドミニク・ベルテ自身が編集している雑誌〕に掲載された文章の中で、『正当防衛』のアクチュアリティにかんして、ルネ・メニルは、この一九三二年のパンフレットにおいて、三つのレベルでの怒りが表現されていたと回想している。第一にアンティル諸島の植民地的な生活の現実に対する怒り[40]、第二に「黒人を十字架に架けて火をつける」というクー・クラックス・クランの行動など、より遠くの現実に対する怒り、最後に「資本主義的、ブルジョワ的、キリスト教的」な特徴を持つ時代を規定する「全般的かつ抽象的な事実[41]」に対する怒りであったと述べている。また、この雑誌の理論的な参照先は、『黒人世界評論』のそれとは大きく異なっており、唯一『正当防衛』においてラングストン・ヒューズとクロード・マッケイにオマージュが捧げられていることを除けば、理論的な出発点はまるで違った。「あるべき価値感が示され、なすべき行動の指針となる灯台に名が与えられた。そう、マルクス、ヘーゲル、フロイト、サド、シュルレアリストたち[42]」とルネ・

メニルは書いている。この雑誌は現実に対する批判を表現しており、革命的な視点に立脚していた。ただし、本稿で論じた二つの雑誌には共通の目標があった。それは、人々の意識を目覚めさせることである。そしてまた同じ運命をたどり、両誌とも刊行はごく短い期間で終わった。

（福島亮訳）

【原註】

（1）　*Pionnières. Artistes dans le Paris des années-folles*, catalogue de l'exposition, 2 mars – 10 juillet 2022, Musée du Luxembourg, commissariat Camille Morineau, Réunion des Musées Nationaux, 2022.

（2）　リュシー・ナルダルはカトリーヌ・ビゴンの祖母である。こころよく情報を提供してくれたカトリーヌ・ビゴンに感謝する。

（3）　姉妹たちはこのような形で家族の伝統を発展させていた。というのも彼女らの両親もマルティニックですでにサロンを好んで開催していたからである。

（4）　この点については、全六号の復刻版に寄せられたルイ・トマ・アシルの「序文」を参照のこと。*La Revue du Monde Noir*, Éditions Jean-Michel Place, 1992, p. XV et XVI.

（5）　https://louisthomasachille.com/le-salon-nardal-tout-un-monde. Entretien inédit de Louis Thomas Achille avec Paulette et Jane Nardal, réalisé à Morne Rouge, Martinique, en 1973.

（6）　« Ce que nous voulons faire », *La Revue du Monde Noir*, n° 1, octobre 1931, p. 3, réédition des 6 numéros, Jean-Michel Place, 1992.

（7）　*Ibid.*

（8）　Cécile Bertin-Élisabeth, « Les Nardal : textes, co-texte, contextes », *FLAMME*, n° 1, « Mondes noirs : hommage à Paulette Nardal, Limoges, Université de Limoges, 2021. https://www.unilim.fr/flamme p. 15 et suiv.

(9) Philippe Grollemund, *Fiertés de femme noire. Entretiens / Mémoires de Paulette Nardal*, L'Harmattan, 2019, p. 96.

(10) Voir Corinne Mencé-Caster, « Paulette Nardal ou le jeu du féminisme au prisme du genre grammatical », *FLAMME*, n° 1, « Mondes noirs : hommage à Paulette Nardal, Limoges, Université de Limoges, 2021. https://www.unilim.fr/flamme, p. 46 et suiv.

(11) Paulette Nardal, « Éveil de la conscience de Race », *La Revue du Monde Noir*, n° 6, avril 1932, p. 29, réédition Jean-Michel Place, *op. cit.*, p. 347.

(12) 「自分たち自身の人種にたいするアンティル人たちの態度は〔……〕有色の人々に対するフランス政治の特徴である自由主義によって明白に説明できる」。Paulette Nardal, « Éveil de la Conscience de Race », *op. cit.*, p. 343-344 de la réédition.

(13) *Ibid.*, p. 349.

(14) « Le Droit à la colonisation par Joseph Folliet », *La Revue du Monde Noir*, n° 2, décembre 1931, p. 124 de la réédition.

(15) Émile Sicard, « Une manifestation à l'Exposition coloniale de Vincennes », *La Revue du Monde Noir*, n° 1, octobre 1931, p. 66 de la réédition.

(16) Andrée Nardal, « Étude sur la biguine créole », *La Revue du Monde Noir*, n° 2, p. 121 de la réédition.

(17) Paulette Nardal, « Éveil de la Conscience de Race », *op. cit.*, p. 343 de la réédition.

(18) Félix Eboué, « La musique et le langage des Banda », *La Revue du Monde Noir*, n° 6, p. 350 de la réédition.

(19) Louis Thomas Achille, « Préface » à la réédition des six numéros de *La Revue du Monde Noir*, *op. cit.*, p. X.

(20) Philippe Dewitte, *Les Mouvements Nègres en France, 1919-1939*, L'Harmattan, 1985.

(21) Louis Thomas Achille, *op. cit.*, p. X.

(22) *Ibid.*, p. XIV.

(23) *Ibid.*, p. XIV.

(24) 一九三一年の植民地博覧会の時期の報道写真、テキスト、ビラを集めた展覧会「ずらして見る植民地〔Décadrage colonial〕」が、ダマリス・アマオのキューレーションのもと、二〇二二年十一月七日から二〇二三年二月二十七日まで、ジョルジュ・ポンピドゥー・センターの写真ギャラリーで開催された。

(25) Étienne Léro, « Secrets de la jungle », *La revue du Monde Noir*, n° 6, p. 372 de la réédition.

(26) Voir la première page de couverture du numéro 1, juin 1932, réédité par les éditions Jean-Michel Place, 1979.

(27) Lettre du 14 octobre 2001.

(28) *Légitime défense*, p. 1.
(29) *Ibid.*, p. 1.
(30) *Ibid.*, p. 1.
(31) *Ibid.*, p. 1.
(32) *Ibid.*, p. 1.
(33) *Ibid.*, p. 2.
(34) Jules Marcel Monnerot, « Note touchant la bourgeoisie de couleur française », *ibid.*, p. 3.
(35) Maurice-Sabas Quitman dans « Le paradis sur Terre », *ibid.*, p. 6.
(36) René Ménil, « Généralités sur "l'écrivain" de couleur antillais », p. 7.
(37) Étienne Léro, « Misère d'une poésie », p. 10.
(38) « Nœud coulant », *ibid.*, p. 15.
(39) *Ibid.*, p. 15.
(40) René Ménil, « Légitime défense aujourd'hui », *Recherches en Esthétique*, n° 4, « Trace(s) », Dominique Berthet (dir.), septembre 1998, p. 49.「総督たちの好き勝手な行動、政権の庇護の下で行われる暗殺や政治的殺戮、司法官たちの腐敗、サトウキビ畑で働く「小さな一団《プティット・バンド》」、そして識字率の低さ、など」。
(41) *Ibid.*
(42) *Ibid.*

＊　翻訳にあたって、大文字はじまりの語や独立して強調すべき表現は〈　〉でくくり、大文字だけで記された語は傍点を付して示した。（訳者）

人種主義と帝国主義に抗して
――ナンシー・キュナードの『ニグロ・アンソロジー』（一九三四年）

中村隆之

はじめに

本稿では両大戦間期におけるいわゆる「黒人表象」を考察する一例として、イギリス出身でパリを拠点に活動したナンシー・キュナード（一八八六―一九六五）の政治的・文化的仕事に注目する。長らく忘れられてきた当時の「黒人問題」の歴史的文脈を再構成しながら、キュナードが一九三四年に英語で出版した大著『ニグロ・アンソロジー』を紹介し、その意義を筆者なりの観点から読み解くことが本稿の狙いである。

構成は以下となる。最初に、両大戦間期パリを「黒人表象」に注目して語り直すことの意義を確認する。次いで、ナンシー・キュナードの生涯と活動を想起する。そのうえで政治的・社会的問題として捉えられた当時の「黒人問題」を俯瞰する。こうしたいくつかの補助線を引いたうえで『ニグロ・アンソロジー』の紹介と読解に取り掛かることにしたい。本稿は全四節で構成され、第四節が本稿の半分を占める。

ところで筆者は、差別語にあたる「ニグロ（nègre）」や「黒人（noir）」という人種的な単語を本稿で多く用いることになる。人種主義《レイシズム》を想起させる、政治的配慮に欠けるこれらの語は、本稿では歴史的な次元に属している。筆者はこれらの差別的な語を括弧に入れて用いることを最初にお断りしておく（ただし、煩雑さを避けるため、すべての語を一律に括弧に入れるわけでない）。

語り直される両大戦間期パリの「黒人表象」

一般に両大戦間期のパリを想像してみるとき、まず思い浮かべるのは、パリを中心とする華やかな文化だろう。そこに前衛的な文学・芸術運動が隆盛する風景は欠かせない。そしてこの風景の周辺によく目を凝らすと、フランス人やヨーロッパ人ではない人々、つまり植民地出身者たちがいることに気づく。

この時代の「黒人表象」についてもっとも思い描きやすいイメージの一つは、ピカソの《アヴィニョンの娘たち》（一九〇七年）だろう。そこに描かれるモデルのフォルムは、ブラック・アフリカの彫像や仮面に由来していた。この時代、植民地化されたアフリカから、収奪されたり売買されたりしてフランスに流れ込んできた物品は、相当数におよぶ。ヨーロッパ的理性と感性にとって異質なこうした事物《オブジェ》は、ピカソをはじめとして、一部の芸術家や作家の収集対象となった。両大戦間期パリの「黒人表象」の代名詞は、なによりもこうしたアフリカ由来のオブジェだろう。

オブジェが主体によって把握される対象ならば、この「黒人表象」のオブジェには、第一次世界大戦に動員された多数のアフリカ人歩兵を戯画化したあの有名な「バナニア」の広告だけでなく、当時の見せ物も当然ながら入る。一九三一年にヴァンセンヌの森で開催された大規模な植民地博覧会、ジョセフィン・ベーカーによる《ルヴュ・ネーグル》、アメリカ黒人によるジャズやアンティル諸島のミュージシャンによるビギンなどである。

一言でいえば、私たちが最初に思い浮かべる両大戦間期パリの「黒人表象」とは、フランス社会のマジョリティのなかで支配的であった、「黒人」を他者化した表象である。それは社会のマジョリティが主体となって把握する客体《オブジェ》をなす。

筆者が何よりもまず指摘しておきたいのは、いわゆる「黒人」であれ「女性」であれ、これまで不可視とされてきた人々に焦点をあてるときに必要な最初の作業は、私たちのまなざしの位置を測定することである。「私にはなぜそれが見えなかったのか」、あるいは、「私はどの位置から、何を捉えようとしているのか」、という問いだ。こうした内省的問いを発するとき、私たちは、主客の関係の非対称性を自覚しながら、客体におかれた人々のまなざしを部分的に想像できるようになる。

いま、フランスにおける「黒人表象」は大きく変わってきている。筆者の観察では、その変化を大きく促したのは、奴隷貿易・奴隷制を「人道に対する罪」と認知した、フランス海外県ギュイヤンヌ出身の政治家クリスティアーヌ・トビラの名前で知られる二〇〇一年制定の法律である。これ以降、フランスの公的記憶のなかに、とりわけヨーロッパ諸国が関与した大西洋奴隷貿易・奴隷制の歴史が少しずつ、時間をかけながら組み込まれるようになっている。たとえば、フランス史に貢献した偉人を祀るパンテオンという象徴的な記憶の場所には、奴隷制の決定的廃止に尽力した第二共和制の政治家ヴィクトル・シェルシェールだけでなく、現在では、ナポレオンの奴隷制復活に反対する戦に負けてグアドループで自死したマルティニック生まれのルイ・デルグレス、二十世紀の黒人知識人を代表するマルティニックのエメ・セゼールの記念プレートが掲げられ、さらにはジョセフィン・ベーカーの棺も据えられた。

このような「黒人表象」の変遷は、フランス国民の一般的関心事ではない。しかし、こうした変化をもたらしたのは、植民地と奴隷制の歴史的背景をもつカリブ海やアフリカ出身のフランス人の政治的努力である。差別され貶められてきた人々を客体から主体へと変容させた、両大戦間期パリをルーツとするネグリチュード運動がそうであったように、こうした人々がフランスの記憶を変えていこうと主体的に政治に働きかけたのである。

これは学術の世界でも同じだ。筆者の見るところ、両大戦間期パリにおけるアフリカ人およびブラック・ディアスポラの活動をめぐる研究がフランス語圏で盛んになったのは、二十一世紀以降である。(1) このような流れのなかで、長らく忘れられていたナンシー・キュナードの『ニグロ・アンソロジー』に焦点を宛てた展示が二〇一四年にパリのケ・ブランリー美術館で開催され、二〇一八年に英語の復刻版が刊行、二〇二二年にはそのフランス語訳が刊行された。(2)

ナンシー・キュナードを想起する

ナンシー・キュナードは忘れられた詩人だと言える。シュルレアリスムや前衛芸術に関心をもつ人々のなかでは、マン・レイの被写体やアラゴンの元恋人として、あるいはブランクーシのデフォルメした彫刻のモデルとして、彼女の姿を記憶にとどめている方もいるだろう。キュナードは一九二〇年代パリに集った若い男性芸術家・作家たちの花形的存在として、知的で容姿の美しい女性として、前衛的な文学・芸術運動の風景を飾る麗しきオブジェとして、多くの場合、知られているにすぎない。

まなざしを変えることの必要性とは、たとえばマン・レイが写したキュナードの腕をおおう象牙のブレスレットに別の視点から注目してみることである（図1）。一八九六年にイギリスの大富豪の家庭に生まれ、一九二〇年代にパリに移住したのち、シュルレアリストたちとの交流、とくにアラゴンとの交際をつうじてキュナードは、政治の領域を発見し、共産主義の思想を知る。共産主義は、当時の若い知識人たちに世界の根源的な不公正を知らしめる思想だった。それは、キュナードが収集するアフリカ産の象牙のブレスレットがどこからきたのかを問うことである。つまり、この象牙のブレスレットと彼女の身をつつむ豹柄のドレスは、とりわけ植民地主義において機能する、弱者を捕食し、狩る権力支配を象徴している。(3) そして、イギリスやフランスの帝国主義を背景にしたこの富と権力こそ、キュナードが生涯をつうじて対峙していくものなのだ。

『ニグロ・アンソロジー』出版までのキュナードの人生において、想起すべき重要な事柄が二つある。一つはアラゴンとともに出版社「アワーズ・プレス」を一九二八年に設立したことである。一九三一年の活動休止までのあいだに、キュナードは詩集を中心に二十五点を小部数で出版した。なかでもサミュエル・ベケットを発掘し、ベケットの最初の作品となる詩集『ホロスコープ（*Whoroscope*）』（一九三〇年）を刊行している。この後、ベケットは『ニグロ・アンソロジー』にフランス語から英語への翻訳者として協力することになる。

いま一つはアメリカから巡業でやってきた黒人ピアニスト、ヘンリー・クラウダー（一八九〇―一九五五）との出会いである。一九二八年、キュナードは、クラウダーを新しい恋人とし、その交際をつうじて、アメリカ合衆国での圧倒的な人種差別の事実を知る。W・E・B・デュボイスが設立に関与した人権団体、全米黒人地位向上協会の機関誌『クライシス』を定期購読したり、クラウダーを連れ立ってハーレムを訪れたり、「ハーレム・ルネサンス」の作家たちと出会ったりするなど、アメリカの黒人問題を積極的に調査した。このように、クラウダーをつうじたこの新しい関係と発見が、キュナードをモダニズムの才女から、人種主義と帝国主義に反対する、一人の女性知識人に変えることになる。

図1　ナンシー・キュナード（1925年）。マン・レイ撮影。

キュナードは一九二一年から二五年にかけて三冊の詩集を出版している。大雑把に言えば、彼女の二十歳代の作品は、イギリス詩の伝統とモダニズムとの影響関係のなかで捉えられる。[4] しかし、その後、『ニグロ・アンソロジー』に発表した長編詩「南部のシェリフ」は、アメリカ南部で横行する人種差別と白人至上主義を糾弾する、口語的な散文詩である。アメリカ黒人と奴隷制のことを知るなかで、彼女はその主題にふさわしい詩の語り方を求めたと考えられる。

『ニグロ・アンソロジー』刊行後、キュナードは社会運動にコミットメントするジャーナリストになる。当時の「黒人問題」にとってきわめて重要だった一九三五年十月のイタリアによるエチオピア侵攻に対して、キュナードはこれに抗議する記事を書く。さらに一九三六年にはマドリードでパブロ・ネルーダに出会い、スペイン内戦(一九三六―三九年)にかんして抵抗詩集を編み、さらにはこの内戦で流出する難民の援助もおこなう。第二次世界大戦を潜り抜けたあとも、キュナードは大義のために尽くしながら、数々の旅行と交流をおこない、一九六五年、パリで六十九歳の生涯を閉じた。[5]

両大戦間期パリと「黒人問題」

『ニグロ・アンソロジー』に入る前に、もう一つの補助線として、両大戦間期パリでの黒人たちの政治活動と文化運動についても言及しておこう。ごく簡略に述べると、ここには二つの系譜が見出せる。

一つは、エメ・セゼールとのちのセネガル大統領レオポル・セダール・サンゴールによって知られる文化運動ネグリチュードの潮流である。一九三〇年代のパリ、より限定すれば名門高校ルイ゠ル゠グラン校で出会ったセゼールとサンゴールが、その交流のなかで「黒人《ネーグル》」であることの自己表明をおこなうネグリチュードの思想を鍛え上げたのは有名な話である。そのさい、ハーレム・ルネサンスの作家たちとの出会いがネグリチュードの着想源となった。この出会いの場を提供し、ネグリチュードに先立って黒人連帯のための雑誌をハイチ人の医師レオ・サジューとともに創刊し、刊行していたのがマルティニック出身のポーレット・ナルダルである。長女ポーレットをはじめとするナルダル姉妹については、フランスの「黒人表象」の文脈で再評価が進んでいることも付け加えておく[6]。

二つ目は、共産主義とパン・アフリカ主義の潮流、すなわち本稿で話題にしたい「黒人問題」に関する系譜である。先述のように、キュナードは共産主義思想に感化されていた。このため、ハーレム・ルネサンスの作家とその近辺以外で、彼女が交流をもったのは、黒人の共産主義者やパン・アフリカ主義者だった。キュナードと親交があったこの文脈での重要人物は、ジェームズ・W・フォードとジョージ・パドモアである。

「黒人《ニグロ》問題」とは、一九二〇年に「民族と植民地問題をめぐるテーゼ」を採択した共産党のインターナショナル、つまりコミンテルンが、一九二二年、これに即して新たに採択した、黒人解放のための国際的組織の結成と強化を目的としたテーゼに由来する。このテーゼを具体化したものが、一九二八年に設置された労働組合運動の黒人部門「黒人《ニグロ》労働者国際労働組合委員会」である。同委員会は機関誌『ニグロ・ワーカー』を発刊し、国境を越えた黒人連帯運動を担っていた[7]。この黒人部門の初代リーダーを務めたのがアメリカ共産党の黒人代表であったジェームズ・W・フォードであり、その次代リーダーがジョージ・パドモアだった。二人は『ニグロ・アンソロジー』の政治記事に関する主要な寄稿者でもある。

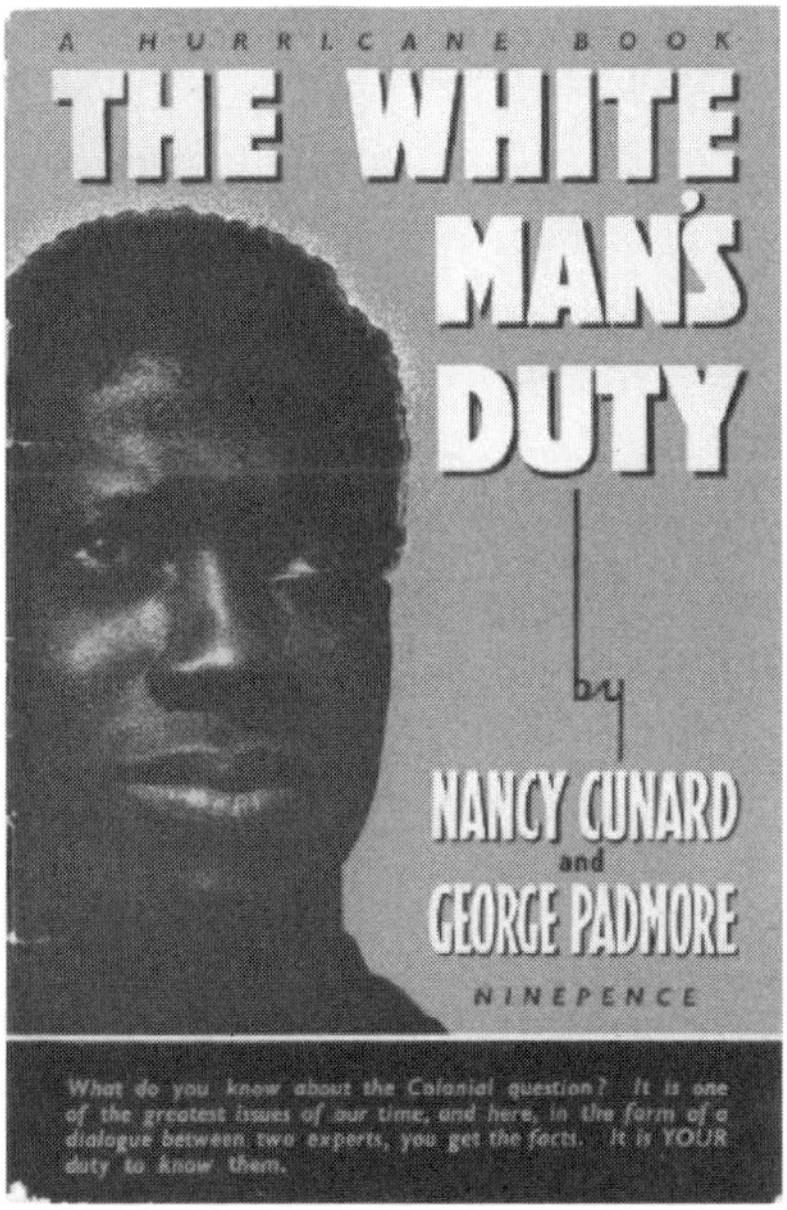

図2 ナンシー・キュナード／ジョージ・パドモア『白人の義務』（1942年）の表紙。

キュナードは、ジョージ・パドモアと一九三二年にパリで知り合い、彼を介して、ロンドンを拠点とするパン・アフリカ主義の黒人活動家たちとも出会い、のちのナイジェリア初代大統領アジキウェ、のちのケニア初代大統領ケニヤッタからアンソロジーへの協力を得ている。さらにパドモアとは一九四二年に対談形式の冊子『白人の義務』を刊行した[8]（図2）。

『ニグロ・アンソロジー』

『ニグロ・アンソロジー』の構想は、先に見たように、ヘンリー・クラウダーとの出会いとアメリカ合衆国の人種差別を知ることがきっかけをなした。キュナードは黒人に対する人種差別をクラウダーとの交際をつうじて身をもって経験していた。一九三一年には、二人の交際を認めない母親との決別の意を込めて、キュナードは二人の交際を記念した小冊子『黒人と白人令夫人』を刊行する。この冊子のなかで、キュナードは白人世界における人種差別を告発した[9]。

この冊子を刊行した一九三一年四月から、キュナードは『ニグロ』と題したアンソロジーを編むことを構想し、この企画への参加を呼びかける手紙を各方面に書く。この年、ハーレムを訪問した際に出会ったデュボイス、アレイン・ロック、アーサー・ションバーグ（一八七四―一九三八）、ラングストン・ヒューズはみなキュナードの企画に参加した。なかには参加を呼びかけたものの断られた場合もある。ジャマイカ出身の作家クロード・マッケイによる拒否はこの文脈ではよく知られる。マッケイは当初は協力的だったものの、政治にたいする考え方の違いや執筆条件などの理由から、参加を見合わせたのだった[10]。

当時のキュナードは、ジョージ・パドモアをはじめとする黒人共産主義者との交友から、有色ブルジョワ階級に批判的だった。黒人共産主義者は、黒人ブルジョワの穏健的で保守的な傾向を容認しなかった。そうした思想の先鋭化がキュナードのなかにも見出せる。このことはアンソロジーのなかでは、彼女がスコッツボロ事件に関連し、全米黒人地位向上協会（NAACP）とその代表であるデュボイスの政治的立場を「反動的黒人《ニグロ》組織」として批判していることに端的に示されている。[11] またこのことが、ほぼ同時期にパリにいて黒人知識人のためのサロンを主催したポーレット・ナルダルや、当時もっとも名の知られたカリブ海出身のゴンクール賞作家ルネ・マランとも交流しなかった要因の一つだったと筆者は考えている。[12]

　このアンソロジーは一九三四年二月にロンドンの出版社ウィッシャート・アンド・カンパニーから、キュナードの経費もちを条件に一〇〇〇部刊行された（**図3**）。著者は一五〇名、その記事は二五五本におよぶ。このうち一五〇部は寄稿した著者たちに送られた。当時の実売数は三〇〇から四〇〇部程度だっただろうと推測されている。しかも、反共政策の観点からアンティル諸島やアフリカの植民地の数カ所では発売禁止になったという。[13] 出版社の倉庫に保管された残りの数百部は、第二次世界大戦の空襲で消失してしまった。[14]

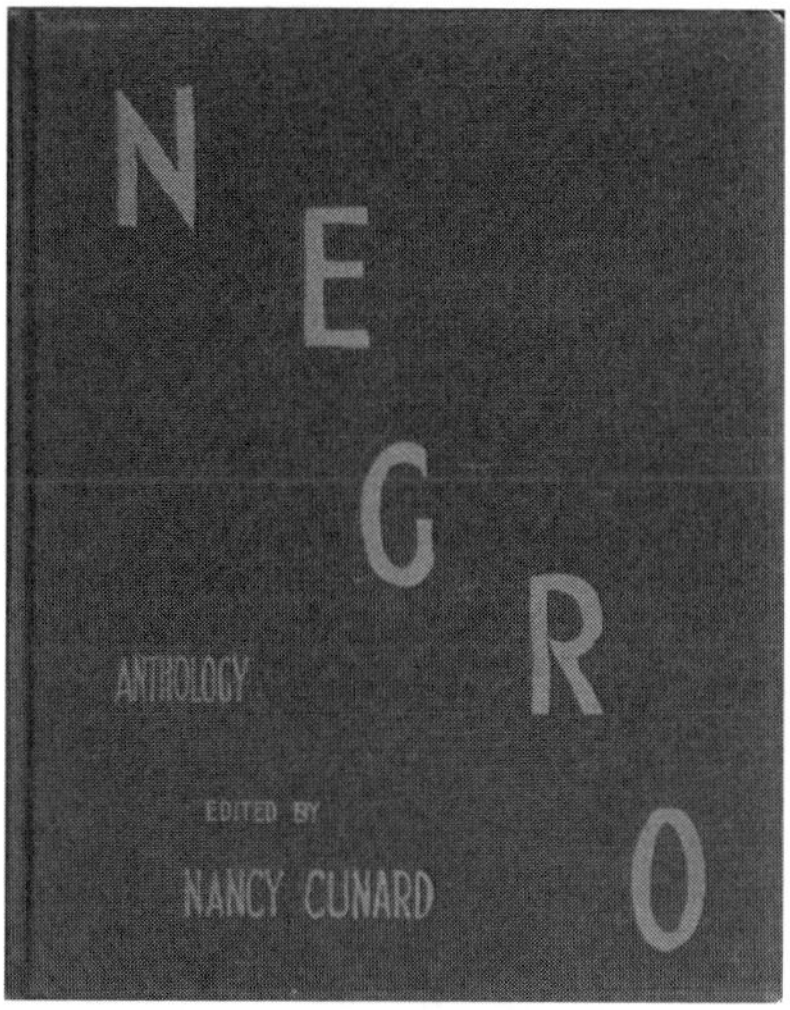

図3　ナンシー・キュナード編『ニグロ・アンソロジー』（1934年）の表紙。

　オリジナル版の残存部数がきわめて限られたことは、本書の評価にもかかわった。というのも、本書に協力した人々、たとえばキュナードが献辞を捧げたヘンリー・クラウダーその人は後年の回想で「中身のないもの」だと批判したり、先述のとおりこの企画に不参加だったクロード・マッケイも同様の評価を下したりしたからである。[15] その後、英語圏で何度か再刊されたこともあったが、キュナードのこの仕事が本格的に振り返られる機会は、先述の二〇一四年に開催されたアンソロジーをめぐるケ・ブランリー美術館での展示「ナンシー・キュナードの《ブラック・アトランティック》」および同館の刊行雑誌『グラディーヴァ』の特集号まで待たなければならなかった。

本は、大型の美術書カタログのような判型で、復刻版で約四キロの重量がある。構成は七つのセクションからなり、目次順に、アメリカ、黒人スター、音楽、詩、カリブ海地域、南アメリカ、ヨーロッパ、アフリカと分類されている。

アンソロジーは、アフリカ、ヨーロッパ、アメリカの三大陸にまたがる各地域の白人による人種差別の歴史や現状の記述から、黒人がつくってきた文化と芸術の紹介まで、「ニグロ」という差別語によって貶められてきた人々の世界を復権するための総合的な内容を扱っている。

この本は一五〇人の共著者による合作であり、キュナードはその編者である。その性質と内容から、あるセネガルの思想家は「アフリカとディスポラからなるブラック・モダニティの事典」だとアンソロジーを形容している。[16] その通りである。しかし、筆者はあえてこれを本というよりも雑誌のように捉えてみたい。つまり、『ニグロ』と題された一号から七号までの一連の雑誌のようなものだと考えてみたいのである。[17] そのように把握すると き、同時代の他の雑誌と比べた場合のアンソロジーの次の特徴が明らかになる。

それは、アンソロジーが政治的であると同時に文化的であるという特徴だ。この時期にパリで刊行されたポーレット・ナルダルとレオ・サジューによる『黒人世界評論』は、黒人の文化や芸術を重視する雑誌だった。エティエンヌ・レロやルネ・メニルをはじめとするマルティニックの学生たちが発刊した一号限りの雑誌『正当防衛』は、共産主義の立場をとる文学雑誌だったが、「黒人問題」を正面から取り上げることはなかった。また、『ニグロ・ワーカー』のような政治的機関紙の場合、当然ながら文化的記事が弱くなるという傾向がある。人種主義と帝国主義に対して反対の立場を明確に示しながら、厚みをもった文化的記述も同時に備えたこの刊行物は、当時において例外的だった。そして、両大戦間期に刊行されたアンソロジーは、キュナードの移動の軌跡とともに、反人種主義と反帝国主義のもと、ニューヨーク、ロンドン、パリといった都市を拠点に、数多くの黒人知識人を結集させることができたのである。

アンソロジーに寄稿している三分の二はいわゆる黒人の書き手である。そのなかで重要な貢献を果たしている書き手の一人に、ゾラ・ニール・ハーストンが挙げられる。彼女は、アメリカ南部やハイチにおける黒人民衆の聞き書きをおこなった人類学者であり、奴隷制後のアメリカで生きる黒人女性をめぐる小説『彼らの目は神を見ていた』(一九三七年)で知られる作家でもある。アンソロジーではハーストンは人類学者として、アメリカ合衆国における自分たちの言語表現、踊り、言い伝えなどに見られる文化的特徴(「ニグロ表現のいくつかの特徴」)、宗教における幻視の証言(「改宗と幻視」)、アフリカ由来の憑依儀礼の名残と言われる歌と踊りシャウティング(「シャウティング」)、さらにニグロ・スピリチュアルをめぐる記事を寄せている。(18)

アンソロジーには、アメリカだけでなく、カリブ海地域(プエルトリコ、ジャマイカ、トリニダード、グレナダ)、ブラジル、アフリカの黒人たちの歌や音楽、さらにアフリカに伝わることわざ、彫刻、魔術など、民衆文化に着目する記事が収録されている。

寄稿者のなかには、これまでに名前をあげた人物のほかには、キュナードの交友関係にあったエズラ・パウンド、バンジャマン・ペレ、ルネ・クレヴェルといった白人モダニストやシュルレアリストがいる。ただ、「白人」や「黒人」といった人種的区分を超えて、一五〇人の書き手の多くの名前はいまでは知られていない。レイモン・ミシュレ(一九一二—二〇〇七)もおそらくその一人だろう。キュナードと一時期恋仲でもあったミシュレは、アンソロジーの主要な協力者で、記事の収集と執筆において二年間にわたってキュナードを支えた人物である。ミシュレはとりわけアフリカのセクションを担当し、アフリカの植民地支配を弾劾する、本書の最後に配置された大部の記事「白人がアフリカを殺す」を執筆した。(19)

こうしたことから浮かび上がってくるキュナードの仕事のもう一つの特徴は、横断性あるいは越境性である。いくつかの横断性が認められる。一つ目は、当時のこの問題を根底から規定している人種的な認識の枠組みのなかで、黒人と白人のあいだの非対称で垂直的な関係を、白人女性という側から別様に築こうとした横断性である。実人生での成否はここでは関係ない。というのも、個体の生を超えて物質的にテクストは存在し続けるからである。このテクストの次元においてキュナードが、人種的秩序を解体しようとしてこの作品を編み、書いたことが重要だ。

キュナードは、男性主義的な権力志向や家父長的な態度とは異なる執筆と編集態度でもって、横断性や越境性を実践する。ジェンダーの視点も指摘できる。黒人女性の書き手で知られているのは先述したゾラ・ニール・ハーストン程度である。しかし、その無名性のうちに、私たちはいく人かの女性の書き手を発見する。アメリカの作家で黒人地位向上協会のメンバーだったキャリー・ウィリアムズ・クリフォード（一八六二―一九三四。詩を寄稿）、トリニダードの詩人オルガ・コンマ（一九〇二―一九九八。「トリニダードの民間伝承」を寄稿）、ギアナ（現ガイアナ）の作家で活動家のヒルドレッド・ブリトン（一八九八―一九九〇。「英領ギアナにおける黒人とその子孫」を寄稿）である。その性別が容易にたどれるのは、キュナードが記事の冒頭に肖像写真を掲載したことが大きい。キュナードは手紙で寄稿を求めたさい、写真の送付（掲載希望の場合）もまた求めたのだった。さらには研究者の調査によって寄稿者の経歴が『ニグロ・アンソロジー』の復刻版に追加されたことで、無名となった寄稿者を知る手がかりが与えられた。加えて「黒人スター」のセクションではエセル・ウォーターズ（一八九六―一九七七）をはじめとする数人の歌手、舞台俳優ローズ・マクレンドン（一八八四―一九三六）（**図4**）、フローレンス・ミルズ（一八九六―一九二七）、そしてジョセフィン・ベーカーが、多くの場合、一面すべてを使った写真と一緒に掲載されている。圧倒的に少数であるにもかかわらず、私たちがアンソロジーのなかに女性の存在感を感じるとすれば、それはイメージの力が大きい。

実際、アンソロジーはイメージにも力を注いでいる。アワーズ・プレスを運営していた経験もおそらく手伝って、キュナードのレイアウトのセンスがこのなかで発揮されている。ここでは先述の肖像写真のように、記事に関する写真を一面全体に使用する方法が全般的に用いられている。とくに注目すべきは、アフリカのセクションのなかに配されたキャプション付きの数多くのアフリカ彫刻のデッサンのそれぞれのスケールの調整と配置の仕方である（**図5**）。この箇所を分冊すれば、アフリカ美術の前衛的グラフィック誌にもなりえただろう。

こうしたイメージと文字の並置も横断的であると捉えられ、一つのジャンルに収斂せず、多様で雑多なジャンルに属する二五五の記事から浮かび上がるのは、アンソロジーの領域横断性である。そして、アメリカから始まる誌面がアフリカで締めくくられるように、このテクストの雑多的集成は、大西洋奴隷貿易によって人々が海を渡っていった経験を環大西洋的視座から想起させる仕方で、アフリカ人とその子孫の歴史的経験の横断性ないし越境性を提示するである。

Rose McClendon

by ROBERT LEWIS

Rose McClendon got her first impulse to study the art of acting by watching various performances of children's plays in churches. She decided that children needed much more imaginative leadership in their efforts than they had. Desirous of helping them, she enrolled at J. Franklin Sargent's American Academy of Dramatic Art. Her progress there was so phenomenal, and her personal ability and charm so much admired that she was persuaded to remain for three years.

In 1919, Butler Davenport, seeking colored actors to play in *Justice*, came upon Rose McClendon; and so, quite accidentally she found herself embarking upon a stage career. The next important step was *Roseanne*, in 1924, with the late Charles Gilpin, whose part in this play was later taken over by Paul Robeson. But it was in Arthur Hopkins' production of *Deep River*, in 1926, that Miss McClendon first achieved notable recognition. Speaking of her appearance in this "native opera," Mr. John Anderson, of the *New York Evening Post*, said: "An unforgettable picture of a proudly withered madam in the house of the quadroon women." The deluge of laudatory reviews which followed the opening night of *Deep River* were enough to cause serious damage to a less sincere artist. To mention another critic's praise, Mr. Alexander Woolcott, of the *New York World*, described her as "the lost loveliness that was Dose."

Deep River also recalls to mind the now classic anecdote of how Arthur Hopkins, noticing Miss Ethel Barrymore in the rear of the theatre, in Philadelphia, where *Deep River* was trying out, said: "Miss Barrymore, stay until the last act if you can, and watch Rose McClendon come down those stairs, she can teach some of our most hoity-toity actresses distinction." At the end of the play, Miss Barrymore sought out Mr. Hopkins and told him, "She can teach them *all* distinction."

The next year, 1927, found Rose McClendon playing the leading female role in Paul Green's play, *In Abraham's Bosom*, which later received the Pulitzer Prize. For

ROSE McCLENDON

317

図4　ローズ・マクレンドンの肖像（『ニグロ・アンソロジー』，「黒人スター」のセクション）。

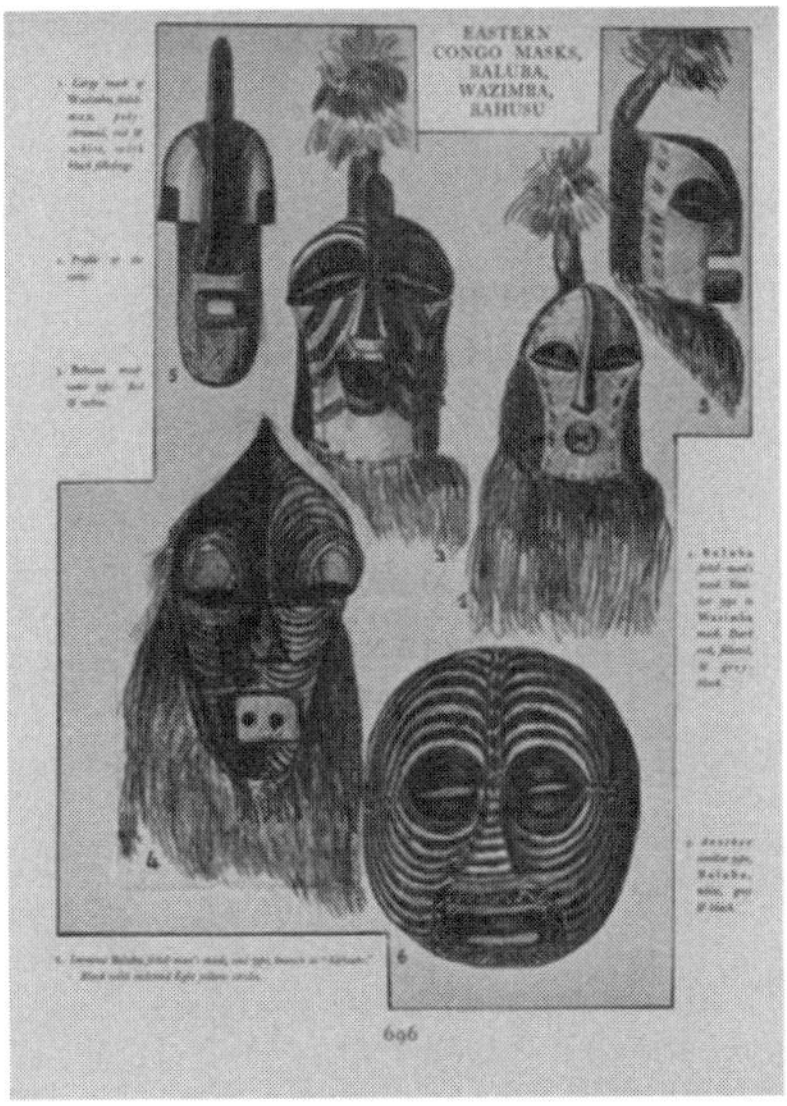

図5　アフリカ彫刻のデッサン（『ニグロ・アンソロジー』，アフリカのセクション）。

おわりに

以上、簡単ながら、筆者なりの視点からナンシー・キュナードとその『ニグロ・アンソロジー』を紹介し読解した。最後に、キュナードの伝記作者からも「ナンシーの最も大きな業績[20]」だと評された本書を、雑誌のように捉えることの別の可能性を付け加えておこう。アンソロジーは、本として捉えるかぎりにおいて、キュナードの作品である。しかし、雑誌のように捉えてみれば、彼女の呼びかけに応じた一五〇〇人の著者とキュナードとの水平的な共同作業という側面がよりいっそう浮かび上がるのではないだろうか。その点に着目するとき、このなかにいくつもの横断的な関係性、つまり、ジャンル、ジェンダー、地域、主題に応じた記事同士のさまざまな関係性を読み取ったり、忘れられた書き手の今日的意義に気づいたりすることができるだろう。それとともにキュナードの視点の限界を画するようなテクストの両義性に注目した読み方も可能である[21]。そのような開かれたテクストの集積としての『ニグロ・アンソロジー』は、新しい読解の可能性を私たちにいつでも与えてくれるのだと言えよう。

【注】

（1）この点については間接的ではあるが、ルイ・サラ＝モランス『黒人法典――フランス黒人奴隷制の法的虚無』中村隆之・森元庸介訳、明石書店、二〇二四年の訳者解説「未来のラス・カサス」を参照のこと。

（2）Nancy Cunard (ed.), *Negro Anthology*, Nouvelle Éditions Place, 2018 ; *Anthologie noire*, traduit par Geneviève Chevallier, Éditions du Sandre, 2022. 以下この文献を挙示するさい、復刻版の該当頁のあと、フランス語版をVFと略記し、その該当頁を併記する。

（3）シャマユーの「狩猟権力」を念頭においている。グレゴワール・シャマユー『人間狩り――狩猟権力の歴史と哲学』平田周・吉澤英樹・中山俊訳、明石書店、二〇二一年。

（4）キュナードの詩集の英仏バイリンガル版として再刊された『パララックスおよびその他の詩』の序文を参照。Nancy Cunard, *Parallax et autres poèmes. Hors-la-loi et Sublunaire*, traduit par Dorothée Zumstein, Les Nouvelles Éditions Jean-Michel Place, 2016.

（5）本稿ではキュナードの政治活動と創作活動に関する最低限の伝記事項に言及している。私生活における自由な恋愛関係や「ニンフォマニア」とも形容される彼女の性関係については、以下の伝記を参照のこと。アン・チザム『ナンシー・キュナード――疾走する美神《ミューズ》〔新装版〕』野中邦子訳、一九九九年。

（6）二〇二四年、ポーレット・ナルダルのパリ時代の著述集成と、ナルダル姉妹に関する評伝が刊行された。Paulette Nardal, *Écrire le monde noir : premiers textes, 1928-1939*, Rot•Bo•Krik, 2024 ; Léa Mormin-Chauvac, *Les sœurs Nardal : à l'avant-garde de la cause noire*, Éditions Autrement, 2024.

（7）拙論「『ニグロ・ワーカー』あるいは「ブラック・ラディカルの伝統」の一起点――国際共産主義運動とパン・アフリカニズムを越境する想像力のために」、『思想』一一八七号、二〇二三年三月、三五―五七頁。

（8）Nancy Cunard, "White Man's Duty," *Essays on Race and Empire*, edited by Maureen Moynagh, Broadview Press, 2002, pp. 127-177.

（9）Nancy Cunard, "Black Man and White Ladyship: An Anniversary," *Essays on Race and Empire*, *op. cit.*, pp. 181-196.

（10）クロード・マッケイがナンシー・キュナードに宛てた手紙のフランス語訳に付された訳者アントニー・マンジョンの解説を参照のこと。Anthony Mangeon et Claude McKay, « Lettres de Claude McKay à Nancy Cunard », traduites et présentées par Anthony Mangeon, *Gradhiva*, n° 19, 2014, pp. 192-195.

（11）スコッツボロ事件とは、一九三一年にアラバマ州で九人の黒人少年が二人の白人女性を強姦した廉で逮捕され、即座に死刑判決を言い渡された事件（のちに白人女性の証言が虚偽だったことが判明した冤罪事件）である。当時、アメリカ共産党とＮＡＡＣＰが、これを人種差別的な裁判だとして糾弾するが、両団体はやがて路線対立する。共産党とともに積極的活動を展開したキュナードは、支援の後手に回るＮＡＡＣＰおよびデュボイスの政治的立場をアンソロジーの記事で批判した。なおキュナードと出会ったころのパドモアは、デュボイス批判を展開していた。Nancy Cunard, "A Reactionary Negro Organisation," *Negro Anthology*, *op. cit.*, pp. 142-147 (VF, pp. 168-173). 前掲拙論「『ニグロ・ワーカー』あるいは「ブラック・ラディカルの伝統」の一起点」、四二頁。

（12） マッケイはキュナードに宛てた手紙の末尾でポーレット・ナルダルに会うことを勧めながら、ナルダルに対しては左翼的な喋り方はしないほうがいいと皮肉を込めて忠告している。« Lettres de Claude McKay à Nancy Cunard », traduites et présentées par Anthony Mangeon, *Gradhiva*, n° 19, 2014, p. 200.

（13） チザム『ナンシー・キュナード』、三四六頁。

（14） Nicolas Menut, « Préface à l'Anthologie noire », *Anthologie noire*, *op. cit.*, p. 10.

（15） *Ibid.*, p. 13.

（16） Mamdou Diouf, « Une contre ethnographie de la modernité noire », in *Negro Anthology*, *op. cit.*, 2018.

（17） 比較の念頭においているのは『プレザンス・アフリケーヌ』の特集号である。『プレザンス・アフリケーヌ』が組んだ「ニグロ芸術」、「黒人詩人」、「労働」といった特集のテーマは、『ニグロ・アンソロジー』のなかにそれぞれ見出せる。

（18） Zora Neale Hurston, "Characteristics of Negro Expression," "Conversions and Visions," "Shouting," "Spirituals and Neo-Spirituals," Cunard (ed.), *Negro Anthology*, pp. 39-50, 359-361 (VF, pp. 63-74, 386-388).

（19） Raymond Michelet, "The White man is killing Africa," Cunard (ed.), *Negro Anthology*, pp. 822-855 (VF, pp. 850-880).

（20） チザム『ナンシー・キュナード』、三四七頁。

（21） 本稿は本書の再評価の視点を導入することが目的であることから、テクストの次元で惹起される両義性にはあえて触れなかった。本稿のもとになった発表のさいの質疑や会話において指摘された、キュナードのジョセフィン・ベーカーの肖像やアフリカ彫像の取り上げ方のうちにエキゾティシズムやプリミティヴィズムを読み取ることはできる。植民地主義的構図のなかにキュナードの試みが囚われているという限界の指摘は、その再評価の試みと同様に、誰がどのような場所から何語で述べるのかという立場性とやはり切り離せない。筆者はキュナードの仕事があらためて注目され、日本語においても認知されることが第一に重要だと考える立場から、本稿を書いたことを付記しておく。

【図版出典】

図１ Nancy Cunard, 1925, photographiée par Man Ray - © Man Ray Trust - Adagp, Paris 2013 © Centre Pompidou.

図2　W. H. Allen & Co, Londres, 1942. Collection musée du quai Branly, D. R.

図3・4・5　ニューヨーク公共図書館デジタル・ライブラリー。https://digitalcollections.nypl.org/items/294108d0-4abd-0134-e9a7-00505686a51c

＊　本研究はＪＳＰＳ科研費23K00432の助成を受けている。

アンリ・マティスとプリミティヴィスムの変容

大久保恭子

両世界大戦間期の前半、一九二〇年代にパリに流れ込んだ多様な他者はブームを成し、芸術に高揚感をもたらした。しかし後半の一九三〇年代、世界恐慌を一要因としてパリの空気は一転し、第二次世界大戦へと向かう不穏な空気に包まれていく。このコントラストが象徴するように、大戦間期は世界大戦、植民地、他者、それにまつわる民族学と、二〇二四年に誕生から百年目を迎えたシュルレアリスムが交錯して、それまでのヨーロッパの芸術的価値観に変動を生じさせた。

この時期、フランスのモダニスムを代表する一人、アンリ・マティス（一八六九―一九五四）は、パリとは別に南仏ニースでの活動を本格化する。ことに第一次ニース時代と呼ばれる一九一七年から一九二九年までの作品は、ジャン・コクトーやアンドレ・サルモンをはじめとする前衛芸術家や批評家、またアルフレッド・H・バー・Jr.たち美術史家により、一九一〇年代の作品に比して装飾的に過ぎ享楽的と低く位置づけられ、等閑に付されてきた。(1)しかし一九八六年から八七年にかけての「アンリ・マティス――初期ニース時代　一九一六―一九三〇年」展を節目に、(2)ことに二〇〇〇年以降キャサリン・ボック＝ワイスをはじめ複数の美術史家による再検討が進められている。[3] そこで改めて着目されたのは、マティス芸術に遍在する二重性である。マティスは、相対的に対照的な特質のせめぎ合いとそれらの調整への努力、到達した総合によってモダニストとしての評価を固めたが、そのせめぎあいや調整が含み持つ意味を、制作活動を取り囲んだ大戦間期の芸術的ネットワークにおいて考察することはいっそう必要とされている。

本稿では、マティスの第一次ニース時代を中心に、プリミティヴィスムとの関わりを軸として、制作活動が含み持つ意味を芸術的環境に則して検討したい。

マティスのオリエンタリスム

第一次世界大戦後、フランスは敗戦国の植民地の再分配によって強大な植民地帝国となり、シリア、レバノンをも新たな領土とした。一九二二年、マルセイユで開催された植民地博覧会では植民地主義的イデオロギーが称揚され、十九世紀以降のオリエンタリスムは新しい段階に入る。この時期マティスは、キュビスムの影響を受けた実験的絵画がしのぎを削るパリから距離を取り、南仏のニースで、マティス曰く「マニエリスト」となることを回避して自らの感性を呼び起こすべく、[4]《ニースの大きな室内》（一九一九―二〇年、シカゴ美術館蔵）のような自然主義を基調とする冒険をしない画風の室内画を数多く制作した。

わけても《赤いキュロットのオダリスク》は、リュクサンブール美術館館長レオンス・ベネディットによって一九二二年に国家の買い上げとなった。これを初期の代表作とする、イスラムのハーレムで奉仕する女性を描いた「オダリスク」は、一九二三年以降に作例が飛躍的に増えた。これらの作品はマティスがオリエンタリスムを継承していることを示しているが、制作の背景には、一九二一年にニースで居所を定めて、しつらえを自在にオリエント風に変えられるアトリエを持ったことと、植民地博が煽った時代の空気があった。

作品買い上げは、フランスがマティスを自国の画家として承認したことを物語るが、それを決めたベネディットは、一八九三年にフランス・オリエンタリスト画家協会を設立し、植民地の芸術振興に寄与してきた人物でもあった。

しかしマティスは十九世紀的オリエンタリスムをそのまま継承したわけではなかった。《赤いキュロットのオダリスク》（**図1**）では、奥に向かって斜めに置かれた長椅子に片膝を立てて寝そべる女性が描かれるが、「私はいつも逸話（l'anecdote）そのものを否定してきた」というマティスの証言にある通り[5]、逸話的に表現されてはおらず、背景のムーア風の衝立の文様は簡略化され、十字を囲む円形の繰り返しのリズムに重きが置かれている。また同年の《バラ色の長椅子の女性》（一九二一年、シカゴ美術館蔵）では、女性がイスラム風の衣装を纏ってはいるものの、その相貌は曖昧で非人格化されている。これらは、ジャン＝レオン・ジェロームの《ムーア風の風呂、二人の女性》（一八七〇年、ボストン美術館蔵）に見られるようなオリエンタリスム、つまりオリエントを実際に見たかのような逸話的な「ピトレスク（pittoresque）」な表現によって、オリエンタリスムの幻想に「客観性」を与えて評価を得たオリエンタリスムとは[6]、次元を異にしている。

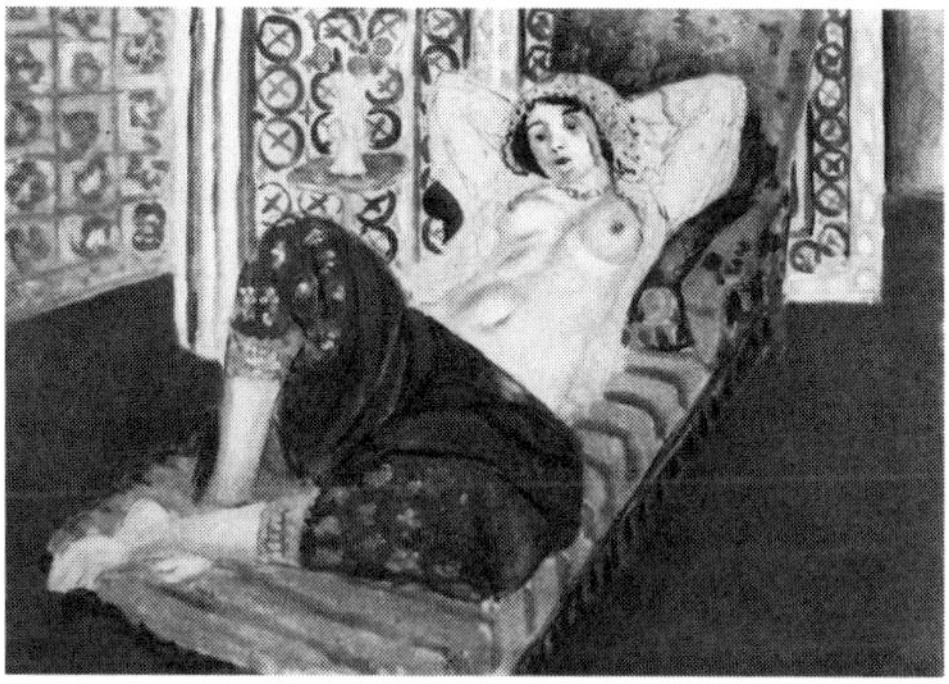

図1　アンリ・マティス《赤いキュロットのオダリスク》, 1921年, 油彩, カンヴァス, 65 × 90 cm、パリ, 国立近代美術館蔵。

マティスの「オダリスク」は、美術史家ピエール・シュネデールの言を借りれば「ピクチュラル（pictural）」な表象で[7]、オリエンタルなモチーフは、それがモデルという人間であろうとも、マティス自身の感動や感性を引き出すよすがに過ぎず、重視すべきはそれを画家がいかに造形的次元に置きかえたかであった。

これらの作品におけるマティスと雇われた職業モデルとの訓致の関係を[8]、映画監督と女優の関係になぞらえたのはボックだが[9]、「オダリスク」をはじめとする第一次ニース時代の作品主題は、客観的に再現された対象にあるのではなく、「自分の本能に従わなければならない」と言うマティス自身の願望にあった[10]。この点でこれらの作品を、当時の植民地政策における宗主国と植民地の、支配と被支配の政治的力関係になぞらえることもできる。そしてそこで特徴的だったのは、マティスのオリエントに対する造形的視点からの関心だった。マティスが実践したのは美術史家ロジャー・ベンジャミンが言う、モダニストすなわちフォーマリスト・オリエンタリズムであった[11]。

第一次ニース時代の作品に対して前衛的な批評家たちは総じて厳しい評価を下したが、一九一九年のベルネーム＝ジュヌ画廊の展覧会評で、アンドレ・ロートはマティスの成功を認めた[12]。印象派を思わせる画風は親しみを感じさせ公衆に受け入れられ、一九二五年には、マティスは設立が期待される近代美術館に所蔵されるべき画家として、多くの識者から指名されることになる[13]。ベネディットによる作品買い上げはこうした流れの中の出来事だった。

マティスにおけるオリエンタリスムとプリミティヴィスムの交錯

マティスとオリエントの出会いは、一九〇六年、一九一二年、一九一三年のフランス領北アフリカ旅行に遡る。またマティスは一九一〇年にミュンヘンで見た「イスラム芸術」展で、アラベスクを主体とする装飾の構造を吸収し、《モロッコの庭》(**図2**)では、アラベスクがたんなる植物文様としてではなく、右手でしなる木の幹や生い茂る植物を形成する曲線として取り込まれた。手前の植物も後景の木々の葉の茂りも同じ強さの曲線で描かれているために、風景は平らな表面となっている。マティスにとってアラベスクは文様ではなく、画面を表面として組織するための造形要素だった。

ところがビスクラに旅行した一九〇六年にマティスは、北アフリカとは別して、それまで文化不毛の地とされてきた、サハラ砂漠以南のブラック・アフリカの彫像に美的価値を見出す。その「発見」はマティス一人のものではなく、同じくフォーヴと呼ばれたアンドレ・ドランも同時期に関心を示し、ガボンのファンの仮面を入手している。かれらの発見まで、呪物と認識され好奇心の対象でしかなかったそれらは、一九一二年以降、「アール・ネーグル」と呼ばれて、[14] パリの前衛芸術家たちの関心を集め、「プリミティヴィスム」なる二十世紀的な他者観を形成していくことになる。

図2 アンリ・マティス《モロッコの庭》，1912年，油彩，鉛筆，木炭，カンヴァス，116.8 × 82.5 cm，ニューヨーク近代美術館蔵。

マティスは、一九〇六年秋にパリの骨とう品店で入手したコンゴのヴィリの木製人像、つまりアール・ネーグルからひらめきを得て、《青い裸婦　ビスクラの思い出》（図3）を制作する。ここでは、人の手が入っていないような原初性を漂わせる植物群を背景に、裸婦が横たわっている。批評家ルイ・ヴォークセルは、幾重にもずれ、無骨に見えるデッサンを批判したが、その原因は歪曲にあると指摘した。[15] マティスが一九〇八年頃にアール・ネーグルを手に取って、「本能から生じる本物の彫刻的特質」、すなわちその形態の独特の比率とバランスを評価したように、[16] また本作が彫刻《横たわる裸婦1》（一九〇七年、パリ、国立近代美術館蔵）に連動していたことからも、この時のマティスの関心が量塊性の表現にあったことは重要である。マティスは、アール・ネーグルの彫像を特徴づける人体の誇張、つまり歪曲を絵画的手法として取り込んで、《青い裸婦　ビスクラの思い出》を描いたのである。

　こうした状況から浮かび上がるのは、一九〇六年頃の制作に生じたオリエンタリスムとプリミティヴィスムの交錯である。ただしマティス自身は《青い裸婦　ビスクラの思い出》というタイトルが示すように、オリエントとブラック・アフリカを区別して捉えていたわけではなかった。しかし、オリエント由来のアラベスクが絵画における平面性追求の造形要素となり、一方、アール・ネーグル由来の歪曲は絵画における量塊性の表現手法であったことは、この時点でマティスの作品には二重性、つまり二次元と三次元のせめぎ合いがあったことを物語っ

図 3　アンリ・マティス《青い裸婦　ビスクラの思い出》，1907 年，油彩，カンヴァス，92.1 × 140.4 cm，ボルチモア美術館蔵。

図 4　アンリ・マティス《ピアニストとチェスをするひと》，1924 年，油彩，カンヴァス，73.7 × 92.4 cm，ワシントン D.C.，ナショナル・ギャラリー蔵。

ている。ヴォークセルの批判にある「〔裸婦の〕右上腕は平らで重たそうだ」という文言は示唆的である。[17] そしてこの問題は十年後の第一次ニース時代に持ち越されることになる。

ニースでの作品《ピアニストとチェスをするひと》(図4)では、壁に沿って置かれたピアノを弾く女性とその右手前でチェスをする二人が、伝統的な室内空間に配されているように見える。しかしよく見ると、背景の直交する二面の壁は、クローゼットが置かれたために連続する平面となっている。ピアノもまた床と壁の境目を隠し、このために女性は床から浮き上がって見える。本作では、連続する平面と、本来室内に場を占めるはずの量塊性をもった人物とが緊張感を生み出している。しかしそれは、穏やかな印象派的雰囲気が全体を包んでいるために、控えめな緊張感を生じさせるにとどまっている。この緊張が前景化されるのは、《文様のある背景の装飾的人体》(図5)においてである。

図5　アンリ・マティス《文様のある背景の装飾的人体》, 1925-26年, 油彩, カンヴァス, 130 × 98 cm, パリ, 国立近代美術館蔵。

《文様のある背景の装飾的人体》では壁を文様が覆い、斜めに敷かれたオリエント風の絨毯にも一面に文様が描かれている。目を引くのは、垂直線が強調された背中を持つ彫刻的量塊性を堅持した人物で、床と壁との境目で膝を立てて座っている。その頭部は小さく丸くまとめられ、《青い裸婦　ビスクラの思い出》を思わせる。またこの人物には、何重にもずれた描き直しの跡が見られ、それも本作が《青い裸婦　ビスクラの思い出》を引き継いでいることを示す。人物の相貌は描かれてはいるが脱個性的である。もはや壁が一つの面なのか直交する二面なのかも判然としないが、境目があるとおぼしき場所には、何も映さない鏡が絵画表面に並行して置かれ、右手前のやはり絵画表面に並行するクッションと呼応している[18]。本作は複雑なアラベスクの中に人物を挿入する試みであり、二次元と三次元とがせめぎ合う緊張感が前面に押し出されている。本作について批評家ジョルジュ・シャランソルは、快楽主義者を喜ばせてきたマティスが新しい冒険に乗り出したとエールを送った[19]。マティスはこれ以降もオダリスクを描き続けるが、本作はマティスの第一次ニース時代の試みの内破を印す節目の作品と言える。

このようにマティスの制作において交錯したオリエンタリスムとプリミティヴィスムであるが、両概念についてはこれまで明確に差異化が図られてきたわけではない。オリエンタリスムについては、エドワード・サイードによって、地理的・歴史的に漠然としたエキゾティックな世界に対する象徴的な集合表象と理解された[20]。ではプリミティヴィスムも同様の他者観で、指示する地域や発生時期が異なるだけの、オリエンタリスムの延長に過ぎないのだろうか。

プリミティヴィスムに関しては、発生時からそれを言語化したギヨーム・アポリネールが、「本質的関心は造形的形態にある」と明言し[21]、アール・ネーグルをエジプト美術に関連づけてヨーロッパ美術との繋がりを示唆していた[22]。この論調は他の批評家にも共有され、文化不毛すなわち歴史の出発点に位置すると認識され、それゆえその価値が重んじられたアール・ネーグルを、二十世紀の前衛芸術に結びつけることで前衛芸術の歴史的正統性が主張された。

こうした造形的視点は美術史家カール・アインシュタインにも見られ、形式的な類似を示す、アール・ネーグルの地理的広がりである「圏（Kreis）」が確認された[23]。ドイツ・オーストリアの民族学を踏まえたアインシュタイン流の、ある様式が中心から周辺へと伝播する「文化圏（Kulturkreis）」の発想をプリミティヴィスム理解に援用すると、パリを中心に造形的な類縁関係に基づいて、同心円状に広がる文化圏概念が形成された可能性が浮かぶ。

一九二〇年代にアール・ネーグルをルーヴル美術館に収蔵しようという意見が、学芸員からも民族学者からも提出されたのは、こうした同化作用がもたらした結果の一つである。[24]この発想は、植民地支配における同化政策とも関連を持ち得たと考えられる。そしてマティスのプリミティヴィスムも、他者の表象を造形的視点で捉えたからこそ、本来異質なオリエントとブラック・アフリカ、ひいてはヨーロッパが同一面上に並んだのであり、第一次ニース時代の画面において二次元（オリエント）と三次元（ブラック・アフリカ）のせめぎあいが生じたのは、造形的視点での探求が抱え込んだ必然でもあった。

しかし《文様のある背景の装飾的人体》における二重性の前景化については、マティスを巻き込んだ当時の芸術的環境の内破とも言うべき、他者観ことにプリミティヴィスムの変容に連動させて検討する必要がある。というのも本作品が制作された一九二五年から二六年は、黒人レヴューがブームを起こしてジョセフィン・ベーカーが評判となり、マルセル・モースたちが民族学研究所を設立し、シュルレアリスト画廊が開廊した年で、芸術的環境は多方面からの刺激によって変化が煽られた時期だったからである。

プリミティヴィスムの変容

第一次世界大戦は歴史上初の総力戦となり、未曽有の人的被害を生じさせることとなった。そしてその哀悼心は、戦後の芸術批評の論調にも影響を与えた。民族学者で美術史家のジャン・ロードは、その現象を特徴づけるのは一九一九年に始まる伝統への回帰と、それにともなう人間主義の復活であると指摘したが、[25]そうした傾向はマティスをめぐる批評的言辞にも現れた。たとえば論客エリー・フォールは一九二三年に、マティスの色彩と調和の妙技を称えつつも、「人間性が少し欠けている」と懸念を示し、一九二七年には人物も調度品も等しく造形的次元に還元するマティスの作品に人間性の欠如を見て、批判的見解を示していた[26]。これは評価の観点が造形性から人間性、精神性の表現へと移っていったことを物語っているように見える。もっともマティス自身は一九〇八年に公表した「画家のノート」で、「生について抱いているいわば宗教的感情」を表現させてくれる人物像にひかれると記したときから[27]、第一次ニース時代においても、人間性に関心を抱き続けていた[28]。

この評価の観点シフトの背景にはいくつかの事象が絡み合って存在していた。一つには一九二五年に研究所設立により民族学が新局面を迎え、他者観の制度化が進んだこと、もう一つは一九二四年のシュルレアリスムの誕生がもたらした美的価値の転換である。プリミティヴィスムは双方からの影響を受けて変容していったが、着目したいのは民族学とシュルレアリスムが目指すところの重なりと差異である。

文化人類学者ジェイムズ・クリフォードは、この時期、他者への理解はポール・リヴェやモースたち民族学者と、ジョルジュ・バタイユの『ドキュマン』誌に関わったアインシュタインたちの連携によって進展したと指摘する[29]。その流れでジョルジュ・アンリ・リヴィエールたちは、アール・ネーグルを美的なものとして本来の信仰や風俗から切り離すことに反対を表明した[30]。

そしてシュルレアリストも一九二六年の『シュルレアリスム革命』誌に「野蛮の品々（objets sauvages）」を掲載した。ただしそれは、一九二〇年代前半までにブームとなり、そのために原初の輝きに陰りのさしたブラック・アフリカの造形物ではなく、いまだ注目を集めるには至らないオセアニアの仮面だった。ここにプリミティヴィスムにおける新たな発見が創出されたと言える。もっとも、仮面はアンドレ・ブルトンの文章に添えて掲載されたが、その文章が「野蛮の品々」について語っているわけではなかった[31]。十年後、一九三六年にブルトンは、『カイエ・ダール』誌に掲載された論文「オブジェの危機」で、「野蛮の品々」すなわち「オブジェ」について、その本来の役割を転換させ別の何かにすることに意味があると述べる[32]。シュルレアリスムは、その異質性が注目されたにもかかわらず、造形的視点で捉えられることで同化され、異質性の輝きを失いつつあったアール・ネーグルをめぐるプリミティヴィスムを、別の次元に送り込もうとした。すなわち、ブラック・アフリカからオセアニアとアメリカに視点を移し、さらに造形的視点から離れて、他者の造形物を本来の文脈からずらして別の文脈にデペイゼし、そこで生じるズレに着目することによって、新たな価値を提示しようとしたのである。

それではこの衣替えしたプリミティヴィスムにおいて、新たな価値はいかにして再コンテクスト化されたのだろう。しかしシュルレアリスムのオブジェの試みに明快な結論は出せない。というのも「野蛮の品々」についての語りは見出せず、あたかも再コンテクスト化を避けたかのように見えるからである[33]。

一方民族学は、その再コンテクスト化に関して、シュルレアリスムとは異なる方向に舵を切った。民族学は他者に人間全体の基底を成す人類学的構造を見ようとした。リヴェが一九三七年に開館する人類博物館は、一九二〇年代の「アナーキーなコスモポリタニズム」を背景として錯綜した他者観を、人間性を軸に統一しようと構想されたものであり、リヴェは「人類とは、空間的かつ時間的に分割不可分な総体」と考えた[34]。もっともクリフォードによれば、このときリヴェが目指したのは、「人間主義」というヨーロッパ特有の概念を他者に拡張する試みで、他者の「民族誌」的器物や資料はヨーロッパによって収集され、解釈可能な文脈の中で再コンテクスト化されて提示されることになった、ということになる[35]。

民族学とシュルレアリスムがともに関与したプリミティヴィスムの改編は、いずれもが造形的視点から距離をとって、他者の造形物の役割と意味に着目することから始まるが、民族学が自他の差異を理解可能なものにしようとしたのに対して、シュルレアリスムは他者の造形物を本来の文脈からずらすことで意外性を喚起しようとした[36]。他者への架橋を目指した民族学に対して、シュルレアリスムは自己の探求にとどまったとも言えるだろう。この点で双方はプリミティヴィスムに相反するベクトルを持ち込んだことになる。そしてこの二つのベクトルが交差したのが一九三一年の国際植民地博覧会だった。

マレシャル・ユベール・リオテが総指揮を執った国際植民地博覧会では、フランスの全植民地が展示され、パリがその中心であることが示された。リオテが統督を務めたモロッコでの統治は、限界を呈した同化政策ではなく連携政策に依っていた。そのためモロッコでは、保存された旧い街並みとヨーロッパ風に近代化された区画が混在する、ハイブリッドな文化が生まれていた。博覧会では、そうした植民地の混成文化をフランスが解釈して寄せ集め、大フランスのナショナリスムの下に統合した。博覧会は公衆の人気を集め、成功を収めたが、それは植民地の断片を本来の文脈から切り離して再コンテクスト化し捏造した、フランスにとっての理想世界だった。

これに対する民族学の反応は、後に人類博物館となるトロカデロ民族誌博物館での、それ本来の文化的文脈のフィールド調査結果と併せて収集品を展示する、モースの民族学に則った科学的展示であった。一方シュルレアリストはより政治的に過激な行動をとった。反植民地博覧会として「植民地の真実」展を開催し、博覧会が基本とした文化のヒエラルキーを否定して、アフリカ、オセアニア、アメリカの造形物とシュルレアリストの作品を並べて展示した[37]。

国際植民地博覧会をめぐる民族学とシュルレアリスムの反応について、パトリシア・モルトンは「ハイブリッド文化のパラドクス」という視点から、それらは植民地における連携政策の要である分離の失敗を象徴する動きだったと指摘した。というのも、分離を進める過程で不可避的に発生するハイブリッドは、その内部から分離を崩壊させるという特質を持つからである[38]。この作用をここでは「内破」と呼ぶこととしたい。

マティスにおける内破

この「内破」については、柳沢史明氏が指摘した、造形的視点から「文化圏」の概念を唱えたアインシュタインが、一九三〇年に関心の重点を移して提唱した「文化層（Kulturschicht）」の概念を援用することが有意義であると考えられる[39]。多様な文化的・民族的な層が、空間と時間の中で互いに重なり合い交差しあって新たな文化を生じさせるという発想には、文化を、その形成過程もろとも動的な様態として検討する視点が含まれる。これにより、この時期のフランスにおける文化的内破のみならず、マティスの第一次ニース時代における内破も、これまでとは異なる視点から検討することが可能になる。というのもマティスのオリエンタリスムを特徴づけたアラベスクは、その名称こそイスラムを示唆するが、アロイス・リーグルが指摘したように、その起源は古代ギリシア・ローマにあり、ビザンチンでの変容を経て、サラセンが北アフリカを領土としたとき見出されたのであり、その後ルネッサンス期に装飾の語彙として、ヨーロッパによって再び発見されたものだったからである。(40) マティスが大戦前に造形要素として取り込んだアラベスクは、モロッコを含むオリエントの文化層に存在し、そこにおいては複数の地域からの影響が層を成して、相互に混じり合いながら変性を重ねていた。マティスもまたその文化変性に巻き込まれたとも言える。こう考えると、第一次ニース時代におけるオリエンタリスムとプリミティヴィスムの交錯が生じさせた一九二五年の内破は、画家個人の造形的次元の問題にとどまらず、当時の芸術的ネットワークと絡み合って生じたと了解される。

第一次ニース時代におけるマティスの制作活動をプリミティヴィスムの変容に照らして考えると、マティスには他者への民族学的アプローチを行った形跡がない一方で、内破を経たマティスとシュルレアリスムによってシフトしたプリミティヴィスムとの関わりは、意外に深かったことが浮き彫りになる。それは一九三〇年のアメリカとフランス領タヒチへの旅行とパラレルに生じた、マティスのオセアニアへの関心拡大によっても裏づけられる。

タヒチ旅行を経てマティスは画風を大きく変えることになるが、その一例がアルバート・C・バーンズの依頼による壁画《ダンス》(一九三二―三三年、フィラデルフィア、バーンズ財団蔵)である。メリオンにあったバーンズ財団の中央ギャラリーの、庭に面した壁の上方、三つの穹窿式オジーヴに嵌め込まれた《ダンス》では、平塗の色面を背景に激しく飛跳ねてアーチ型の枠組みを越えてしまうようなダンサーが、単純化された形態で捉えられており、マティスの第一次ニース時代からの発展的な離脱が認められる。

時期を同じくしてマティスは、シュルレアリストとの交友を広げる。わけても、一九三二年にマティスがニースの自宅に二週間ほど滞在させたアンドレ・マッソンとは親交を深め、互いの手法に関して大いに語り合った。「リズム的としか呼びようのない欲望が、色斑によってカンヴァス上に現れ、そして線の介入が起こる。そのとき絵画が名づけられる」と語るマッソンにマティスは、二人のやり方は方向が逆だが根本的には同じことだと話している。(41) 二人の間に共有できる芸術観があったことは、マッソンの「ある高名な博物学者が、「あなたの創造物には生育力がある」と言って私に確信を持たせてくれた」という発言と、(42) マティスが人伝えに聞き共感した、樹を描くとき下から描き始めたら樹と一緒に上がっていく感じを持つようにしなくてはならない、という中国の教えとの親縁性からも了解される。(43)

ここでマティスが念頭に置いていたのは、ピトレスクな表現を拒絶して対象と自身の関係のピクチュラルな表現を重視することではなかっただろうか。対象とマティスとの関係性はそれ自体がそもそも不可視的で、その表現は精神的かつ人間的なものだった。マティスが第一次ニース時代を通して関心を寄せた人間性の表現は、こうした関係性の表現に置きかえて理解することもできる。

*

世紀初頭にマティスもその発見に関わったアール・ネーグルについて、ウィリアム・ルービンは、アフリカの彫像には堅固な量塊性があり、ある種の「人間中心主義」あるいは「神人同形論」を思わせる、基本的に目に見える世界の具体性に根ざす特質があると指摘した。(44) 一方、一九三〇年代からマティスも関心を示したオセアニアの彫像には、マッソンの言葉によれば「肉体のもつれ(45)」、つまり解体され開かれた造形的特徴が認められ、ルー

図6　アンリ・マティス《オセアニア　海》，1946年，切り紙絵，166 × 380 cm，ル・カトー＝カンブレジ，マティス美術館蔵。

ビンはオセアニアの造形物に目に見える世界よりも空想の世界の表現を見た[46]。

かの地では知覚と表象の二元論が総合の動きの中で廃棄され、物理的なものと心的なものとが相互に浸透するとブルトンが述べたオセアニアが関与する[47]、開かれた関係性の新たな表現に、マティスは一九三〇年代から切り紙絵という新領域で取り組む。彩色された紙をはさみで切って色つきの形を形成し、それらを紙や壁といった支持体に接着させることで構成する切り紙絵は、バーンズの《ダンス》の下絵の手法として用いられていたが、一九三〇年代からは独立した領域の手法としてマティス最晩年の制作の主軸となる。

《オセアニア　空》（一九四六年、ル・カトー＝カンブレジ、マティス美術館蔵）と《オセアニア　海》（**図6**）の制作は、第二次世界大戦終了後、パリに戻ったマティスがアパルトマンの寝室の壁のシミを隠そうと、切り出した白いツバメを壁にピン留めしたことから始まる。鳥を思わせる白い形態は次第に壁を覆い、ドアを挟んだもう一面の壁にも増殖していった。これらをよく見ると、最初の壁面には鳥に混じって海生の生物のような形が浮かび、一方ドアを挟んだ壁には白いサメやクラゲに紛れて海中を泳ぐ鳥のような形が認められる。最初の壁面は、《オセアニア　空》、増殖した一面は《オセアニア　海》となるが、ここでは空と海が境界を越えて繋がり、絵画空間は無限に拡張して流動的な広がりを生成している。それは、マティスが一九三〇年にタヒチで体験した「精神的な光」がもたらす、二次元でも三次元でもない「宇宙的空間（un espace cosmique）」であり、新しい次元での総合、換言すれば対象とマティスとの関係性の表現の実現でもあった[48]。もはや「空」あるいは「海」が主題化されているというより、対象とマティスとの関係性の表現そのものが主題となったと言うこともできる。ここに、シュルレアリスムによる言語化を拒むがごとき、「野蛮の品々」の開かれた再コンテクスト化に通じるものが現出された、とも考えられるのである。

【注】

（1）天野知香「一九一〇年代末から一九二〇年代前半のフランスにおける批評の文脈とマチスの芸術」、『鹿島美術研究』年報別冊、第一四号、一九九七年、五〇―五一頁。ならびに、大久保恭子「マティスとニース――飛翔の場としてのアトリエ」、永井隆則編『〈場所〉で読み解くフランス近代美術』三元社、二〇一六年、一九〇―一九二頁。

（2）Jack Cowart and Dominique Fourcade (eds.), *Henri Matisse: The Early Years in Nice 1916-1930*, exh.cat., Washington: National Gallery of Art, 1986.

（3）Catherine Bock-Weiss, *Henri Matisse: Modernist Against the Grain*, Pennsylvania: The Pennsylvania State University Press, 2009.

（4）Dominique Fourcade, « Autres propos de Henri Matisse », *Macula*, nº 1,1976, p. 94.

（5）André Verdet, « Henri Matisse », *Entretiens notes et écrits sur la peinture*, Nantes: Éditions du Petit Véhicule, 2001, p. 124.

（6）リンダ・ノックリン『絵画の政治学』坂上桂子訳、彩樹社、一九九六年、七五―七七頁。

（7）Pierre Schneider, "The Moroccan Hinge," *Matisse in Morocco: The Paintings and Drawings, 1912-1913*, exh.cat., Washington: National

Gallery of Art, 1990, pp. 17-27.

（8） 「オダリスク」を描いたマティスのほとんどの作品のモデルは、オリエントの女性ではなかった。またこれはマティスに限ったことではなかった。大久保恭子「アンリ・マティス——ニースにおける「印象派」との再会」、山口惠里子編『ヨーロッパ戦間期美術叢書Ⅰ　躍動する古典、爛熟する時代——アンリ・マティスからオットー・ディクスへ』ありな書房、二〇二四年、三七—四二頁。

（9） Catherine Bock-Weiss, *op. cit.*, pp. 114-115.

（10） Dominique Fourcade, *op. cit.*, p. 94.

（11） Roger Benjamin, *Orientalist Aesthetics: Art, Colonialism, and French North Africa, 1880-1930*, Berkeley, Los Angeles, London: University of California Press, 2003, pp. 159-190.

（12） André Lhote, « Exposition Matisse (Galerie Bernheim jeune et Cie) », *La Nouvelle Revue Française*, juillet 1919, pp. 308-313.

（13） « Les grandes enquêtes de *l'Art Vivant* : Pour un musée français d'art moderne », *L'Art vivant*, août 1925, pp. 34-36.

（14） その言葉の初出は以下の記事であるとされている。André Warnod, « Arts décoratifs et curiosités artistiques : L'art nègre », *Comoedia*, 2 janvier 1912.

（15） Louis Vauxcelles, « Le Salon des 'Indépendants' », *Gil Blas*, 20 mars 1907.

（16） ジャック・D・フラム「マティスとフォーヴの作家たち」大久保恭子訳、ウィリアム・ルービン編『20世紀美術におけるプリミティヴィズム——「部族的」なるものと「モダン」なるものとの親縁性』淡交社、一九九五年、二二七頁。

（17） Louis Vauxcelles, *op. cit.*, 20 mars 1907.

（18） メイヤー・シャピロは、右手前には布張りの椅子の背もたれの断片が描かれているとし、断片であるがゆえに絵の手前に広がる空間を暗示すると述べた。Meyer Schapiro, "Matisse and Impressionism: A Review of the Retrospective Exhibition of Matisse at the Museum of Modern Art, New York, November 1931," *Androcles*, vol.1, n° 1, 1932, p. 34

（19） Georges Charensol, « Le Salon des Tuileries », *L'amour de l'art*, tome VII, 1926, pp. 204-212.

（20） エドワード・W・サイード「序説」、『オリエンタリズム（上）』板垣雄三・杉田英明監修、今沢紀子訳、平凡社、一九九五年、一七—七五頁。

（21） Guillaume Apollinaire, « Sculptures d'Afrique et d'Océanie », *Les Arts à Paris*, 15 juillet 1918, in L.-C.Breunig (éd.), *Guillaume Apollinaire, Chroniques d'art, 1902-1918*, Paris : Gallimard, 1960, pp. 552-553.

(22) Guillaume Apollinaire, "Concerning the Art of the Blacks—1917," in Jack Flam with Miriam Deutch (eds.), *Primitivism and Twentieth-Century Art: A Documentary History*, Berkeley, Los Angeles, London: University of California Press, 2003, p. 107.

(23) 柳沢史明「カール・アインシュタインによる《アフリカ美術研究のための方法》の探求」、澤田直編『異貌のパリ 1919-1939——シュルレアリスム、黒人芸術、大衆文化』水声社、二〇一七年、一九八—二〇〇頁。

(24) Félix Fénéon (ed.), "Will arts from remote places be admitted into the Louvre ?—1920," in Jack Flam with Miriam Deutch (eds.), *op. cit.*, pp. 148-149. ならびに、大久保恭子『〈プリミティヴィスム〉と〈プリミティヴィズム〉——文化の境界をめぐるダイナミズム』三元社、二〇〇九年、一一六—一三〇頁。

(25) Jean Laude, « Retour et/ou rappel à l'ordre ? », *Le Retour à l'ordre, dans les arts plastiques et l'architecture, 1919-1925*, Paris : Centre Interdisciplinaire d'Etudes et de Recherche sur l'Expression Contemporaine, 1975, pp. 7-44.

(26) Lettre à Walter Pach, 24 avril 1923; 22 février 1927, in Martine Chatelain-Courtois, « Dossier », *Élie Faure, Histoire de l'art : L'Art Moderne. II*, Paris : Éditions Denoël, 1987, pp. 410-411.

(27) アンリ・マティス「画家のノート」、『マティス 画家のノート』二見史郎訳、みすず書房、一九七八年、四七頁。

(28) 一九二一年のフランク・ハリスによるマティスへのインタビュー。Dominique Fourcade, *op. cit.*, p. 97.

(29) ジェイムズ・クリフォード『文化の窮状——二十世紀の民族誌、文学、芸術』太田好信・慶田勝彦・清水展・浜本満・古谷嘉章・星埜守之訳、人文書院、二〇〇三年、一五一—一八九頁。

(30) 河本真理「〈オブジェ〉の挑発——シュルレアリスム／プリミティヴィスム／大衆文化が交錯する場」、澤田直編、前掲書、一五五頁。

(31) André Breton, « Textes surréalistes », *La Révolution surréaliste*, n° 6, mars 1926, pp. 4-7.

(32) アンドレ・ブルトン「オブジェの危機」、『アンドレ・ブルトン シュルレアリスムと絵画』瀧口修造・巖谷國士監修、粟津則雄・巖谷國士・大岡信・松浦寿輝・宮川淳訳、人文書院、一九九七年、三一四頁。「オブジェ」についての分析は、河本真理、前掲書、一五一—一六九頁を参照。

(33) 星埜守之「「野蛮の品々」と「オブジェ」の三〇年代を巡って」、鈴木雅雄・真島一郎編『文化解体の想像力——シュルレアリスムと人類学的思考の近代』人文書院、二〇〇〇年、四四六—四四九頁。

(34) ジェイムズ・クリフォード、前掲書、一七七—一七九頁。

(35) 同書、一七八—一七九頁。

(36) 同書、一八五頁。

(37) パトリシア・モルトン『パリ植民地博覧会——オリエンタリズムの欲望と表象』長谷川章訳、ブリュッケ、二〇〇二年、九二、九六—九七、三〇〇—三〇二頁。

(38) 同書、三〇八頁。

(39) 柳沢史明、前掲書、一九六—二〇〇頁。

(40) アロイス・リーグル「序説」、『リーグル　美術様式論——装飾史の基本問題』長広敏雄訳、岩崎美術社、一九九〇年、一三—一九頁。

(41) André Masson, « Conversations avec Henri Matisse », *Critique*, vol. 30, 1974, pp. 396-397.

(42) André Masson, *La Mémoire du monde*, Genève : Éditions d'Art Albert Skira, 1974, p. 10.

(43) 「アンドレ・ルーヴェール宛ての手紙　樹木の素描について」(一九四二年)、『マティス　画家のノート』、前掲書、一九一頁。

(44) ウィリアム・ルービン「序——モダニズムにおけるプリミティヴィズム」小林留美・長谷川祐子共訳、ウィリアム・ルービン編、前掲書、四一、五八頁。

(45) エヴァン・モーラー「ダダとシュルレアリスム」田中不二夫訳、ウィリアム・ルービン編、前掲書、五五一頁。

(46) ウィリアム・ルービン、前掲書、四一頁。

(47) アンドレ・ブルトン「オセアニア」、『アンドレ・ブルトン集成　第七巻』瀧口修造監修、粟津則雄訳、人文書院、一九七一年、二七八頁。

(48) 「アンリ・マティスの世界旅行」、『マティス　画家のノート』、前掲書、註五九、一二五—一二六頁。

【図版出典】

図1　Jack Cowart and Dominique Fourcade (eds.), *Henri Matisse: The Early Years in Nice 1916-1930*, exh.cat., Washington: National Gallery of Art, 1986, p. 203.

図2　*Matisse in Morocco: The Paintings and Drawings, 1912-1913*, exh.cat., Washington: National Gallery of Art, 1990, p. 71.

図3　John Elderfield (ed.), *Henri Matisse: A Retrospective*, exh.cat., New York: The Museum of Modern Art, 1992, p. 167.

図4　Jack Cowart and Dominique Fourcade (eds.), *Henri Matisse: The Early Years in Nice 1916-1930*, exh.cat., Washington: National Gallery of

Art, 1986, p. 197.

図5 Jack Cowart and Dominique Fourcade (eds.), *Henri Matisse: The Early Years in Nice 1916-1930*, exh.cat., Washington: National Gallery of Art, 1986, p. 212.

図6 Karl Buchberg, Nicholas Cullinan, Jodi Hauptman and Nicolas Serota (eds.), *Henri Matisse: The Cut-Outs*, exh.cat., London: Tate Publishing, 2014, p. 135.

II

美術と文学の女性たち

一九三〇年代のシュルレアリスムとクロード・カーアンのアンガージュマン

永井敦子

シュルレアリスムと「女性」

二十世紀の芸術運動のなかでも、第一次世界大戦に先立つ一九〇〇年代に始まり、大戦前にその最盛期を迎えたキュビスムや未来派に対し、シュルレアリスムは一九一〇年代末のフランスで、大戦による社会の疲弊や廃頽と若者の怒りから生まれ、両大戦間にその活動を展開した。そして一九三〇年代末の第二次世界大戦へのフランスの参戦と、相前後した主要メンバーたちの南北アメリカへの亡命をもって、パリのシュルレアリスム運動は表向き一旦の終息を見た。したがってこの運動は、両大戦間のフランス社会の状況と密接な関わりを持っている。またこの時期の女性の社会進出は前衛運動においても例外ではなく、第一次世界大戦前と比べても、それは明白である。

しかしながらシュルレアリスムにおける女性の位置や役割については、フェミニズム的視点から強い批判が加えられてきた。その草分けであるグザヴィエル・ゴーチエはすでに一九七一年の著書『シュルレアリスムと性』

において、この運動における男性優位性の強さを指摘している。そこでは女性は身体的搾取の対象であることに加え、男性芸術家から一方的に「ミューズ」や「悪魔」として扱われ、表象される、主体性を奪われた存在だったという批判である。[1]しかし近年、運動の中や周辺にいた女性芸術家たちの、表現主体としての評価が高まってもいる。二〇二三年にパリのモンマルトル美術館で開催された「シュルレアリスムの女性形？」展では、シュルレアリスムに影響を受けた女性芸術家の数の多さと、それが現代まで継続していることの実証に力点が置かれていた。シュルレアリスム美術史家ファブリス・フラウテズは、カタログ掲載論文「シュルレアリスムは「フェミニズム」的運動か？」において、見方を変えて、女性芸術家による展覧会出展作品の質と量から見れば、「おそらくシュルレアリスムは、一九三〇年代から一九六〇年代の最も「フェミニスト」的な芸術集団だったとも言える」と書いている。[2]またレオノーラ・キャリントンやドロテア・タニングの作品が高値をつけ、欧米の絵画市場を賑わせている現状もある。[3]

そうしたなか、「シュルレアリスムの女性形？」展でもシュルレアリスム写真家として紹介されていたクロード・カーアンは、仮装や剃髪によって女性という「生物学上の性」をはじめとする自己のアイデンティティを様々に操作し、それを宙吊りにすることで、表現主体としての自己を探求したことで知られている。創作活動を通して、「シュルレアリスム運動のなかの女性」といった範疇の外にいようとしたように見える彼女に、シュルレアリスム運動は何をもたらしたのだろうか。

クロード・カーアンとシュルレアリスム

カーアンは一八九四年に、ユダヤ系の父と非ユダヤ系の母のあいだに生まれた。本名はリュシー・シュオブといい、作家マルセル・シュオブの姪にあたる。実家はフランス西部の都市、ナントの名家で、出版業を営んでいたため彼女自身も十代からパリの文化人と交流した。[4]父の再婚により義理の姉にもなった二歳年上の画家、シュザンヌ・マレルブを生涯のパートナーとし、彼女とともに一九二〇年にパリに出て、その後モンパルナス地区のアトリエを活動拠点にした。イギリス贔屓の父の影響や、一九〇〇年代後半のドレフュス事件再審の時期にフランスを逃れてロンドン近郊の寄宿学校で学んだため英語が堪能で、イギリスの医師・性心理学者ハヴロック・エリスの『社会衛生』の一部を翻訳し、一九二九年に本名で出版している。[5]パリでは両大戦間の文学、特に前衛文学運動の拠点のひとつとなったアドリエンヌ・モニエの「本の友の家」に通い、フィリップ・スーポーなどとも知り合ったが、一九二〇年代にはアンドレ・ブルトン自身の知己は得ておらず、シュルレアリスム運動にも参加していない。

一方、彼女はすでに一九一〇年代半ばに、意識的な自己演出を施したセルフポートレート写真を多数制作しており、一九一六年には剃髪した写真もある。またスポーツトレーニング用の装いでありながら、女性性を戯画的に誇張する化粧をした連作や、短髪で道化師のようなチェックの上着を着て鏡の前に立つ姿など、よく知られる彼女のセルフポートレート写真のほとんどは一九二〇年代に制作されているため、そうした表象を、上述のようなシュルレアリスム運動の男性優位性をめぐる葛藤と直結させて説明することには、あまり意味がない。もちろん、パリでシュルレアリスム運動などの社会批判的な前衛芸術やその担い手を知ることで、彼女が幼少期から抱いていた、地方の狭い人間関係のなかでブルジョワ家庭の母や娘に求められる役割を演じることへの反発が鋭さを増した面や、芸術の革命家を自認しながらも、女性を思考や表現の主体としては認めず、自己中心的な崇拝や蔑視の対象とする男性前衛芸術家たちに対する反発や失望が、表現に影響を与えた面もあっただろう。しかし彼女のセルフポートレート写真には、特に十九世紀イギリスの特権階級の間で好まれた「活人画写真」[6]や、出版にはいたらなかったものの、『不思議の国のアリス』を翻訳するほど彼女が愛したルイス・キャロルのそれのような、[7]子どもを被写体とする物語性の強い仮装写真からの影響、さらにいくつものセルフポートレート写真で彼女が自身の舞台衣装を着ていることが端的に示す、一九二〇年代の演劇活動など多様な着想源があるため、彼女の創作における表象は、そうした多様な着想源との相対的な関係において検討すべきだろう(8)。

一九二〇年代の創作に指摘できるシュルレアリスム運動との間接的な関係も無視はできないものの、彼女がブルトンと知り合い、シュルレアリスム活動を始めるのは一九三二年、彼女の革命作家芸術家協会(AEAR)への加盟とほぼ同時期であった。そしてそこから一九三七年春にジャージー島に亡命移住するまでの数年が、彼女がシュルレアリスム運動にもっともコミットした時期となる。つまり彼女がシュルレアリスム運動に実際に関わったのは、写真家としては主にセルフ・ポートレートを撮っていた一九二〇年代ではなく、コラージュ写真やオブジェ写真が中心となった一九三〇年代であった。そしてカーアンのシュルレアリスム運動への具体的な関わりという観点から見るなら、一九三六年五月にシャルル・ラトン画廊で行われたシュルレアリスム展への出品などを除けば(9)、政治的な行動がその中心を占めていたのである。しかしながらカーアンのこの時期のアンガージュマンは、今までほとんど関心や分析の対象にならずにきた。そこで以下、一九三〇年代のカーアンのアンガージュマンを年代順にたどりながら、その内容と形態の特徴を分析し、それらの行動が彼女の人生と芸術活動において、どのような意味や役割を担ったのかを考えたい。

一九三〇年代の社会とシュルレアリスム運動

一九三〇年代、ファシズムの脅威の高まりとともに、それに抗する左翼の共同戦線が求められるなか、シュルレアリスム運動においても政治状況との関わりかたの問題が深刻化した。「文化の擁護　一九三五年パリ国際作家大会」において、カーアンの友人でもあったルネ・クルヴェルが、ブルトンと共産党とのあいだを取り持とうとするも果たせず自殺したことは、当時の文化人の政治参加のなかでシュルレアリスム運動が抱えた葛藤を象徴する出来事だった。

政治との関係の持ちかたはメンバーによって異なり、それが運動内に不和や混乱を生んだ。ただブルトンや彼の周辺を中心に据えて見るならば、シュルレアリスム運動が政治と芸術のあいだで抱えていた葛藤は、おおよそ次のように説明できよう。

ブルトンは、芸術活動自体を創作の目的とする、いわゆる芸術至上主義的態度を否定していた。たとえば彼は一九三五年のプラハでの講演「今日の芸術の政治的位置」において、イギリスの詩人C・ディ＝ルイスの「「芸術のための芸術」ということは、「革命のための革命」がほんとうの革命家にとって無意味であるように、意味のない公式です。詩人はうけとった暗号通信を自分の世界に適応させて、彼固有の言語――個人の真実である言語――に翻訳するのです」[10]といった言葉などを紹介しながら、芸術家が創作を通して世界と関わる姿勢を支持している。同時に彼は芸術活動が持つマルクス＝レーニン主義的な社会革命の実現という理念的目標を、『通底器』(一九三二年)で次のように説明している。


知的な面では、私が何年も前から、マルクス＝レーニン主義的な形の社会革命以外には、私と私の友人たちとが身を捧げてきた活動の詩、哲学、実践面での結論はないという主張をかかげてきたのが、俗なロマン主義とか、冒険のための冒険への趣味によるものではないということを認めさせるのは、きわめて困難であった。[11]

しかしながら『シュルレアリスムとは何か』(一九三四年)において、ブルトンは芸術創作の目的と、手法や傾向との混同を警戒し、芸術が表現手法の探求や表現の傾向において自律的であることを、慎重な言いかたで求めている。

シュルレアリスムは自分がみつけたその〔＝精神的遺産の〕使用法に責任をもつことができます。つまりそれを資本主義社会壊滅の方向で行使することであります。そのためにはわれわれは自分の位置を堅持することが、むろん文士や芸術家の資格においてではなく、化学者その他さまざまな種類の技術者たちと同じ資格において、われわれの探求の糸が断ち切られることのないよう警戒することが過去においても現在においても必要であると思います。いわゆる（たぶん予告的な意味で）プロレタリア的な詩や、芸術に移行することは、否であります。[12]

このように一九三〇年代のブルトンは、創作を通して他者や社会と関係を持つ必要性を強く意識しながらも、たとえ社会的位置としては共感できる政治組織やイデオロギーでも、それらに創作行為を束縛されることは警戒している。それゆえブルトンは、「芸術至上主義」と「プロレタリア芸術」のどちらにも拠らない道を模索している。ではカーアンは同時期に、シュルレアリスム・グループの近くでどのような立場に立っていたのか。

両大戦間において、政治的行動の裾野が広がった人民戦線政府成立までの数年間、カーアンは文化人を中心とした反ファシズム運動の主要な現場に自ら立ち会い、そこで彼女なりの視点から書き、発言し、行動した。彼女の主要な活動が芸術創作にあったことは言うまでもないが、彼女の政治的活動も無視できない。その理由は、カーアンの作品を目にする機会が少なかったことも要因ではあろうが、ブルトンがカーアンについてまとまった発言をしているのが、彼女の政治的文書『賭けは始まっている』についてのみだったことが示唆するように、シュルレアリスムとカーアンの関係について考えるには、彼女の政治的活動の道筋とこの著作の理解が不可欠だからだ。また彼女の反ファシズム運動、具体的には、革命作家芸術家協会やコントル＝アタックでの活動や、本稿では取り上げないが、後のジャージー島でのレジスタンス活動などにも、彼女の文学的テクストや写真作品ともアナロジカルな関係が指摘できるような、ある種の独自性や創造性が認められるからでもある。

革命作家芸術家協会におけるカーアンの活動と主張

シュルレアリスム・グループが、ファシズムに対抗するために諸々の左翼団体と連帯する必要を意識しながらも、主に政治と芸術の関係をめぐりそれらと摩擦を繰り返すなかで、カーアンはあえてその摩擦の中に身を置いた。革命作家芸術家協会への彼女の参加方法からは、そうした立場選択にあった彼女の意向をうかがうことができる。

カーアンの政治的活動は、一九三二年三月結成の革命作家芸術家協会に、同年の「おそらく半ば[13]」、パートナーのシュザンヌ・マレルブとともに加盟したことに始まる。この組織は一九二七年にモスクワで結成された国際革命作家同盟のフランス支部として設立され、体制順応主義的な文学や芸術、さらにファシスト的傾向への対抗や、プロレタリア文学・芸術の促進や組織化、革命的芸術・文学とプロレタリア芸術・文化の相互浸透などを目標に掲げていた[14]。彼女は後に当時を回想し、この協会を「痩せた土地」、「私が持って生まれたものとは一番縁遠い」と形容し、そこで「用心深く慎重に進んだ」と述べているが、実際には入会早々少数のトロツキスト派会員の支持を得る一方で、一九三二年四月に出会ったばかりのブルトンらシュルレアリストたちの加盟許諾を求め、協会の中枢と闘った[15]。

そして一九三三年七月創刊の協会機関誌『コミューン』第四号（一九三三年十二月）には、「誰のために書くか？」というアンケートに対する二十三人の回答とアラゴンによるコメントが掲載されたが、カーアンはそこで自分の回答を、「あなたたちの問いの立て方が悪い」と、主催者への攻撃から始めている[16]。誰かの役に立つ、つまり人にへつらい、ひいては相手を喜ばせて報酬を狙うようなことを書くことの前提とすべきではなく、相手にとって、また時には自分にとって耳の痛いことすら書くことに意味があるというのが、彼女の見解だった。「読むことのできるすべての人を敵に回して書くべきだ。進歩は対立と引き換えにしか得られないだろう。読者には、作家が読者たちの過去や、作家自身の過去に逆らって考えたことから学んで欲しい。何よりもまず自分を敵に回して書く、書きたいと思うことだ」と彼女は書いている。ただこの回答のすぐ後には、ルイ・アラゴンによると思われるコメントが付され、カーアンの回答は詭弁で、階級間に乗り越え難い差別が存在することを考慮しないカーアンは、そこから脱しようとしていたはずのブルジョワ的個人主義の虜になっているという主旨の批判が述べられている。アンケートの回答紹介の冒頭では、問い自体を批判した回答者が少なからずいたことが紹介されているので、問いにある「誰のために」の意味をあえてずらしたカーアンの回答も、奇をてらっているとは思われなかっただろう。また社会や人や自分を変える力を書くことに見ている点には、説得力もある。また彼女が「なぜあなたは書くのか？」という、ブルトンが文芸誌『リテラチュール』に掲載した一九一九年のアンケートに言及していることから考えると、十年以上前のシュルレアリストの問いを少し焼き直しただけのアンケートをこの機関誌で行うこと自体の怠慢と無策も、カーアンの批判の対象に含まれていたと理解できる。

カーアンとシュザンヌ・マレルブの革命作家芸術家協会での活動は、特にその文学部門でなされた。またカーアンは、前述した一九三五年六月の「文化の擁護　一九三五年パリ国際作家大会」にも参加した。大会時の自身の身分について、カーアンは「すでに革命作家芸術家協会に提出した退会届けが受理されて」おり、大会には聴講者として、具体的には「シュルレアリストたちの発表」や、「フェルディエール博士とその社会主義アナキストの友人たちの発表」の応援のために参加したと言っている。[17] 出版されている会議録などから彼女の発言を確認することはできないが、[18] ブルトンらシュルレアリストたちの加盟許諾を求めて闘った際と同様に、ここでも彼女はソ連の政治体制と親和性の強い協会の活動に参加しながら、あえて中枢とは緊張関係にあるトロツキストや、執行部から厄介者扱いされていたシュルレアリストなど協会内部の劣勢集団に自分の考えとの近さを見て、その主張を擁護し、中枢部に理解させようとすることを自分の役割としていたことがわかる。

詩の社会的役割をめぐって

革命作家芸術家協会に所属していた時期のカーアンの思考内容が端的にあらわれているのが、彼女が一九三四年にジョゼ・コルティ社から出版した『賭けは始まっている』という政治的攻撃文書である。三十二ページからなる薄い冊子で、トロツキーへの献辞で始まるこの文書は、一九三三年の一月から翌月に予定された革命作家芸術家協会の文学部門での報告用に準備されたものであった[19]。ほぼ同じ長さの二部からなり、前半の執筆が完了してから後半が書かれ、その際、前半の注に加筆がなされた。全体を通してルイ・アラゴンの長詩「赤色戦線」に端を発したシュルレアリスムと共産党との不和の深刻化が背景にあるが[20]、特に後半では、辛辣なアラゴン批判が行われている。ここでは特定の時事問題に依拠する度合いの低い前半部を中心に、その内容と、彼女の分析の特徴を確認したい[21]。

『賭けは始まっている』の前半部の主題は、社会のなかで詩が担う役割や効果と、それが帯びうる危険にある。ここでカーアンは、それらは詩だけを取り上げて論じるのではなく、社会と詩の揺れ動く関係のなかで検討されるべきであると主張する。そうした相対的な視点には文学批評としての新しさも指摘でき、その意味でこの文書は「政治的文書」としてだけでなく、あるいはむしろ文学論や詩論として読むこともできる。

彼女はこのなかで、「少し前には、形式や細かい規則の厳密な遵守や、新しい規則の発明にしか価値をおかず、イデオロギー的な中身については気にしないことを主張していた」ブルジョワ的批評すら、「今日では詩の中身のほうを重要視している」ことを指摘し、「形式主義からの解放は、大切だ。なぜならそれによって、ポエジーが教養人の遊戯に矮小化されることを防げるからだ」と指摘し、自身が芸術至上主義につながる形式主義者ではないことを示している。その上でカーアンは、「トリスタン・ツァラにならって」詩の「顕在内容」と「潜在内容」を区別した上で、「表現手段としての詩」で、かつ「顕在内容」が明らかな詩としてのコミュニスト的プロパガンダ詩の無効性について論じている。彼女は「コミュニスト的プロパガンダは、意識的な散文作家やジャーナリストや演説家たちの、方向づけられた思考にだけ任せておけばよい」と主張し、その理由を二方向から説明する。まず「詩が革命的であると言えるかどうかは、詩がもっとも奥深いところで、人間や、それらの詩をつくった詩人たちを表現しているかどうかにかかっている。〔……〕詩人を役者に仕立ててしまう主題つきの詩と、詩人の個人的あるいは集合的な生に関わる何らかの契機の瞬間的な感動の力が詩人に課す詩とのあいだには、大きな違いがあろう」と、主題のある詩が、彼女が考える詩の条件を備えていない点を指摘する。この見解は、プロパガンダ詩の否定論拠としては一般的とも言えるが、カーアンによる批判の興味深い点は、それに加えて、「ひとつの詩のなかで首尾一貫したイデオロギーを維持するのは、おそらく不可能だ」と、イデオロギー詩に求められている役割の、実用上の不備も指摘している――そのことが精神活動としての詩の価値を否定しないとしても――点だ。このようにカーアンは、「ポエジーが教養人の遊戯に矮小化されること」と同時に、政治やイデオロギーに従属する詩の合理的有効性をも否定することで、共産党への従属を拒むシュルレアリストたちを、間接的に支持している。

ただし彼女の批判意識は、プロパガンダ詩にのみ向けられているわけではない。

カーアンはプロパガンダ詩を測定する唯一の具体的方法は、それが届けられた人に及ぼす作用の測定にあるとし、「詩が自負しうる三種類の作用」、すなわち「断言や反復による直接的作用」、「挑発による、逆説的な意味を持つ直接的作用」、「間接的な作用」の三つの作用をあげ、「進みゆく世界など吹っ飛ばせ。これぞ真の前進だ。前へ。進め!」といったランボーの詩句を例としながら、三つめの作用が唯一効果的であるとする。この結論自体は、カーアンの選択として驚くべきものではない。しかし同時に、たとえば「断言や反復による直接的作用」を利用する「一般に律動的な調子を持った大仰な詩」としては、フランス国歌「ラ・マルセイエーズ」、仏軍行進曲「マデロン」、国際労働者同盟の歌「インターナショナル」などだけでなく、公教要理や祈りからデパートのキャッチコピーまで、イデオロギーに関わらず、作用面からアナロジカルな実例を広く収集し、作用に価値を持たせる際のタイミングの難しさも指摘した上で、「時代遅れになった表現の寿命をのばす傾向のあるポエジーから何を期待しうるだろう？　効果と言えるものがあるとしてもそれは、時機を逸した作用を引きおこしたり、いかなる作用も引きおこさないまま、一種の革命的自慰行為によって大衆のエネルギーを汲み尽くすようなものだろう」として、「この種のポエジーの受動性」の逆効果について警告している。このように、対立的に見えるイデオロギーや社会形態のどちらにも与せず、両サイドに精神の自由を束縛する共通の危険を見ることができるのは、彼女がどちらのイデオロギーや価値観にも拠らずに、両サイドを横断的に測れる評価軸も用いるからだ。こうした彼女の炯眼には、一九二〇年代のセルフポートレート写真において、女でも男でもないところに自己のアイデンティティを宙吊りにしようとした彼女の寄る辺なさの意識的選択とも、あえて対立するグループのあいだに立とうとする一九三〇年代の政治的活動姿勢にも通じる面があるだろう。また両サイドを否定して第三の道を探る彼女の「否定」は、彼女にとって、肯定できるものを探るための必要なプロセスでもあったと言えよう。ブルトンが『シュルレアリスムとは何か』の最後の部分で引用している『賭けは始まっている』後半部の末尾では、カーアンがこの論の結論を自分のマルクス主義の知人たち——それが誰かは書かれていないが——に伝え、そこから得られた評価という間接的な意見の出しかたがされているが、そこではマックス・エルンストのフロタージュが伝統的な絵画の評価基準を覆していることを例にあげつつ、ダダ・シュルレアリスムの否定的実験が説明されている。

資本主義文化がその上に憩う神話をプロレタリアが自覚したとき、それらの神話や文化が自分に提示するものを認識したとき、そしてそれらを破壊したときのみ、はじめてプロレタリアは独自の発展へと移行できるだろう。この否定的実験の積極的教訓、つまりプロレタリアへのその輸血こそ、革命の唯一有効な詩的プロパガンダとなる[22]……

第三の道は、否定的実験の「積極的教訓」――例えばエルンストのフロタージュ――が生み出されることで可能になるというのが、ここでカーアンが思いいたった、創作を介したひとつのアンガージュマンのあり方である。一九三三年にブルトンが『通底器』のなかで、シュルレアリスムが資本主義社会を壊滅させる方向へ向かうものの、プロレアリア的な文学や芸術への移行には否定的な態度を表明していたことに比べ、ここではプロレタリアとの協調をめぐる、一歩踏みこんだ考察がなされていると言えよう。

コントル＝アタック、ブルトンとバタイユのあいだで

「パリ国際作家大会」で共産党とシュルレアリスム・グループとの確執がより表面化した後の一九三五年秋、共産党のスターリン主義への不信感を明らかにしたブルトンはバタイユの陣営と手を組み、ファシズムに対抗する革命知識人の闘争連合「コントル＝アタック（反撃）」を立ち上げ、カーアンもこの組織に加盟した[23]。十月の結成時の決議文には十三名の署名者があったが、カーアンが唯一の女性だった。彼女はこの会合に、自分のアパルトマンを提供してもいる。連合の活動自体は結成当初からバタイユ、ブルトン双方が主導権を誇示するような互いの行動に不満を募らせ、翌年三月にはシュルレアリスト側から連合の解体が発表され、この宣言にカーアンも署名している。しかしコントル＝アタックが完全に解散した五月までは、まだ再出発の試みもあり、その中で結局未開催に終わった「戦争」をテーマとする会合の発表資料として、カーアンの原稿が残されている[24]。彼女はここ

で、現状容認に陥りがちな「狂信的平和主義者」にも、帝国主義や軍国主義に取りこまれがちな「狂信的愛国主義者」にもならないために、戦争や蜂起に対しては「攻撃的平和主義」という両義性自体を保つことを重視した。彼女は、コントル＝アタックとしては戦争に関し、「一定期間は、革命的敗北主義の成功の機会に期待することしかできないと思う」とも書いている。また『賭けは始まっている』においてと同様に、「攻撃的平和主義」をもって対立すべき対象として、再軍国主義化するソ連と同時に、植民地主義的民主主義を防衛しようとするものもあげている。彼女はここでも、自由を大義として掲げ、ファシズムを攻撃する自分の国、彼女自身も幼少期からその恩恵を受けてきた自国の社会にも、その社会が攻撃対象とみなすものと共通の要素があることを明言している。また、それまで彼女の著作や美術創作においてほぼ不在だった植民地主義をめぐる言及があることには、一九三〇年代にそれを批判した共産党とシュルレアリスム・グループから彼女が受けた影響も、考えられよう(25)。

ロンドンにおける国際シュルレアリスム展

一九三〇年代のカーアンのシュルレアリストたちとの関係に関しては、政治的ではないが、もうひとつ特筆すべき活動がある。それは一九三六年にブルトンたちが国際シュルレアリスム展をロンドンで開催した際に、彼らの要請を受け、彼女がイギリス側の芸術家たちとの仲介役としてパートナーのシュザンヌとともに同行したことである。刊行されている英仏の関連文書を見ても、彼女の仲介役としての活動内容がうかがえる記述は見つからないが、一九三〇年代に彼女がシュルレアリスム運動の近くで実践した活動との関連を彷彿とさせる、二種類の写真が残っている。

一種類目の写真は、ブルトンがローランド・ペンローズらイギリス側のシュルレアリストに囲まれた写真としてよく紹介されるものであるが、カーアンのコレクションの写真を見ると、右端に映っていた自分の姿を彼女自身が意図的に外したことがわかる(図1)。この写真は、『ロンドン・ビュルタン』誌がカーアンに提供を依頼したようである。また彼女が自分を消去したことについては、彼女が遠慮したせいだけでなく、格式ばっておとなしすぎる、自分らしくない装いをしていたからでもあろうという推測が、カーアン研究の第一人者フランソワ・ルペルリエによってなされている。[26]『ロンドン・ビュルタン』などから消去を求められた可能性も、否定はできない。ただ一九三〇年代のシュルレアリスム・グループとの活動において、彼女がつねにこのグループと、グループに近い方向性を持ちながらも緊張関係にある他のグループとのあいだに立ち、両者を接近させ、対話させる努力をしながらも、弁証法的に両方の要素を含み持つあらたな集団にまとめあげることはなく、むしろ間にいながらどちらでもないような位置に留まったことを思えば、この集合写真から自分を抹殺したのも謙虚さゆえというよりは、主体的な敗北主義的選択であったようにも思われる。

もう一枚の写真は、彼女がこのロンドン滞在中に大英博物館を訪れた際の、メキシコのアステカ文明の収蔵品展示室での一枚である(図2)。カーアンの写真においては、ヨーロッパの外部にまつわる表象も、旅先でのスナップ的な写真も非常に稀である。それだけでなく、セルフポートレート写真において奥行きを感じさせるものは少なく、さらにカメラのレンズと被写体である彼女とのあいだに別の被写体がはさまっているケースも、非常に少ない。また彼女が何かと横並びになる場合、その対象は、たいてい自分の鏡像やパートナーのシュザンヌや、自分とアナロジカルな形象を持つ仮面や人形で、「どちらが自分なのか」といったアイデンティティに対する問いが投げかけられている。この構図では、レンズの位置から異物を見る自分を異物の後ろから見ている自分が、同時に外部の異物と横並びになろうとしているようにも見える。またこの写真は、自分の内側にいながら自分の外に出る、彼女の一九二〇年代のセルフポートレートにおける中性的な自己表象にもつながっていると言えよう。彼女はエッセーのなかで、「中性がいつでも一番しっくりくる性だ[27]」と言っているが、当時中性という性は「中庸」といった穏便な立場や、両性を含みもつ両義的、総合的な立場を意味するよりも、男性でも女性でもない、新しいものを生み出す余地のないものとして、否定的に捉えられていたということも考慮に入れるべきだろう(28)。

このように考えてこれら二枚の写真を見ると、カーアンが自分の鏡像やパートナーと同じように、自己のアインデンティティの問いのなかでともに並ぶことを選んだのは、フランスのシュルレアリストやイギリスのシュルレアリストよりは、ヨーロッパの外から連れて来られたオブジェだったとも、説明できよう。一九三〇年代のシュルレアリスム運動との関わりと、政治的活動のなかで彼女が深めていった省察は、一九二〇年代にセルフポートレート写真を制作しながら彼女が突き詰めようとしていた葛藤を、また別の地平から、新たな可能性や選択肢とともに、彼女に送り返したように思われる。

図1　左からメザンス，ペンローズ，ブルトン，ガスコイン，カーアン（1936年）。

図2　大英博物館，アステカ文明の収蔵品展示室（1936年）。

【注】

（1） Xavière Gauthier, *Surréalisme et sexualité*, Gallimard, 1971.〔グザヴィエル・ゴーチエ『シュルレアリスムと性』三好郁朗訳、平凡社、二〇〇五年〕

（2） Fabrice Flahutez, « Le surréalisme : un mouvement “féministe” ? », Alix Agret et Dominique Païni (dirs.), *Surréalisme au féminin?*, In Fine éditions d’art / Musée de Montmartre, 2023, p. 159.

（3） たとえば以下を参照。*The Guardian*, 1924/05/16.

（4） クロード・カーアンの生涯については、主に以下を参照。François Leperlier, *Claude Cahun : L’Exotisme intérieur*, Fayard, 2006. 日本語文献としては、以下がある。永井敦子『クロード・カーアン――鏡のなかのあなた』水声社、二〇一〇年。

（5） Havelock Ellis, *La Femme dans la société,* I. *L’hygiène sociale*, Traduction de Lucie Schwob, Mercure de France, 1929.

（6） 活人画写真については、以下を参照。Quentin Bajac, *Tableaux vivants : fantaisies photographiques victoriennes (1840-1880)*, Éditions de la Réunion des musées nationaux, 1999 ; Julie Ramos (dir.), *Le tableau vivant ou l’image performée*, Institut national d’hisoire de l’art, 2014.

（7） 高橋康也『ヴィクトリア朝のアリスたち――ルイス・キャロル写真集』新書館、一九八八年。

（8） カーアンの演劇活動については、以下も参考になる。長野順子「20世紀初頭の前衛劇運動における文化の編み合わせ――ピエール・アルベール＝ビローと「日本人」」、『藝術文化研究』（大阪芸術大学大学院芸術研究科）、第二六号、二〇二二年、五九―七一頁。

（9） 永井敦子、前掲書、一五二―一五八頁。

（10） André Breton, *Position politique de l’art d’aujourd’hui*, *Œuvres complères* II, Gallimard, 1992, pp. 431-432.〔アンドレ・ブルトン「今日の芸術の政治的位置」田淵晋也訳、『アンドレ・ブルトン集成　第五巻』人文書院、一九七〇年、一八〇頁〕

（11） André Breton, *Les Vases communicants*, *ibid*., pp. 121-122.〔アンドレ・ブルトン『通底器』豊崎光一訳、『アンドレ・ブルトン集成　第一巻』人文書院、一九七〇年、一九九頁〕

（12） André Breton, *Qu’est-ce que le surréalisme?*, *ibid*., p. 259.〔アンドレ・ブルトン「シュルレアリスムとは何か」生田耕作訳、『アンドレ・ブルトン集成　第五巻』、前掲書、三二二―三二三頁〕

（13） François Leperlier, *op. cit*., p. 213.

（14） 革命芸術家作家協会については、以下を参照。« L’A.E.A.R. : Vers les réalisations de l’art révolutionnaire », *Monde*, le 2 septembre

1933, p. 13. ならびに、吉田八重子「人民戦線とフランスの作家たち」、『國文学　解釈と鑑賞の教材』第二〇巻第九号（二八一号）、学燈社、一九七五年、三六—四二頁を参照。

（15）　François Leperlier, *op. cit.*, p. 213.

（16）　*Commune*, « Pour qui écrivez-vous? », n° 4, Décembre 1933, pp. 321-344. カーアンの回答は pp. 341-343 に収められている。回答の日本語訳は以下を参照のこと。永井敦子、前掲書、二二三—二二四頁。このアンケートへの回答は、続けて一九三四年の五—六号（一—三月）と七—八号（四—五月）にも掲載された。

（17）　François Leperlier, *op. cit.*, pp. 216-224. このフェリディエール博士（ガストン・フェルディエール）は精神医学者でカーアンの親友、晩年のアントナン・アルトーを診察した。

（18）　*Pour la défense de la culture. Les textes du congrès international des écrivains, Paris, juin 1935*, réunis et présentés par Sandra Teroni et Wolfgang Klein, Éditions Universitaires de Dijon, 2005. A・ジッドほか『文化の擁護』相磯佳正ほか訳、法政大学出版局、一九九七年。

（19）　François Leperlier, *op. cit.*, pp. 271-275. トロツキーへの献辞は、カーアンの意向ではなかった。

（20）　アラゴンの「赤色戦線」に端を発した問題については、以下を参照。Henri Béhar, *André Breton*, Calmann-Lévy, 1990, pp. 251-256.〔アンリ・ベアール『アンドレ・ブルトン伝』塚原史・谷昌親訳、思潮社、一九九七年、二七八—二八四頁〕

（21）　以下で論じる前半部の出典。Claude Cahun, *Les Paris sont ouverts*, *Écrits*, Jean-Michel Place, 2022, pp. 507-515. 同書第一部の日本語訳は以下に収められている。永井敦子、前掲書、二二五—二三九頁。

（22）　Claude Cahun, *ibid.*, pp. 530-531.

（23）　コントル゠アタックの宣言や文書は、以下による再録を参照。Georges Bataille, André Breton, *« Contre-Attaque »*, *Union de lutte des intellectuels révolutionnaires 1935-1936*, Ypsilon Éditeur, 2013.

（24）　Claude Cahun, « Réunion de Contre-Attaque du 9 avril 1936 », *op. cit.*, pp. 563-564.

（25）　シュルレアリスムと植民地主義の問題については、以下で考察した。永井敦子「「植民地博覧会に行くな」——一九三〇年代から四〇年代のシュルレアリスムと植民地表象」、澤田直編『異貌のパリ　1919-1939——シュルレアリスム、黒人芸術、大衆文化』水声社、二〇一七年、一三三—一四九頁。

（26）　François Leperlier, *op. cit.*, p. 337.

（27）　Claude Cahun, *Aveux non avenus*, *op. cit.*, p. 366.

（28）　Laure Murat, « L'Invention du neutre », *Diogène*, n° 208, avril 2004, p. 76.

＊　訳文の引用にあたっては、訳語を適宜変更した。

【図版出典】

図1　E.L.T. Mesens, Roland Penrose, André Breton, David Gascoyne and Claude Cahun, London, 1936, 95 × 121 mm (whole), 82 × 109 mm (image), edited by Louise Downie, *Don't kiss me: The art of Claude Cahun and Marcel Moore*, aperture, 2006, p. 174.

図2　Têtes de Cristal, British Museum, London, June-July 1936, 120 × 95 mm (whole), 108 × 82 mm (image), edited by Louise Downie, *Don't kiss me: The art of Claude Cahun and Marcel Moore*, aperture, 2006, p. 128.

女性写真家と作家たち
――ジゼル・フロイントを中心に

澤田直

女性写真家たちのパリ

一九二〇年代、三〇年代のフランスにおける女性芸術家の活躍はよく知られた事実であるが、なかでもいまだ大文字のアートとして認められていなかった写真の世界では、じつに多数の女性写真家が活動した。ベンヤミンが『写真小史』で取り上げたドイツ出身のジェルメーヌ・クルル、ピカソの《泣く女》のモデルとして名高いドーラ・マール、特異なセルフポートレートのクロード・カーアン(1)など、それぞれ写真史に重要な足跡を残す特徴的な作品を撮っている。

だが、なぜそれほど多くの女性写真家たちが輩出したのか。まずは、扱いやすく比較的廉価な写真機が大量に出回ったこと、長期にわたる修行が必要な絵画とは異なり、手軽に取り組むことができたことがあるだろう。だが、最大の理由は経済的なもので、写真が当時の女性にとって自律を得ることができる数少ない分野のひとつだったためである。今橋映子は次のように説明している。

写真家クリスティアン・ブックレは、両大戦間ヨーロッパの女性写真家たちの仕事を概観し、彼女たちの大半が、この職業のおかげで、(未亡人であれ、離婚者、独身者であれ)一人で生きることが可能になったと指摘している。ドイツ出身の女子写真家ゲルトゥルーデ・フェールは、ナチス政権成立以後パリに亡命し、一九三四年パリで写真学校を開き、広告写真家養成に的を絞ったが、その学生の三分の二は女性、三分の一が外国人であった。フェールの学校の宣伝文にはこうある――「写真を学びましょう! それはあなたに芸術的満足をもたらすのみならず、あなたの生活(existence:存在とも読める)を保証する職業なのです。[2]」

一九三七年二月のジュ・ド・ポーム美術館における欧州女性芸術家展覧会の中心にいたロール・アルバン＝ギヨーも、そうした写真家のひとりだ。一九二〇年代からポートレートやファッション写真を撮っただけでなく、顕微鏡を用いて、サイの角や馬の蹄、植物の細胞や種子などを撮影し、写真の装飾的応用を牽引した。彼女はまた、ジャン・コクトー、ジィド、モンテルラン、ベルナノスの肖像を残しているだけでなく、ポール・ヴァレリーの『ナルシス断章』と『ナルシス交声曲』に写真を添え、死の床にあったヴァレリーの写真も撮影している。[3]じっさい、文学と写真の接近は両大戦間期フランスの特徴のひとつである。[4]たとえば、ベレニス・アボットは一九二〇年代にフランスで彫刻を学んだ後、マン・レイのもとで写真を始めたアメリカ人女性だが、一九二八年にジョイス、ジィド、コクトーなどのポートレートを手がけている。[5]

文学における写真、さらには肖像写真の積極的な使用が、一九二〇年代、アンドレ・ブルトンとシュルレアリスムによって進められたことは周知の事実だ。ブルトンの『ナジャ』や『シュルレアリスム簡約辞典』における写真の重要性に関してはすでに多くの研究がなされている。本稿ではそれとは少し別の角度から、作家と肖像写真の関係を、ひとりの外国人女性写真家を通して眺めてみたいと思う。

ジゼル・フロイント[6]は日本でも無名ではないが、一方で作家たちの肖像写真家として、他方でベンヤミンとの関係で写真に関する研究家として語られるものの、彼女のパーソナリティそのものが包括的に論じられる機会は少ないように思われる[7]。だが、文化の結節点のひとつに黒衣《くろご》のように存在した人物に着目することで、大戦間期の文壇の様相を異なる視点から浮かび上がらせることができるのではないか。

ジゼル・フロイント

ジゼル・フロイント、生まれた時のドイツ名で言えば、ギゼラ・フロイントという名前を聞いてすぐにわかる人は少ないもしれない。だが、その作品は誰もがどこかで目にしているはずだ。というのも、私たちが慣れ知っている、この時代のフランス人作家たちのポートレートの多くが彼女の手によるものだからだ。いや、フランス人作家に留まらない。ヴァージニア・ウルフ、ジェイムズ・ジョイスなどの、一度見たら忘れることのできない写真もある。さらには戦後になるとミッテラン大統領の公式写真まで担当しているのだから、フランスのポートレートの第一人者と言っても過言ではあるまい。まずは経歴を簡単に確認しよう[8]。

ジゼル・フロイントは一九〇八年、ドイツのベルリン近郊で生まれた。父親は、裕福な実業家かつ芸術愛好家であり、家には父が収集した絵画が数多くあり、そのために壁が見えなかったほどだという。早熟なフロイントは、トーマス・マン、カフカ、ブレヒトなどを読む文学少女として育った。写真との出会いは十二歳のとき、父にねだってフォクトレンダーのカメラを買ってもらい、撮影を始めた。高校卒業記念に父からライカをプレゼントされ、それ以降はどこに行くにもこの小型カメラを携えることになる。

一九二九年、フロイントはまずフライブルクで美術史を副専攻として社会学を学び、翌三〇年にはフランクフルトに移り、勉学を続けた。その年は、奇しくもホルクハイマーが新設された社会哲学の講座に着任するととも

図１　「写真は階級闘争の武器である」という旗が印象的なデモ写真（1931 年 5 月 1 日撮影）。

に社会研究所の所長に就任し、後にフランクフルト学派と呼ばれることになる研究活動が盛んになるときで、フロイントはアドルノなどとも交流があった。直接の指導を受けたのは、カール・マンハイムとノルベルト・エリアスで、常にカメラを持ち歩いていたために、写真を研究対象としたらよかろうとアドバイスされたという。ただ、本人は学者になるつもりはなく、ジャーナリスト志望だった。後に自らの本領をフォトジャーナリズムだとしているのも、その延長上にあるだろう。

　それでも、一九三〇年から三一年にかけて、フロイントは論文の準備のためにフランスを訪れ、余暇に花市場などパリ市内の情景などを撮影している。そのうちの一枚、室内を埋め尽くすパリの仲買人たちの様子を俯瞰的に捉えた《証券取引所の光景》は『ケルニッヒャー』(9)紙に掲載され、いわばデビュー作となった。当時のフロイントは政治活動に強くコミットしていた。たとえば、一九三一年のメーデーの写真のメッセージ性は明らかであるし、一九三一年五月一日のフランクフルト周辺での共産主義者のデモを記録した彼女の写真は、ヒトラーが政権を獲得する前夜の貴重な記録になっている。ある写真（図１）には、「写真は階級闘争の武器である」というスローガンが記された旗が、別の写真には、中絶を罰する悪名高い刑法二一八条の撤廃を求める旗を掲げた女性の姿が写されている(10)。一九三三年、フランクフルト大学で撮られた写真では、ヒトラー式敬礼をする多数の男女の姿が並び、その下でひとり腕組みしている女性が対照的に置かれ、まさに時代の一コマを写し出している。

パリでのフロイント

ドイツはまさに全体主義へとなだれ込むさなかだった。一九三三年一月三十日にヒトラー内閣が成立すると、身の危険を感じたフロイントはフランスへの移住を決意、五月三十日に父の知り合いだった哲学者ベルンハルト・グレトゥイゼンを頼ってパリに到着し、カルチエ・ラタンに住む。ドイツ脱出の公式の理由は、博士論文の完成だった。「私はパリに到着した、博士論文の主題はフランスに関するものであり、それを完成する強固な決意があった(11)」。

だが、すぐに生活が苦しくなる。両親は裕福だったが、ドイツからは仕送りがほぼ不可能な状態だったからだ。そのため、生活費をルポルタージュ写真で稼ぐようになった。文章のほうはシュルレアリスムの伝説的詩人ルネ・クルヴェルが書いたというから、当時のネットワークの一端がうかがわれ、興味ぶかい(12)。

このころ、写真を本格的に生業とすることを考えはじめたのだろう。独学だった彼女は、プロになるには技術の習得が必要だと考え、最初マン・レイに師事しようとするも、法外な額のレッスン料のために諦め、画家・写真家のフローランス・アンリのもとに通ったが、やはり馴染めかなった。「この二つの失敗のあと、私はもうけっして誰の生徒にもなるまいと決意しました(13)」と回想している

このエピソードは、マン・レイが当時の文化人のポートレート写真の中心にいたことを思い起こすとき、彼女の立ち位置を理解するためにもきわめて興味ぶかい。マン・レイは一九二二年にピカソに紹介されて、その作品の撮影をすると同時に、画家自身の肖像写真も撮り、それが一躍注目を浴び、写真家として認知された経歴を持つからだ(14)。マン・レイは、ガートルド・スタイン、ジョイス、さらにはシュルレアリストの面々の写真を撮り、それによって寵児となる。マン・レイの弟子で愛人であったベレニス・アボットも作家たちの肖像写真を撮った

ことはすでに記したとおりで、作家のポートレートが重要性を増す状況に、文学好きのフロイントが無関心でいられるはずはなかった。

この時期、人物を対象とした写真もあるが、小遣い稼ぎの一般人のポートレートを別とすれば、多くは群像であり、後年のポートレート写真家の片鱗は見られない。その彼女が資質の異なるマン・レイの門を叩いたことは注目に値する。

その一方で、グレトゥイゼンの紹介で当時『NRF』誌の編集長だったジャン・ポーランの所に出入りするようになり、ポール・ヴァレリー、ジュール・シュペルヴィエル、アンリ・ミショーらの知遇を得ている。こうして、作家たちの肖像写真を撮ろうという思いが少しずつ生まれたのではなかろうか[15]。

しかしながら、この時点では写真は余技に留まり、生活の中心は博士論文の執筆にあり、図書館に通って準備に勤しんだ。その彼女にとっての一大転機が、一九三五年三月のアドリエンヌ・モニエとの出会であったことはまちがいない。

アドリエンヌ・モニエとの出会い

当時のフランスの文壇で、二人の女性店主がパリ左岸で営んでいた小さな二つの書店が重要な役割を果たしたことはほとんど伝説となっている。ひとつは、一九一五年にアドリエンヌ・モニエがパリ六区のオデオン通り七番地に開店した「本の友の家」。いま一つはその斜め向かいの十二番地にあったアメリカ人シルヴィア・ビーチのシェークスピア・アンド・カンパニー書店。ともに両大戦間期のフランス文学のみならず、広くヨーロッパ・アメリカの文化のネットワークを作った人物で、彼女らの存在を抜きにしては両大戦間期の文学を語ることはできない[16]。

一九二一年にアメリカで「猥褻」であるとの理由で発禁処分を受けたジェイムズ・ジョイスの『ユリシーズ』をシルヴィア・ビーチが刊行するに際して、フランスの文化人に支援を呼びかけたのは、アドリエンヌ・モニエだったが、二人の書店はさながら書物の礼拝堂の様相を呈し、そこに日参する作家や作家志望の若者は引きも切らなかった。そして、シェークスピア・アンド・カンパニイの店内には、ご本尊のシェークスピアの肖像画の複製だけでなく、ところ狭しと作家たちの白黒写真が飾られていたし、本の友の家の壁も同様だった。

フロイントは、彼女たちの出会いが人生最大の僥倖であったとしばしば語り、二書店が出会いの場所であり、文学の愛好家たちが老若男女、有名無名の区別なく集う場所であったことを強調している。

一九三五年、アドリエンヌ・モニエとシルヴィア・ビーチと知り合ったとき私は、この二人の書店主との交流が私の運命にどのような影響を与えるのかわかっていませんでした。二人のお蔭で、私はその数年後、彼らの友人たちで当時はまだ無名だったが今では有名になった多くの人物たちと出会うことができたのです。(17)

図2　アンドレ・マルロー（1935年3月）。

フロイントは三一年にパリに短期滞在した際にも、ルイ・アラゴンやそのパートナーのエルザ・トリオレとも知り合いになっていて、その関係で多くの作家と知り合っていたが、モニエの書店に出入りし、彼女の親友となることで、その交際範囲が飛躍的に広がったのだ。

フロイントが一九三五年四月に撮った最初の本格的なポートレートは、アンドレ・マルローの肖像（図2）である。彼女の自宅兼アトリエのアパルトマンのテラスで、煙草をくわえて風に吹かれる、颯爽とした風貌はまさに冒険家と呼ぶべき見事なスナップだ。ゴンクール賞を受賞した『人間の条件』の再版に掲載するための肖像をフロイントに依頼したマルローはこの写真をたいへん気に入り、雑誌などにも掲載することになった。

それだけでなく、この出来事はさらなる展開をもたらした。同じ年六月二十一日から二十五日までパリで、ファシズムから文化を守るべく第一回文化擁護国際作家会議が開催されたが、そこでの写真撮影を許されたのだ。ルイ・アラゴンが事務局を務め、ジィド、ロマン・ロランも関わったこの会議には、世界三十八カ国から二百三十人の作家が参加した。マルローのおかげフロイントもその場に連なり、シャッターを切ることができた。ただ、撮影状況がベストとは言えなかったため、成果には乏しく、本人にとっても満足のいくものではなかった。

こうして、パリの知的サークルへの参入を果たしたフロイントは、八月にはポンティニーの懇談会にも参加する。ブルゴーニュの僧院で、ポール・デジャルダンが一九一〇年から夏休みに主宰していた懇談会は、第一次世界大戦の際に中断したこともあったが、ヨーロッパの最良の知識人たちが集う場所として知られていた。フロイントは、一九三九年まで足繁く参加しただけでなく、参加者たちを撮影し、さらには、ポンティニーの記念品として写真を訪問者に購入させるまでになるから、なかなかしたたかでもある。

翌一九三六年は彼女にとってはさらなる飛躍の年であった。フランス人と結婚をしたことで、ヴィザの問題も解消しただけでなく、ついに博士論文も完成したからだ(18)。先に述べたように、フランクフルト大学での指導教授だったエリアスのすすめで十九世紀フランスの写真に関する研究を考えていたフロイントだが、ドイツでの発表が叶わなくなったため、ソルボンヌ大学に提出することになり、一九三五年に主題は認められた。とはいえ、当時のフロイントのフランス語能力は、これまで書いてきた原稿をフランス語に訳すには十分ではなく、執筆にはモニエの全面的な援助が不可欠だった。それだけではない、当時は博士論文の審査のためには、論文が刊行される必要があった。これもモニエが引き受けてくれ、二十四葉の写真も含まれた立派な本ができあがった。[19]モニエの書店は貸本が中心だったが、一九二〇年にポール・ヴァレリーの『旧詩帖』を刊行したのみならず、一九二九年にはヴァレリー・ラルボーによる仏訳『ユリシーズ』も出した出版社でもあったからだ。

こうして、一九三六年、博士論文「十九世紀フランスにおける写真　社会学・美学研究[20]」はパリ大学文学部に無事受理された。指導教授は、『芸術と社会生活』の著書もある美学哲学者シャルル・ラロで、口頭試問にはモニエをはじめとする友人たちに混じって、ヴァルター・ベンヤミンの姿もあった。写真に関するフランス初の学術研究と言われるものだが、肖像写真がその中心となっている点は特記すべきことであろう。フロイント本人は、「写真が人間に及ぼした影響、とりわけ私たちの知覚にどのような変容をもたらしたのかを理解したかった[21]」と述べている。その内容については後に見ることとして、実践活動のほうをもう少し追っていこう。

この年、フロイントはフランス国立図書館長ジュリアン・カーンからパリの全図書館の撮影を依頼されている。それは翌年開催の万博の文学館での展示のための仕事だったが、その時の様子をフロイントは面白そうに回想している。

私が国立図書館に着くと、館長は私の小さなライカを見て怒鳴った。「君は真面目じゃない。本物のプロ用のカメラを持ってきなさい」。私は彼にほうり出されてしまったが、一計を思いついた。蚤の市に出かけていって、古い八×十インチ版の木製カメラを五十フランほどで手に入れた。今度は彼も満足した。カメラは大きく重く扱いにくい三脚の上に据えつけられた。私は黒いかぶり布の中に頭を入れてカメラを調節するふりをしたが、そのカメラには一枚の乾板もありはしなかったのだ。一人になると私は静かに、本に屈み込んでいる年とった本の虫たちの写真を、全部ライカで撮りはじめた。フラッシュを使用しなかったので、私は誰にも気づかれずに仕事ができた。私の最初の獲物は、長く白い口髭をはやした上品な老人であった。彼は居眠りをしており、のんきそうにいびきをかいていた。二番目は、僧服を着て、背を丸めて本に向かっている修道士で、それから次々に撮影していった[22]。

こうして撮られた写真は、文学館に展示されるとともに、一九三七年一月、雑誌『ヴュ』四六三号にも掲載された。

カラー写真という冒険

このように着実に写真家としての地歩を築きつつあったフロイントは、一九三八年に新たな挑戦に身を投じる。カラー写真である。一九三〇年代半ばから、コダックとアグファがフィルムを販売しはじめていたものの、当時のフランスの写真家たちはすぐにはカラー写真に飛びつかなかった。新しい技術の習得というハードルもあったが、フィルム代が白黒の三倍以上するだけでなく、フランスではカラー写真のプリントができる環境が整っていなかったためでもある。だが、イギリスやアメリカの出版界とも関係を築きつつあったフロイントは新しい技術革新を恐れなかったし、逆にこれこそチャンスだと捉えた。「私の目が見ているものをそのまま再現できる写真を撮影することができるというのは素晴らしいことだと思いました[23]」。彼女はすぐにモニエに相談する。「私が現代の作家たちのカラー写真のコレクションを作ろうと考えたとき、新しいものに常に関心を寄せるアドリエンヌ・モニエはこの計画にすぐさま興奮しました[24]」。フロイントは培ったネットワークを全面的に駆使して、次々とポートレートを撮っていく。まずは、ポール・クローデル、アンドレ・ジィド、フランソワ・モーリヤック、アンリ・ド・モンテルラン、ポール・ヴァレリーといった大家たちの写真が撮られた。続く三九年に撮影された主な作家をアルファベット順に挙げよう。ルイ・アラゴン、アンドレ・ブルトン、ロジェ・カイヨワ、ジャン・コクトー、コレット、マルセル・デュシャン、レオン＝ポール・ファルグ、アンドレ・モーロワ、ポール・モラン、ポール・ニザン、ジュール・ロマン、ドニ・ド・ルージュモン、ジャン＝ポール・サルトル、ジュール・シュペルヴィエル、アンリ・トマ、エルザ・トリオレ、トリスタン・ツァラ。こうして、当時のフランス文壇の一大アルバムが完成した。自らの書店でのスライド上映会である。こうして、一九三九年三月五日十八時、多くの作家を解決してくれた。問題はそれをどのように公開するかだったが、この点もアドリエンヌ・モニエが集めてお披露目がおこなわれた。その様子をボーヴォワールは次のように回想している。

一九三九年のある春の日、ジゼル・フロイントが私たちをアドリエンヌの書店に招待し、カラーの肖像写真の上映会を行った。〔……〕会場は有名な作家たちでいっぱいだった。

誰が来ていたかはよく覚えていない。しかし、今でも脳裏に刻まれているのは、幾列にもならんだ椅子、暗闇のなかでスクリーンが輝き、よく知っている顔が美しいカラーで映し出されたことだ。例えば、ジオノは、プロヴァンスの風景を見渡す丘で休んでいた。サルトルは少しメランコリックな様子でパイプを片手に、唇の端には少し皮肉な表情が浮かんでいる。すでに有名な作家もいれば、将来がまだわからぬ新進作家もいて、次々と私たちの目の前を流れていった。カメラは時には残酷なほど正確に表情を捉えていた。ひげがきちんと剃られておらず、毛穴から逆立つ毛が見えたりした。外に出たときサルトルはつぶやいた。「どの顔もまるで戦争帰りのようだったな」[25]。

サルトルは前年に刊行した『嘔吐』によって一躍有名作家の仲間入りを果たしたところ、一方のボーヴォワールは未だ小説が刊行できず、悶々としながらも戦後に出版される『招かれた女』を執筆中だった。こうして当時のフランス文壇のほぼ全員の顔写真がスライド上映されたわけだが、これは誰にとっても幸運だったと言うしかない。前年九月のミュンヘン会談で戦争は辛うじて回避されたとはいえ、この年の九月に第二次世界大戦が勃発し、彼らはちりぢりになり、フロイント自身もパリを離れることになるからである。

作家たちは自分たちのポートレートを見てどう思ったのだろうか。ポール・ヴァレリーのように、「やっと本物の、あるいはほとんど本物の私！」[26]と喜んだ者もいたが、多くの作家は他人の肖像は見事だと思う一方で、自分の写真には不満だったという。そこからフロイントは考察する。「こうして、私はまたもや人間というものの神秘に直接触れてしまった。私たちは二つのイメージを関連づけることができない。自分自身に関して持つイメージと、他人が私たちに抱き、他人にとって映し出された自分のイメージとを」[27]。

大満足だったジョイスから、英国作家の肖像も撮ったらいいと示唆されたフロイントは、両親の移り住んだ英国に赴き、ヴィクトリア・オカンポの仲介でヴァージニアとレナード・ウルフ夫妻や、バーナード・ショーも撮る[28]。こうして増えた肖像も追加した上映会は、モニエの書店で継続的に続けられた。一九四〇年二月の「ジゼル・フロイント写真上演会」広告文には、バーナード・ショー、シュテファン・ツヴァイク、H・G・ウェルズ、オルテガ・イ・ガセット、ヴァルター・ベンヤミン、ヴィクトリア・オカンポなども追加され、戦時下にもかかわらず国際色豊かなラインナップになっている。

フロイントの肖像写真

ところで、フロントの作家肖像写真の特徴はどこにあるのか。まず、他の写真家たちとの違いとして、彼女が実践家であると同時に理論家でもあった点がある。博士論文で写真を文化史的な観点から考察する際に、十九世紀の偉大なポートレート写真家ナダールについて詳しく分析しているから、実作者としてもナダールを強く意識していたことは間違いない。とはいえ、二人の作風には大きな違いがある。それはナダールが背景などを排して、人物だけを浮き上がらせるスタイルであるのに対して、フロイントは、作家の書斎や親密な空間で撮影をし、背景と人物を交差させる手法を採ったことだ。人物のみを浮き立たせる手法はナダールだけのものではない。両大戦間の肖像写真の多くは写真家のスタジオで撮られ、マン・レイも背景なしで、顔だけを浮かび上がらせる手法を採っている（マン・レイとベレニス・アボットの写真はシェークスピア・アンド・カンパニーに飾られていたから、意識しないほうがおかしいだろう）。一方、フロイントは、書斎の作家たちを本や原稿などとともにフィルムに収める。ノートを前にした蝶ネクタイ姿のヴァレリー。書棚の前の革張りの肘掛け椅子に座り、ルーペを手にノートを見つめるジョイス（これは一九三九年五月八日の『タイム』の表紙となっている）。壁に掛けられたレオパルディのデスマスクと双子のような顔をしたジィド。書籍や版画を背景に白い水玉模様の黒いワンピースを着たオカンポ。新聞、書籍、手帖が広げられた赤いソファに横向きに座り、ネクタイとスカートがおそろいのグレーなおしゃれ姿の珍しくフェミニンなボーヴォワール（図3）。だが、それはもっともらしい小道具を使うというのとは異なるだろう。見るものの視線は作家の表情だけでなく、周囲とのハーモニーのなかで作家を再発見する。このような細部へのこだわりについて、フロイントは次のように述べている。

図3　シモーヌ・ド・ボーヴォワール（1948年）。

写真は、女性の精神に特に適した表現芸術

である。女性たちは優れた観察者であり、写真においては、他にもましてこの資質が必要である。クリエイティヴな能力よりも、感受性、直観、さらには再創造の能力が、典型的に女性の資質であり、芸術的観点から言えば、これが写真家にとって最も重要な才能である。だからこそ、多くの女性が写真を職業に選んだのだと私は思う。女性は事物の本質的な性格に関心を寄せる。情に流されやすいが、映像を通して自らの経験を露わにすることができ、それはしばしば主観的であるが、それゆえリアリティに満ちている。(29)

じっさい、彼女の肖像写真の多くは一度見たら忘れられないものだが、それにはこのような細部の力が与っていると思われる。

だが、フロイントはどのようにして、写真慣れしていない、内気な作家たちに心を開かせたのだろうか。それについては、文学好きの彼女は、事前に作品を読みこんで出かけ、作品について話すうちに、作家たちがうちとけるようになったと述べている。文学少女だったフロイントならではのアプローチと言える。それと同時に彼女は何よりも作家を立てるという姿勢を貫いており、写真家としての自分をアーティストとしては見なしていなかった。彼女が自分を芸術家ではなく、翻訳者だとしている点は興味ぶかい。

いまひとつの特徴は、当時始まったばかりのカラー写真をいち早く採用したことで、その意味ではきわめて先駆的だった。カラー写真が当時のフランスではプリントができなったために、スライド上映会の形で鑑賞されたことはすでに述べたとおりだが、その後すぐにプリントも可能になった。その効果をフロイントは一九三五年五月のベンヤミン宛ての手紙に書いている。

カラー写真への強い関心は、小さいころから絵画作品のなかで育ってきたことに由来するのかもしれない。じっさい、彼女の写真にはきわめて絵画的な色調への配慮が見られる。たとえば、コレットの写真は、赤いスカーフと黒の衣装、その間にのぞく肌の色のコントラストが印象的だが、さらに興味ぶかいのは、作家のいつもの執筆スタイルであるという、ベッドに小さな机を置いて原稿を書いているところだ。このように従来の白黒写真の肖像とは異なる実生活を感じさせるような撮り方がフロイントの肖像写真の最も際立った特徴であり、そこにカラー写真というのも一役買っているのだ。

ベンヤミンとの交流

最後に、これら作家たちのなかで特にフロイントと近しい関係にあった人物との交流に少し紙幅を割くことにしたい[30]。同郷の哲学者ヴァルター・ベンヤミンである。二人は、同じ亡命ドイツ系ユダヤ人として同時期にパリに住みついただけでなく、国立図書館の丸天井の下で長時間を過ごした同志でもある。

図4　フランス国立図書館のヴァルター・ベンヤミン（1937年）。

国立図書館で撮影された、ひたむきにメモをとるベンヤミンの姿を写したフロントの写真（**図4**）はきわめて印象的であり、この哲学者の仕事への姿勢を要約するものとなっている。

とはいえ、二人は初めから親しかったわけではない。十六歳ほど年長で高名な哲学者に対して、フロイントは当初は気後れしていたとも告白している。最初に出会ったのはパリではなく、一九三二年、地中海に浮かぶバレアーレス諸島のイビサ島だった。ベンヤミンは若い頃からの友人でその島に移住していたフェーリクス・ネゲラートに誘われて夏の三カ月ほどを過ごした[31]。フロイントのほうがなぜイビサに出かけたのかはつまびらかにはしないが[32]、経済的に困窮していたベンヤミンのほうは安い物価に惹かれていたようだ。

それまでもパリにたびたび滞在してきたベンヤミンが、最終的に居を定めたのが一九三三年三月十九日、その一月半後にフロイントもパリに住みはじめたことはすでに見た。二人はともに国立図書館で執筆を行い、その合間や仕事帰りにさまざまな話題について話したり、カフェでチェスをしたり、モニエを交えて夕食をしたりする仲になった。

フロイントの博士論文の主題は、すでに一九三一年に「写真小史」を発表していたベンヤミンにとって馴染みの内容であった。フロイントのベンヤミン宛の手紙には、写真のキャプションの機能について述べたくだりも見られるから、ふだんから二人が写真についても意見を交換していたことは想像に難くない。ベンヤミンは雑誌『言葉《ダス・ヴォルト》』のために一九三六年に執筆し、結局は掲載されなかった論考「パリ書簡〈II〉――絵画と写真」の一部をフロイントの博士論文の考察にあてている。彼女の博論の簡潔な要約となっているので、少し長めに引用しよう。

ジゼル・フロイントの研究『十九世紀フランスの写真』は、写真の興隆を、市民階級の興隆と関連させて叙述しており、この関連を、特に上首尾な仕方で、肖像の歴史を例として説明している。アンシャン・レジーム下で最も流布していた肖像技術である高価な象牙製ミニチュア肖像から始めて、著者はさまざまな手法を挙げているが、それらは一七八〇年頃、つまり写真が発明される六十年前、肖像生産の迅速化と廉価化、それによるさらに広い普及を目指していた。ミニチュア肖像と写真撮影との中間項である肖像写図器についての著者の記述は、ひとつの発見の価値をもっている。さらに著者が示しているのは、いかにして技術の発展が、社会の発展に適合したその水準《スタンダード》に、写真――これによって肖像は、かなり広い市民層にとって手頃な価格で買えるものとなる――において到達するかということである。著者はいかにしていろいろな種類の画家のうちでミニチュア肖像画家たちが、写真の最初の犠牲となるかを描いている。彼女は最後に、十九世紀

半ばにおける絵画と写真の理論的対決について報告している。(33)

その上で、フロイントの博士論文に対する疑義も呈しているが、それはまさに、芸術と社会との関係についてである。フロイントが、芸術家写真の黄金時代がわずか十五年で終わりをつげ、商業写真家にとって替わられることに着目している点は評価しつつも、写真の芸術性と商品性のあいだに見られる弁証法的なアイロニーへの考察が欠けていると指摘する。だが、それはこの時期に「複製技術時代の芸術作品」(34)を執筆していたベンヤミンの関心事ではあっても、フロイントにそれを要求するのは無理というものだろう。(35)それでも『パサージュ論』の写真に関する項目にはフロイントの博士論文からの引用だけでなく、未刊草稿からの引用も見られるから、評価していたことは確かだろう。(36)

フロイントによる最後のベンヤミンの写真は一九三九年五月のポンティニーのもので、黄色い花を手にしたベンヤミンがカラーで撮影されている。ベンヤミンがこの季節はずれにポンティニー修道院に出かけたのは、支援者を探すためで、ボードレールの「パリ情景」についての講演を行っているが、フロイントも講演の行われる前の週末は一緒だったようだ。(37)

エピローグ

一九三九年九月一日、ナチス・ドイツはポーランドに侵攻、その翌々日、英仏はドイツに宣戦布告、第二次世界大戦が始まる。パリ在住のドイツ人亡命者たちにとって恐怖の時代であったことはよく知られている。一夜にして敵性外国人となった彼らは、強制収容の対象となった。フランス当局はユダヤ人や自発的亡命者を含め、敵国出身者全員の収容を決定し、パリの北西コロンブにあるイーヴ・デュ・マノワール競技場(38)に召集した。その後、フランス各地に散在する急ごしらえの収容施設へと送り込まれることになるが、ベンヤミンが送られたのはヌヴェール[39]の古い城館だった。

劣悪な環境に苦しむベンヤミンを釈放すべく、外交官アンリ・オプノ[40]やアドリエンヌ・モニエらの画策によりペン・クラブが政府に働きかけた。そのモニエをさらに陰で助けたのがフロイントだった。その様子は、釈放のための根回しを伝えるベンヤミン宛の手紙から読み取れるが、彼女は、作家たちによる嘆願書や必要書類を国立図書館で複写したりもしている。フロイントは十月から十一月にかけて頻繁に収容所のベンヤミンに手紙を送り、もうすぐ釈放されるだろうから、絶望することなく頑張るようにと励ましている。十一月二十日付けの釈放を知らせる手紙には喜びが溢れており、手紙の最後で、ベンヤミンの帰還を祝うためにリンゴ菓子を作っていると述べるくだりは、二人の交流の深さを示しており、読む者の心を熱くするものがある。

こうして、ベンヤミンは無事収容所からパリに戻ったが、さらに過酷な運命が彼を待ち構えていたのは周知のとおりだ。一九四〇年六月、それまで膠着状態にあった独仏両軍だが、ひとたびドイツ軍の攻撃が始まるやフランス軍はたちまち潰走、六月十四日パリは陥落するからだ。ドイツ軍の侵攻を前に市民たちは南へと向かって大挙して逃げたが、それより以前にベンヤミンはパリを脱出していた。初めルルドに向かい、八月初めまで滞在。その後、マルセイユを経由して、スペインに逃れようとしたものの、入国を拒否され、九月二十六日未明、国境の町ポルボウで自死した。

一方のフロイントのほうは六月、モニエにオーステルリッツ駅まで見送られ、列車で南を目指すも、途中で列車は止まり、そのあとは自転車で一目散に南仏に向かった。最終的には、ヴィクトリア・オカンポの招待により南米行きのヴィザがおり、一九四一年六月、ビルバオからブエノ・エスペランサ号に乗船、アルゼンチンに逃れた。その後、南米各地でも報道写真家として活躍するほか、メキシコの女性画家フリーダ・カーロ[41]、女優でアルゼンチン大統領夫人のエバ・ペロンの写真などを撮っている。[42]五〇年代にはフランスに戻り活動を再開するが、その後の活動は本書での時期を越えているから、別の機会に譲ることにしたい[43]。

【注】

（1） 一九九八年に行われた以下の展覧会カタログに詳しい。*Les femmes photographes de la nouvelle vision en France, 1920-1940*, Marval, 1998. クロード・カーアンについては、本書所収の永井敦子氏の論考を参照されたい。

（2） 今橋映子『〈パリ写真〉の世紀』白水社、二〇〇三年、一〇六頁。

（3） ミシェル・ジャルティ『評伝　ポール・ヴァレリー』恒川邦夫監訳、第＊＊＊分冊、水声社、二〇二三年、四七四、五八四頁。

（4） これは前回のシンポジウムのテーマの一つでもあった。澤田直編『異貌のパリ　1919-1939――シュルレアリスム、黒人芸術、大衆文化』水声社、二〇一七年。

（5） シャネルやレズビアンのパートナーの妖艶なポートレートが、ピエール・マッコルランによって高く評価され、一九二五年に出会ったウジェーヌ・アジェの作品を散逸から救ったことでも知られている。『ベレニス・アボットの世界』展図録／東京都写真美術館編、一九九〇年。

（6） Gisèle Freund, 1908-2000. フランス語での発音はフロインドとなるが、日本語文献の多くはフランス語とドイツ語の発音を混ぜた表記になっているので、本稿でもそれを踏襲する。若い頃の書簡の署名では Gisèle と Gisela のどちらも用いられているが、博士論文の表紙には Gisèle と記されている。

（7） 曽我晶子「ジゼル・フロイントの作家ポートレート――写真によるもうひとつの二十世紀文学史」、『比較文学・文化論集』第二一号、七―二〇頁が重要な論考としてある。田中純「ジゼル・フロイントの一枚の写真について」、『ＵＰ』第五〇六号、二〇一四年。

（8） 以下の記述にあたっては、Gisèle Freund, *Portrait, Entretiens avec Rauda Jamis, Des femmes*, 1991 をはじめ、フロイント本人の

さまざまな著作における記述を参考にした。

（9） Kölnischer Illustrierte Zeitung, 一九三一年一月十六日付。

（10） これらの写真は、以下のサイトで見ることができる。https://sammlung.staedelmuseum.de/en/work/frankfurt-am-main-1-mai-1931-9

（11） *Portrait*, *op. cit.*, p. 34.

（12） Gisèle Freund, *Le monde et ma caméra*, Denoël, 1970, p 70.

（13） Gisèle Freund, *Mémoires de l'œil*, Seuil, 1977, p. 16.

（14） ハーバート・R・ロットマン『マン・レイ――写真と恋とカフェの日々』木下哲夫訳、白水社、二〇〇三年、七八―七九頁。

（15） *Le monde et ma caméra*, *op. cit.*, p. 22-23.

（16） 二人の活動に関しては以下の書を参照。Adreienne Monnier, *Rue Odéon*, Albin Michel, 1960, rééd. 2009. アドリエンヌ・モニエ『オデオン通り――アドリエンヌ・モニエの書店』岩崎力訳、河出書房新社、一九七五年。シルヴィア・ビーチ『シェイクスピア・アンド・カンパニー書店』中山末喜訳、河出書房新社、一九七四年。ビーチは一九一九年に近くのデュピュイトラン通りで開業したのち、二二年にオデオン通りに移転してきた。二人はその後、オデオン通り一八番地のモニエの家で暮らすようになり、フロイントもある時期、そこに仮寓する。彼女らの関係は、記述に正確さが欠けるものの、アンドレア・ワイス『パリは女――セーヌ左岸の肖像』伊藤明子訳、パンドラ／現代書館、一九九八年、第一章「オデオニア――本の国」（二三―五七頁）に活写されている。

（17） Gisèle Freund, *Itinéraires*, Albin Michel, 1985, p. 66.

（18） 相手はモニエの親戚だったが、この結婚は書類上のいわゆる mariage blanc だった。

（19） マルローがガリマール社にかけあったが、取り合ってもらえなかったという。

（20） *La Photographie en France au XIXe siècle. Étude de sociologie et d'esthétique*, thèse pour le doctorat de l'université, présentée à la faculté de lettres de l'université de Paris, La Maison des amis des livres, A. Monnier, 1936. Rééd, Christian Bourgois, 2011.

（21） *Portrait*, *op. cit.*, p. 34.

（22） *Photographie et société*, Éditions du Seuil, 1974, rééd. 2017, p. 119.『写真と社会――メディアのポリティーク』佐復秀樹訳、御茶の水書房、一九八六、一五七―一五八頁。

（23） *Portrait*, *op. cit.*, p. 71.

（24） *Mémoires de l'œil*, *op. cit.*, p. 19.

（25） Simone de Beauvoir, « Préface à *James Joyce à Paris. Ses dernières années* » (*James Joyce in Paris : his final years* de Gisèle Freund et

V.B. Carleton, 1965), reproduit in *Les écrits de Simone de Beauvoir*, Gallimard, 1979, p. 419-420.

（26） ミシェル・ジャルティ『評伝　ポール・ヴァレリー』前掲書、第＊＊＊分冊、三三〇頁。

（27） *Au pays de visage 1938-1968*, cité dans *Gisèle Freund, l'œil frontière, Paris 1933-1940*, IMEC, 2011, p. 136.

（28） *Le monde et ma caméra*, *op. cit.*, p. 16. フロイントはジョイスとの交流を本にして何度か刊行している。先に引いたボーヴォワールの回想は、その序文である。注25参照。

（29） 以下のサイトによる。https://transatlantic-cultures.org/fr/catalog/gisele-freund-the-life-of-a-story-teller-with-camera-retold（二〇二五年一月二十四日閲覧）

（30） 以下の記述は、ジゼル・フロイントによる回想に基づいている。Gisèle Freund , « Rencontres avec Walter Benjamin », in Walter Benjamin, *Écrits Français*, Gallimard, 1991, p. 363-365. 邦訳はヴァルター・ベンヤミン『パサージュ論（四）』（岩波文庫、二〇二一年）の塚原史による解説に収められている（四五五—四五八頁）。手紙に関しては以下の資料による。Nathalie Raoux, « Walter Benjamin, Gisèle Freund, Germaine Krull et Hélène Léger. Deutschland-Frankreich ; Mann-Weib. Eine Folge von Briefen », *Revue germanique internationale*, décembre 1996.

（31） 野村修『ベンヤミンの生涯』平凡社（平凡社ライブラリー）、一九九三年、一三四—一三七頁。

（32） この地でフロイントはドリュー・ラ・ロシェルの写真を撮っているから、作家たちのコネクションによるのかもしれない。

（33） ヴァルター・ベンヤミン「パリ書簡〈II〉——絵画と写真」久保哲司訳、『ベンヤミン・コレクション⑤　思考のスペクトル』ちくま学芸文庫、二〇一〇年、五八六—五八七頁。同様の点は、この文章を元にした、一九三八年『社会研究紀要』七号に寄せられた一ページ足らずの書評でも指摘されている。*Zeitschrift für Sozialforschung*, n°7, 1938, S. 296.

（34） 執筆は一九三五—三六年で、三六年にクロソウスキーの仏訳によって『社会学研究所紀要』に発表された。

（35） 一九三七年十一月三日付けのホルクハイマー宛ての書簡では、「よい仕事だが、フランクフルトでマンハイムが行っていたゼミの成果だ」と手厳しい。

（36） ヴァルター・ベンヤミン『パサージュ論（四）』前掲書、二七九、二八七—二九二、三一一頁。

（37） 日付がなく、一九三九年五月と想定される手紙によれば、フロイントは講演を聞かずにパリに戻っている。ポンティニーの滞在費が高いことをこぼしている。

（38） このスタジアムは一九二四年に開催されたパリ・オリンピックのメイン会場で、開会式と陸上競技が行われたのみならず、二〇二四年のパリ五輪でもホッケー会場となった。平和の祭典の場が戦争によって変貌したことに歴史のアイロニーを感じざるを得ない。ベンヤミンの収容に関しては、野村修『ベンヤミンの生涯』前掲書、二四九—二五九頁に詳しい。

(39) ヌヴェールが、デュラスの『ヒロシマ・モナムール』の舞台であるのは興味ぶかい偶然であろう。

(40) オプノは一九一七年に赴任先のベルンでベンヤミンを知り、外交官仲間であったサン＝ジョン・ペルスの詩を彼に紹介。これがベンヤミンによる翻訳のきっかけとなった。

(41) *Frida Kahlo par Gisèle Freund*, Albin Michel, 2013.

(42) 本論集との関係で言えば、その他にも、どちらも戦後の撮影だが、一九四八年にマティス、一九六五年にデュラスのポートレートがある。

(43) 二〇〇〇年三月三十一日に死去したジゼル・フロイントのアーカイヴは、現在ではＩＭＥＣに収蔵されている。

【図版出典】

図1 *Gisèle Freund, une écriture du regard*, Hazan 2024, p. 10.

図2 *Ibid.*, p. 42.

図3 *Gisèle Freund, memoires de l'œil*, Seuil, 1977, p. 94.

図4 *Gisèle Freund, l'œil frontière, Paris 1933-1940*, IMEC, 2011, p. 32.

＊ 本稿は、シンポジウムのイントロダクションとして行った口頭発表の後半のジゼル・フロイントの部分に加筆したものである。

戦時下における看護婦、炊事婦、女性戦闘員の文学表象

――デュアメル、セリーヌからエルザ・トリオレまで

ジゼル・サピロ

戦争は集団的想像空間の内部におけるジェンダー区分を激化させる契機になる。男性たちが前線や司令部、つまり行動の中枢に向かう一方で、銃後の女性たちは炊事婦や看護婦、慈善家の婦人、悲嘆に暮れた母や妻の役割を与えられる。こうした人物像は戦争小説にも見出せるもので、そこに娼婦の形象がしばしば加わる。他方、戦争小説中に女性労働者の形象は見出せない――ゾラや自然主義者たちの小説には登場していたし、男手が足りない状況で工場を稼働させ、農作業を継続するため、女性は大きな役割を果たしていたのだが。農婦なら銃後での生活を描いた小説に登場するが（たとえばジオノの反戦小説『大群』[1]）、女性労働者はめったに見られない。第二次世界大戦期、そして対独抵抗運動《レジスタンス》文学以前は、戦う女性を見出すこともできない（例外はパリ・コミューンを扱った小説だが、コミューンの石油放火女《ペトロルーズ》は反コミューン派の作家たちによって一般に放火魔の狂女として描かれていた[1]）。

こうした役割は社会のジェンダー区分に対応している。男性には権力、生産性、行動、勇敢さ、さらには英雄主義《ヒロイズム》が割り振られ、女性には再生産〔生殖〕の務め、看護、憐憫、だが同時に男性の性的欲求を満足させる

役割が与えられる。[2] しかしながら、男性が負傷し、男らしさを失うと、支配関係が逆転することもある。本稿では、この点をデュアメルの『文明』とセリーヌの『戦争』を比較することによって検討したのち、エルザ・トリオレの『アヴィニョンの恋人』において女性レジスタンス活動家の形象が出現することを見たい。

力関係の逆転――デュアメルの『文明』

一九一六年以降、それまでの戦争小説に支配的だった叙事詩的な英雄主義《ヒロイズム》は、写実的な語りや証言の語りに取って代わられるようになる。[3] 戦争を証言するという意図によって、個人に焦点を当てた従来の小説技法が再検討されることになったのだ。たとえばアンリ・バルビュスの『砲火』（一九一六年）やロラン・ドルジュレスの『木の十字架』（一九一九年）のような最初期の「現地直送」の戦争小説とともに私たちが目撃するのは、兵隊生活における一揃いの目ぼしいエピソード（砲火の洗礼、塹壕での日々、突撃、爆撃……）を内容とするジャンルの誕生である。登場人物は、大人数で出てくることもあれば、統一感を保つため数人がクローズアップされることもあるが、いずれの場合であっても描かれるべき現象、つまり戦争の添え物になる。主役は戦争そのものなのだ。日常生活では会話が重要な位置を占めており、軍隊の隠語を効かせ喜劇的効果を醸し出すことで、獣同然の生活条件、不衛生な環境、死の肉体的現実をめぐる自然主義的（またしばしば映像的な）描写との対照をなしている。こうした技法は、リュシアン・デカーヴの『下士官』（一八八九年）をモデルとする、軍隊生活を描いた悪漢《ピカレスク》小説においてすでに用いられていたもので（この種の小説は男子の徴兵が義務化された一八八〇年代以降に登場した）、戦争の英雄主義《ヒロイズム》の非神話化に貢献する。ゴンクール賞が一九一六年には『砲火』に授与され、ついで一九一九年には『木の十字架』が有力候補になったこと（結局はプルーストの『失われた時を求めて』が競り勝って受賞した）は、メディアで支配的だった愛国主義的言説に対して、戦争の過酷さを可視化したのである。

一九一八年のゴンクール賞もまた戦争を題材にしたジョルジュ・デュアメルの『文明』に授与されている。軍医として志願したデュアメルは、人間愛を感じさせる哀切な物語において、銃後の病院での自身の経験を報告している。この作品『文明』は、モーリス・ジュヌヴォワの『一四年の人びと』[二]と同様に、戦争末期に重要な地位を占めた証言文学のジャンルに属する。セリーヌの『戦争』との類似点も多いこの小説を、女性の形象やジェンダー関係を中心に考察することにしよう。

この小説は物語世界内的な視点〔語り手が物語世界の内部から語る視点〕を採用しており、語り手が証人として一人称で語る。語り手によって描かれるのは男らしさを喪失した負傷兵たちだが、彼らは四肢の一部を欠損し、不能になり、生命維持機能をコントロールすることもできず、汚臭が立ちこめ、誰もが苦痛を叫ぶ環境で暮らしており、ときに嘲るような哄笑が響きわたる。

第一の女性の形象はボーガン夫人である。彼女の職種は明示されていないが、看護助手か看護婦のいずれかだろう。母性的な人物で、兵士たちが便意をこらえられなくなった（あるいは寝床で排便したことに気づかずにいる）と見るや、小児状態に陥った兵士たちを叱る。とはいえ、母のような優しさで叱るのだ。


ボーガン夫人は八時に到着して、すぐに叱りだした。

「あらあら、嫌な臭いだこと。ああ、ああ、可哀そうなルヴォーさん、またやらかしたのね……」

ルヴォーははぐらかそうとした〔……〕

そこでボーガン夫人はシーツを引きはがすが、さすがの彼女も、痛ましく嘆かわしい臭いに息を詰まらせ、ぶつぶつぼやきながら言うのであった。

「おお、ルヴォーさん！　聞き分けの悪い子だね！　いつだってお漏らしするんだから！」

「……」

ボーガン夫人はあちらこちらに動き回り、下着やシーツや水を取りに行った。子どもの世話をするようにルヴォーの世話をすることから始め、生来のけなげさで小さく可憐な手を汚物に突っ込みながら、ぶつぶつ言った。

「我慢できるはずなんだがねえ、ルヴォーさん。ひどい仕事だよ、ごらんよ！」

すると、負傷兵はにわかに羞恥心と一種の絶望にとりつかれて、うめいた。

「ボーガンさん、怒らないでくださいよ。兵隊にとられる前はこんなじゃなかったんだから……」

ボーガン夫人は笑い始め、ルヴォーもそれにつられて泣きべそをやめて笑った(4)。

第二の女性の形象は慈善家のご婦人である。別世界から到来したかのような彼女は、病院の不潔で陰鬱な世界とは好対照をなしている。彼女の登場場面は、同書において妖精物語の如き様相を呈する。

そこに突如、緑衣の奥方が現れた。

彼女はある晴天の朝、みんなと同じようにドアから入ってきた。しかしながら、彼女には余人と似たところがなかった。天使のような、女王のような、お人形のような外見。服装も、病室で働く看護婦や、負傷した子供や夫を見舞いにくる母親や妻とは違っていた。通りで出会うご婦人方とさえ似ていなかった。ずっと美人で、はるかに荘厳であった。むしろ妖精なり、大型の彩色カレンダーに描かれた壮麗な女性像、画家がその下に「夢想」、「憂愁」、あるいは「詩情」と記した女性像を思わせた。

彼女は身なりのよい美男子の士官たちに囲まれていた。誰もが彼女のちょっとした言葉にまで注意を払い、熱烈な賛辞を惜しまなかった。

「お入りください、マダム。負傷者たちに会いたいのでしたら」と連中の一人が言った。

彼女は病室に数歩踏み入り、立ち止まって深く響く声で言った。

「なんて可哀そうな人たちなんでしょう！(5)」


このように、奥方は心からの憐憫の情を表明している。最初の面会相手は黒人で、出身は定かでないのだが、これはフランス軍に徴兵されたアフリカ人戦闘兵について語られることが稀であった時代にあって、彼らへのオマージュとみなすこともできるだろう。しかし次のくだりには一種の植民地主義的父権主義《パターナリズム》が垣間見える。


緑衣の奥方は黒人兵ソリの方にまず向かった。

「ソリってお名前なの？」名札に目を遣りながら彼女は言った。

黒人は首を縦に振った。緑衣の奥方は、舞台で演技する女優のように旋律豊かで柔らかいアクセントで続けた。

「あなたはフランスに戦闘にきたのね、ソリ、そのために美しい母国、灼けつく広大な砂漠の、清涼で馥郁としたオアシスを去ったんだわ。ああ、ソリ！　アフリカの夕べはなんて美しいことでしょう、若い娘さんがヤシの並木沿いに帰路につくとき、薄暗い彫像のような頭上には蜜とココナッツミルクでいっぱいの香り高い壺を載せて！」

士官たちは魅せられたような小声を漏らし、フランス語を理解するソリも、首を振りながら言葉を発した。

「ココナッツ……ココナッツ(6)……」


物語の結末部分にはマダガスカル人やスーダン人が登場する。担架兵として徴用された彼らは、語り手によって「善良な野蛮人」の形象を体現する存在と目され、「文明」を自称しながらいまや破壊者となった西洋文明と対比される。もっとも彼らは公序良俗を弁えていないのだが（彼らの二人が並んで自瀆に耽っている様子を語り手は目撃する）。

第三の女性の形象は母親である。語り手はある章のなかで一九一六年の光景を想起している。当時の彼は自身の部隊とともに、「ソンムでの大いなる犠牲に己の血を捧げる」べく、マルヌの地で待機していた〔ソンム、マルヌともに第一次世界大戦の激戦地〕。農地で日々を過ごすうちに、彼らは一人の「顔色がくすみ、ぼさぼさの白髪頭の痩せた老女」が葡萄畑に灰を撒いている姿を目撃する。話してみると彼女には息子たちがいたが、年少の二人は前線で死亡、長男は両腕を切断されたのだという。つまり、ここで問題になるのは母の形象で、彼女は息子たちの喪失を嘆きながら、彼らがいかに勇敢だったか誇らしげに語るのである。

第四の女性の形象はブリアン夫人で、兵士たちに食事を提供している。この炊事婦の形象は、ジェンダー関係を転倒せず、女性的な役割に収まるものであるから、もっとも安心させる。

ブリアン夫人は私の戦時下の最良の記憶のひとつである。少女のように華奢で、目は大きくて気弱そうな彼女は、気丈な女性として振る舞ったりしなかった。男たちが叫びはじめると、彼女の目は赤くなり涙ぐんでしまうので、連中も彼女を苦しめないように自制するのであった(7)。

第五の女性の形象は兵士の妻で、こちらも安心させる。エミール・ポンソーという兵士の妻は、何カ月ものあいだ連絡が取れなくなったあとで夫を見つけ出し、許可を得て毎日面会に来るのだった。彼女が辛抱強く傍にいたおかげで、この兵士は少しずつ負傷から回復してゆく(8)。彼女は種々の不快事を如才なく最小限度に抑えてみせる。たとえば夫の化膿した傷跡から発する悪臭(9)や、片脚がほとんどなくなっている光景(10)がもたらす不快事である。

彼女は花を、そしてとりわけ「万能を備えた優しくうるんだ瞳」を彼に持ち寄り、それが実ってある日、モルヒネの注射をやめることができた。ポンソーは妻が毎日見舞いにこられるように軍病院から補助病院に移送されることになる。

この病院の場面では、突如として多くの女性人物が登場し、看護婦や慈善家の婦人の数は倍増する。婦長と「いずれ劣らず見事に着飾った三十人余りのご婦人がた」である看護婦や慈善家婦人たちがおりなす「うっとりするような光景」がそこにはあった。彼女ら看護婦たちは大半がボランティアで、男性たちをその香気で酔わせ、さらさら衣擦れのするような声で女同士のおしゃべりをし、手術に立ち会うのであった。喜劇じみた一節において、これら婦人たち——ただし既婚者だけ——は、妻と水入らずの時間を過ごすために外出したいと願い出たポンソーの申請について、遠回しな言葉で話し合う。決断を下すのは医師で、ポンソーは子どもを作る能力を有しているし、国のために自らの血を捧げた彼ら兵士たちは、いまや自らの息子を祖国に捧げる必要があるのだと、許可を与えた理由を説明する。[11]「脚を切断して一人の男の命を救うたびに、私はまず種のことを考えるのさ。この男は今でもいい種馬だよ」。この言葉は後に婦人たちのあいだで語り草になる。

このようにデュアメルの小説からは、戦時下の女性の役割に関するヒューマニズム的な見方が現れてくる。彼女らは負傷した男性たちを介護し、慰問し、支えるのであって、自分に有利な状況に乗じて男性との力関係を逆転しようとはしない。それはセリーヌが『戦争』で描いた表象とは真逆である。

権力を濫用する女性たち——セリーヌの『戦争』

戦争はセリーヌの初期小説群の核心にある。いずれも自伝的な側面が強く、バルビュスの『砲火』を嚆矢とする反戦平和主義の系譜に連なっている作品だ。『夜の果てへの旅』（一九三一年）から、最近になって（秘密裏に保存されていた六千枚の紙片のなかから）再発見された断片『戦争』を経て、『死地』（一九四九年刊行[11]）に至るまでの作品のなかでも私は『戦争』に注目したい。なぜならこの作品は『文明』と同様に銃後の病院を扱っており、しかもジェンダー関係が逆転しているからである。なお、『戦争』は独立した単行本として刊行されたが[12]、これは必ずしも自明のことではない。一部の専門家によれば、むしろ『夜の果てへの旅』の断片と言ったほうが近い。とはいえ、銃後を描いたこの断片が、女性登場人物の役割を理由に私たちの関心を惹くことに変わりはない。

『戦争』には、看護婦、妻、母、慈善家の婦人といった、すでに言及した形象が軒並み登場する。ところが、これらの人物は、ポンソーの妻のように自分が男性に対して獲得した権力を最小限に抑えることなく、それを濫用してしまうのである。デュアメルにおいては慎ましやかで婉曲的に表現されていた性生活の問題が、ここでは前面に現れてくる。冒頭に引用した前線を扱った小説に見られた露骨な自然主義的描写が見出される。

　語り手は負傷兵のフェルディナンで、前線復帰を免れるために錯乱を装い、看護婦や修道女たちが働くプルデュ＝シュル＝ラ＝リスの処女救援《ヴィルジナル・スクール》に運ばれる。看護婦長はレスピナスという名前で、男性器に取り憑かれており、ゾンデ〔体内に挿入する針金状の医療器具〕を挿れる前に男たちに独断で手淫するような人物だ。とはいえ、フェルディナンの過去の人生から再び姿を現す他の女性たちと比べると、彼女もまた庇護者的な形象である。まず母親が面会に来るが、いつまでも小言を言ってやまないし、それに酒保の女将——言うまでもなく炊事婦の形象に当てはまる——はフェルディナンが店に残した借金の清算を求めにくる。金がないと返事をすると、父親が説教しに戻ってくる始末だ。手術したがりの医師や、彼が負傷した状況を調査にきた将軍に直面したとき、フェルディナンはレスピナスに彼の「たった一人の拠りどころ」を見出すのである。「やっぱり彼女そこかしこで力握ってんだ、実力者なんだ、おれは彼女の歯にキスしてやりたい気分だった」[13]（彼女の緑がかった歯は初めのうち彼を怖がらせていた）。庇護者としての彼女は、しかしそれでもサディストで、彼が将軍の前で怖気づいているのを見て楽しんでいる風だ。また、彼女には半年間の病後静養を口利きする力があるとフェルディナンは思っている。彼が彼女と性的関係を持ち始めるのはそのためだ。

フェルディナンと彼の入院仲間ベベールがレスピナスから数時間の外出許可を得たとき、彼らは娼婦の形象を体現した女給に出会う（もっとも売春は禁止されているが）。彼女は二人の「植民地部隊の兵隊」[14]の相手をしていた。ベベールは彼女を罵り、それと比べて自分の妻アンジェルを繰り返し褒め、彼女は働いて金を工面してくれるんだとフェルディナンに説明する。アンジェルはまた、彼によれば「油断のならない」「サディスト」であるレスピナスとも対比される。「ある日その〔レスピナスの〕刃はおまえに向けられるんだ〔……〕、けどアンジェルのことはおれは扱うすべは心得ている」[15]。だが彼は女給のデスティネと関係をもつことになる。

第二部でベベールはカスカードに名前が変わり、アンジェルを呼び寄せてデスティネの家に住まわせると、そこから一切の表象が逆転する。アンジェルが娼婦で、カスカードが女衒であることが明らかになるのだ。アンジェルは彼を裏切り、将軍に脱走兵として密告、彼は処刑されることになる。逆転が始まる場面は興味を唆るものだ。彼女がセネガル人狙撃兵と一緒にふざけているところを見て——明らかに人種差別的な理由で——逆上した彼は、彼女が「つるむ〔交雑する〕」[16]ことを禁じた。それからフェルディナンに「毛饅頭」（性器）を見せるよう彼女に命じるが、抵抗され、力関係が逆転する。彼はスキャンダルを恐れ、自分にはもう彼女を殴り飛ばす力もないことに気づき、彼女の方は「おっぽり出して」やるといって彼を脅す。天使は「怪物」になる。彼女は英国人士官たちに体を売り、彼には施し物のように金を恵んでやることで、公衆の面前で侮辱する。女給のデスティネでさえカスカードに対して優位に立つ。逆転がピークに達するのは、フェルディナンが戦功賞を受勲したことを祝うため、アルナシュ氏というブルジョワの家で、両親と司祭の同席のもと昼食会が催されたときである。アンジェルとカスカードのあいだで激しい口論が始まり、そのいきおいで彼女は彼を長々と誹謗してから、カスカードが銃後に引き揚げるために自分の足を銃で撃ったことを全員の前で明かし、その委細を説明した彼の手紙を将軍宛てに送ってやったと告げる。こうしてカスカードは逮捕されるのだ。

カスカードが銃殺刑に処されたあと、フェルディナンはアンジェルに再会するが、彼女はイギリス人から金を巻き上げるため彼に策を弄させる（夫のふりをさせ、男といるところを目撃させるのだ）。酒代は彼女の払いで、フェルディナンは一文無しだから、彼は良心の呵責を振り切って提案を受け入れる。後で本物の夫みたいにしてあげると約束してから、彼女は付け加える。「それにこっちはあんたより二つ年上なんだから、ちゃんと言うこと聞かなきゃね[17]」。彼は考える。「アンジェルはちょうどいいときにやってきて、おれの父とカスカード〔……〕、に取って代わったんだ[18]」。

このように、セリーヌは役割の転倒を極限まで、濫用に至るまで押し進める。デュアメルのヒューマニズムとは対照的に、この物語は元戦闘員たちが味わった幻滅と響き合うような虚無感情《ニヒリズム》や不条理の感覚を浮かび上がらせる。ゴンクール賞を望んでいたセリーヌが『文明』を事前に読んでいたというのは考えうることだろう（結局『夜の果てへの旅』はゴンクール賞ではなくルノドー賞を受賞したため彼は失望した）。そのように思われるのは、とりわけ『戦争』の登場人物たちが戦時下における女性の社会的役割に結びついたヒューマニスト的期待を転倒させているからである。彼女たちは、慰安の形象となるかわりに、男たちに暴力を振るい、支配し、自分たちの強権を肯定し、身を崩し、彼らを裏切り、道徳感覚が欠落している。

確かに、『戦争』における諸形象はフランスの社会小説において真新しいわけではない。とりわけゾラ（たとえばテレーズ・ラカン）や自然主義者の作品にその先例を見出すことができる。それに『文明』と『戦争』のあいだに「ギャルソンヌ」の形象（ヴィクトール・マルグリットが同名小説のヒロインにしている）や女性解放の権利運動が現れていたし、女性文学が、まだ恋愛小説としてコード化されてない部分でジェンダー役割を意識的に転倒させていたというのも事実である（この点はジェニファー・ミリガンが『忘れられた世代』で論じた通りである[19]）。同様に、当時の多くの作家が支配的な家父長制的価値観を疑問視していた[20]。セリーヌにおいてこうした解放は、女性の権力とその濫用に晒された男たちの目に映る脅威として現れることになる。第一次世界大戦には女性の戦闘員はおらず、女性たちは銃後に留まった。それに対して〔第二次世界大戦におけるナチス・ドイツの〕占領軍に対する対独抵抗運動《レジスタンス》は女性を動員する。それゆえ、エルザ・トリオレの「アヴィニョンの恋人」を通して女性戦闘員の形象を論じ、結論に向かうことにしよう。

女性レジスタンス活動家の形象——エルザ・トリオレの「アヴィニョンの恋人」

ジェイムズ・スティールは、レジスタンス文学における女性のイメージを扱った章において、女性たちが男性との関係性により規定された伝統的役割に押し込められていることを確認する。女性登場人物は主として囚人の妻、未亡人、母親、姉妹、婚約者、愛人なのである(21)。

しかしながら、エルザ・トリオレの「アヴィニョンの恋人」の草稿原稿から出発してエイミー・スマイリーが分析したところでは、この点に関してより繊細な見方が現れてくる(22)。主人公であるタイピストのジュリエット・ノエルがかなりの程度ステレオタイプ的なイメージに沿っているのは事実として、彼女の人物像が草稿の諸段階を経て変化してゆく過程は、ヴィシー体制〔占領期の親独傀儡政権〕が時流を覆すべく展開した術策にもかかわらず、女性の地位に関して生じた変化を反映するものになっている。

本小説の刊行されたバージョンでは、ジュリエットは葛藤を招く命令のあいだで引き裂かれている。クリスマスイブの日に家族を置いて、ジョゼ坊や〔彼女が引き取った私生児〕を不幸のどん底に陥れてまで、レジスタンス組織での使命を果たせという命令がそれだ。品行方正な若い女性という外見のもと、彼女は危険を冒してまで金銭や配給カードを運び、レジスタンス活動家たちに差し迫る危機を警告しようとする。活動家の一人セレスタンと恋仲になり、彼にそれまで伏せていた本当の名前を告げると、男も彼女に答える。「君は勇敢で、女性そのものだよ！」[23] それから彼が、一昨日に一人の男を殺害したことを打ち明ける。「それが戦争なのね」と彼女は答える。

ジュリエットはこの短編唯一の女性レジスタンス活動家というわけではない。同じ新聞社で働いていた別の若い女性〔ジェラール〕に紹介されて組織に入ったのである（女性がそれを提案したのは、ジュリエットの兄がリビア〔北アフリカ戦線〕で死んだと知ったからだった）。勇敢なジュリエットは、彼女を使って恋人のセレスタンを捕まえようと目論むドイツ人たちの魔手を辛くも逃れる。この小説に結末はない。というのも、書かれたのはドイツの占領が終わる前の一九四三年だったからだ。「私の歌を導くのは歴史なのだ」と語り手は締めくくる。

このように、物語の主人公を務めるこの女性レジスタンス活動家の人物像は、伝統的な女性の役割の対極に位置している。おそらくこのことによって、フランスの女性が投票権を獲得した一九四五年に、エルザ・トリオレが女性として初めてゴンクール賞を受賞した理由の一端が説明できるだろう。さらに言うなら、トリオレは自身も文学的レジスタンス活動に参加し、ユダヤ系ロシア人であり、共産党の同伴者であり、かつ共産党系作家ルイ・アラゴンの妻であった。それにこの時期ゴンクール・アカデミーは、一部の会員が対独協力《コラボ》に関与したという直近の事実を忘れさせねばならなかった。そのためエルザ・トリオレはお墨付きを与える役割を果たしたのである。[24]

＊

以上の駆け足の分析を終えるにあたって、次のように述べておきたい。小説におけるジェンダー問題は、戦時下における女性表象のある種の変化を反映するものであるが、これまで見てきたように、そうした表象は均質的なものではなく、一方の家父長制的で父権主義的な傾向と、他方のよりフェミニスト的で平等志向な観点のあいだで揺れている。このことは、女性が勇気や独立心といった男性的属性と女性らしさを調和させられることを示している。もちろん、この種の表象はどちらかというと女性作家の作品に見出すことができる（だがヴィクトール・マルグリットの『ギャルソンヌ』にも見ることができるし、テオフィル・ゴーティエの『モーパン嬢』にまで遡ることも可能だ）。支配される女性という家父長制的表象は、セリーヌの小説の場合のように、女性たちが戦時下で伝統的役割を逸脱するときには逆転されうるが、そのとき彼女らは、パリ・コミューンの石油放火女《ペトロルーズ》のように恐るべき怪物になる。

最後に、今言及した家父長制的表象は戦後になっても消え去りはしなかったことを確認しておこう。その例として、アルベール・カミュが戦争の隠喩として描いた『ペスト』がある。[25] カミュの小説において女性たちは、暴力を受けたり見棄てられたりと、男性との関わりにおいてのみ存在する。彼女らは粗暴さや誘惑好きといった男らしさの引き立て役で、役割がすむと消え去る運命にある。このことは批評が指摘するとおりだ。恋愛関係にせよ夫婦関係にせよ、情に厚く悲嘆に暮れる女性たちは、いつも裏切られる期待のうちで暮らし、男たちは逃避や不安、さもなくばリウー医師のように呵責のうちで生きる。この医者は、病気で家にこもる妻を脳裏から追い払い、自身の活動を継続しようとする。感傷や同情は男らしい男を行動から遠ざけてしまうため、たとえ罪悪感を抱くとしても、その種の感情とは闘う必要があるのだ。〔フロイトが言う〕不気味なものに身を浸す、伴侶に対するこうした罪悪感は、消滅と忍従の形象であるところの母に対する罪悪感を反復したものに思われる。

暴力の対象でなければ、抹消され、服従させられるカミュの女性登場人物たちは、デュアメルの登場人物たちと同様に、ピエール・ブルデューが『男性支配』において「象徴的暴力」と呼んだものを例証している。これは、支配される側（男女は問わない）との共犯関係によって行使される柔らかい暴力である。[26] ここで言う共犯関係は、同意ではない。この共犯性は、同じ教育を受けたために、女性たちも支配者側の世界の見方《ヴィジョン》（区　分《ディヴィジョン》）と象徴のヒエラルキーを共有しているという事実に由来する。つまり「象徴的暴力」が、正統的とされるアイデンティティを定義し、男性にも女性にも自らのいるべき場所を内面化させるのだ。
『文明』や『ペスト』におけるジェンダー関係の表象は、当時の現実に、少なくとも統計的に対応すると考えることができる。だが、この表象が象徴的暴力を疑問視することなく自然なものとしつつ、そこから距離を置く女性たちの視点を隠蔽することで、当の暴力を再生産し継続させた、と考えることもまた可能だ。それでも、女性たちの視点は、文学作品（男性著者によるものも含む）において、ギャルソンヌ、解放された女性、レズビアン女性、第三の性〔男性でも女性でもない性〕、レジスタンスの女性、あるいは実生活の上なり気持ちの上なりで自立した女性の形象によって描かれていた。セリーヌはと言えば、彼が暴き立てたのは、支配関係の逆転状況における女性の権力に直面した男性の不安であった。

（関大聡訳）

【原注】

（1） Edith Thomas, *Les Pétroleuses*, Gallimard, 1963, rééd. « Folio », 2021.

（2） Pierre Bourdieu, *La Domination masculine*, Seuil, 1998.〔ピエール・ブルデュー『男性支配』坂本さやか・坂本浩也訳、藤原書店、二〇一七年〕

（3） Maurice Rieunau, *Guerre et révolution dans le roman français 1919-1939*, Klincksieck, 1974 ; Léon Riegel, *Guerre et littérature. Le bouleversement des consciences dans la littérature romanesque inspirée par la Grande Guerre (littératures française, anglo-saxonne et allemande) 1910-1930*, Klincksieck, 1978 ; Norton Cru, *Du témoignage*, Gallimard, 1930.

(4) G. Duhamel, *Civilisation*, p. 16-17.〔抄訳が『新興文学全集　第一七巻』平凡社、一九二八年にジョルジュ・デュアメル『文明』として収録されているが、引用箇所は未訳〕
(5) *Ibid*., p. 112-113.〔この挿話は『世界短篇文学全集　第七巻』集英社、一九六二年にジョルジュ・デュアメル「緑衣の奥方」として収録されている。ただし訳文は変更した〕
(6) *Ibid*., p. 114.〔同前、一五三頁〕
(7) *Ibid*., p. 152.
(8) *Ibid*., p. 155-160.
(9) *Ibid*., p. 158.
(10) *Ibid*., p. 163.
(11) *Ibid*., p. 172-173.
(12) Louis-Ferdinand Céline, *Guerre*, Gallimard, 2022.〔ルイ＝フェルディナン・セリーヌ『戦争』森澤友一朗訳、幻戯書房、二〇二三年〕
(13) *Ibid*., p. 63.〔同前、六〇頁〕
(14) *Ibid*., p. 72.〔同前、七一頁〕
(15) *Ibid*., p. 73.〔同前、七三頁〕
(16) *Ibid*., p. 89.〔同前、九五頁〕
(17) *Ibid*., p. 138.〔同前、一五七頁〕
(18) *Ibid*., p. 139.〔同前、一五八頁〕
(19) Jennifer Milligan, *The Forgotten Generation: French Women Writers of the Inter-War Period*, Berg, 1996.
(20) *Ibid*.
(21) James Steel, *Littératures de l'ombre : récits et nouvelles de la Résistance 1940-1944*, Presses de la Fondation nationale des sciences politiques, 1991, p. 143-158.
(22) Amy Smiley, « *Les Amants d'Avignon* et la période de la Résistance », in *Elsa Triolet, un écrivain dans le siècle*, L'Harmattan, 2000.
(23) Elsa Triolet, *Les Amants d'Avignon*, p. 50.〔エルザ・トリオレ『アヴィニョンの戀人』川俣晃自訳、岩波現代叢書、一九五三年、八二頁。ただし訳文は変更した〕

(24) Voir Gisèle Sapiro, *La Guerre des écrivains, 1940-1953*, Fayard, 1999, chap. 9.

(25) Albert Camus, *La Peste*, Gallimard, 1947, rééd. « Folio », 1972.〔アルベール・カミュ『ペスト』三野博司訳、岩波文庫、二〇二一年〕

(26) Pierre Bourdieu, *op. cit.*〔ピエール・ブルデュー『男性支配』前掲書〕

【訳注】

(一) ジャン・ジオノ『大群』山本省訳、彩流社、二〇二一年。

(二) モーリス・ジュヌヴォワ『第一次世界大戦記——ポワリュの戦争日誌』宇京頼三訳、国書刊行会、二〇二四年。

(三) 一九四九年刊行の小説 *Casse-pipe* は従来『戦争』と訳されてきた作品であるが（『セリーヌの作品　第一四巻——戦争・教会他』石崎晴己訳、国書刊行会、一九八四年）、二〇二二年に『戦争（*Guerre*）』が刊行されたことによる混乱を避けるため、前者の作品名を『死地』と訳し直すという森澤友一朗氏の提案に従う。

料金受取人払郵便

郵 便 はがき

223-8790

綱島郵便局
承 認
2334

差出有効期間
2025年12月
31日まで
(切手不要)

神奈川県横浜市港北区新吉田東
1-77-17

水 声 社 行

御氏名(ふりがな)	性別 男・女	年齢 才
御住所(郵便番号)		
御職業	御専攻	
御購読の新聞・雑誌等		
御買上書店名	書店	県 市 区 町

読　者　カ　ー　ド

お求めの本のタイトル

お求めの動機

1. 新聞・雑誌等の広告をみて（掲載紙誌名　　　　　　）
2. 書評を読んで（掲載紙誌名　　　　　　）
3. 書店で実物をみて　　　　4. 人にすすめられて
5. ダイレクトメールを読んで　　　　6. その他（　　　　）

本書についてのご感想（内容、造本等）、編集部へのご意見、ご希望等

注文書（ご注文いただく場合のみ、書名と冊数をご記入下さい）

[書名]	[冊数]
	冊
	冊
	冊
	冊

e-mailで直接ご注文いただく場合は《eigyo-bu@suiseisha.net》へ、
ブッククラブについてのお問い合わせは《comet-bc@suiseisha.net》へ
ご連絡下さい。

マルグリット・デュラスにおける想起、記憶喪失、そして忘却

小川美登里

夫の逮捕劇と不在の物語

第二次世界大戦終結前の一九四四年六月、パリ六区のアパルトマンにゲシュタポが踏み込み、レジスタンスの一味が逮捕される。その中に作家マルグリット・デュラスの当時の夫ロベール・アンテルムとその妹マリー＝ルイーズがいた。二人はその後、ドイツの強制収容所に送られ、ロベールだけが翌年四月に戻ってきた(1)。夫の逮捕、不在、そして帰還については、デュラスの筆によってもっとも有名な物語のひとつとなった。「苦悩(2)」と題されたこの物語を含む短編集が刊行されたのは一九八五年、実に終戦から四十年も経てのことであり、発表当時、むしろ驚きを持って迎えられた。デュラス自身による次の註釈――「私はノーフル・ル・シャトーの青い戸棚の中に二冊のノートとそこに書かれた日記を見つけた。それを書いた記憶は一切ない(3)」――は、日記の内容と同じくらい批評家の注目を集め、それを文学的ポーズとして揶揄する者さえいた。だがこの文章には続きがある。「私はそれを書いたことを知っている、それを書いたのは私なのだ、筆跡も、私が語る細部にも見覚えがある。場所

も、オルセー駅も、その道中も知っているのに、日記を書いている自分の姿は思い出せない。〔……〕いまだ名付けることができず、読み返すとぞっとするこんなものが一体どうやって私に書けたというのだろう」[4]。書いた本人にすら認知できない文章がここでは問題となっている。あたかもそれを書いた当時の作家と、四十年後にそれを読み返した作家はまったくの別人であるかのように。戦争の痕跡とその証言、経験という絶対領域とその語りの間には、想起と記憶、忘却の複雑なメカニズムが入り込んでいるようにみえる。

『戦争ノート』と記憶なき痕跡としての日記

デュラスがここでいう日記は一九四三年から一九四九年の間に書かれ、他の二冊の草稿とともに二〇〇六年『戦争ノート』として刊行された[5]。日々の雑記に小説の断片が混在するこのノートには、戦時中の体験のみならず、植民地時代の思い出など、デュラス文学の主要テーマが見出される。しかし、なぜこのノートの存在がデュラスの記憶から逃れてしまったのか。なぜ終戦から四十年後に、偶然の徴のもとにその一部が刊行されたのか。短編集『苦悩』と『戦争ノート』を比較すると決定的な違いに気づく。それはユダヤ人への言及である。『戦争ノート』にはユダヤ人という言葉がほとんどない。『苦悩』出版時にデュラスは草稿にこう書き足している。「その頃、強制収容所についてほとんど知らなかった[6]」。『戦争ノート』当時、デュラスを含め、フランス人の大半はホロコーストについてほぼ何も知らなかった[7]。ところが戦後、それは万人の知るところとなり、デュラス自身も認識を改めざるを得なくなる。そもそも身近にいた夫のアンテルムこそ、生き証人のひとりではなかったか。そのアンテルムは一九四五年四月、瀕死の状態でダッハウの収容所から帰還したのち、翌四六年から四七年にかけて収容所文学の傑作とされる『人類』を書き上げた[8]。一方、デュラスの『戦争ノート』にはその間の記録が欠落している。もっと奇妙なのは、戦争体験を語る書物を帰還後すぐに上梓し、その後は一切、口をつぐんだ夫のアンテルムとは対照的に、デュラスは戦時中書き溜めたノートについて長い間沈黙を守り続けたという、その事実である。

忘却という形を取ったデュラスのこの沈黙には、みずからの体験をどう位置付けるべきかをめぐる問いかけが含まれていたように思われる。ホロコーストの存在が明らかとなった今、自分自身の体験をどう名付けるべきなのか、そもそも語る価値はあるのかという問いである。短編集『苦悩』の刊行を躊躇した理由について、一九八六年のエッセー『アウトサイド』で作家はこう語っている。「わたしたちの時代が経験した根源的な残酷さ、あのドイツの強制収容所について証言できる生存者のひとりに自分を数えるなど、場違いである以上に厚かましく思えました」(9)。第二次世界大戦の歴史的悲劇を取りこぼしていた当時の自分と、それを知った自分との間には、作家として埋め難い溝がある。『戦争ノート』を見つけてから短編集刊行に至るまでの逡巡は、単にユダヤ人虐殺に関する情報がそこに加わったという、表面的な事実では説明できないだろう。はたして自分は戦争体験を語りうる正当な証人なのかという問いは、戦後のデュラス作品を通じて徐々に重みを増し、ついには生き延びることと書く行為が不可分に結ばれる作家像が、デュラスの分身的存在であるユダヤ人少女オーレリア・シュタイネルという人物として結実するにいたるのである(10)。

短編集『苦悩』と記述から逃れ去る日常

ここで短編集『苦悩』に戻ろう。短編「苦悩」を始めとする全六篇から成る本短編集には、刊行直前まで『戦争(*La Guerre*)』というタイトルが与えられていた。だが、戦争という共通テーマを持つとはいえ、全体に不均質な印象は否めない。六篇を切り離すかのように各篇に置かれた作者の但し書きや、執筆当時の認識と後に追加された情報が混在するなど、あえて複層的な視点を挟むことでテクストの一元的な理解を阻むこうした姿勢は、一種の警告――歴史的事件の周縁で生きられた経験も同じ〈語りえない経験〉である――にすら思える。家族の帰還を待ち続ける自分と隣人のボルド夫人について、短編「苦悩」の主人公である語り手はこう記している。「どんな書物もボルド夫人と私に遅れをとっている。私たちは名前もなく、武器もなく、流血もない戦いの最前列、待つという戦いの最前列にいる」[11]。どんな書物も追いつかない経験、それは夫を待つという一事に限ったことではあるまい。短編集に書かれた出来事は終戦前後の数年間に集中し、夫を待つ妻の物語、密告者の仲間を拷問する物語、元親独義勇兵を処刑場に連行する物語、変わり果てた夫が帰還する物語など内容は様々だが、おそらくすべては作家自身をモデルとする女性の経験に由来しており、どれも戦時中の出来事でありながら日常という覆いを纏っている[12]。

「アルベール・デ・カピタル」は、テレーズという女性が中心となって密告者に拷問を行う物語である。執拗に描かれる拷問の場面は、純粋な暴力となって溢れ出す鬱屈した感情だけが唯一の真実だと言わんばかりだ。一方、「親独義勇隊員テル」では、処刑を免れえない元親独義勇隊員に対する主人公の羨望と欲望が、スピード感ある筆致で描かれる。どちらのエピソードにおいても、敵と味方、自己と他者の境界が限りなく曖昧になる情景や場面が鮮烈な印象を残す。言外に暗示される義勇隊員の処刑後、語り手はこう回想する。「テルは殺されるべき人間だった。〔……〕にもかかわらず、彼はありきたりではない敵、あなたの敵とあなたを隔てるあらゆる違いを打ち消し、和解させてしまう存在でもあった」[13]。

同じような曖昧さに満ちた一篇が「X氏、仮称ピエール・ラビエ」である。ラビエとは、デュラスの夫と義妹をゲシュタポに引き渡し、フランス解放後に処刑された実在の人物シャルル・デルヴァルの仮称である。デュラスはアンテルム逮捕の数日後、ゲシュタポのパリ本部近くのソーセ街で偶然ラビエと出会った。一九八五年に行われた対談によると、デュラスは当時レジスタンスのリーダーだったミッテランの指示を受け、素性を偽ってラビエと接触を続けたという[14]。目的を知られ、ゲシュタポに引き渡される危険と隣り合わせの状況の中、ラビエは意図せずデュラスの命を弄ぶ。語り手は書いている。「私は死の恐怖に慣れ始めた。〔……〕私は死ぬという考えに慣れ始めた[15]」。ところが、ドイツ軍の敗北が濃厚になるにつれ、両者の関係は逆転する。「けれども数日間で私は彼と同じくらい用心深くなり、彼の監視人となった、彼に死をもたらす監視人に[16]」と今度は書かれている。たとえデュラスが当時ラビエ＝デルヴァルの死を願う瞬間があったにせよ、読者が受ける印象はむしろ主人公とラビエの相似性、相手の運命を握っているという全能感と死への恐怖という共通の感覚である。その感覚が立場の違いを超えて二人を強く結びつける。実際、デルヴァルの裁判が行われた際に、デュラスは検察側と被告人側両方の証人として出頭し、周囲を驚かせた。短編の中では、あるユダヤ人家族の家に踏み込んだとき、留守の居間に置かれたおもちゃを見てそのままラビエが立ち去ったというエピソードが紹介され、語り手はこう綴っている。「彼は人類の苦しみにまったく無関心だったが、ときに大胆にある種の苦痛を免除することをやってのけた、私たちはそのおかげで生きている、あの幼いユダヤ人と私は[17]――」。最悪の敵が救世主でもあるという矛盾。通常の倫理の通用しない日常がここでは問題となっている。デュラスは書いている。「それをどう伝えるべきか、あの時代を生きなかった人たちにどうやって語るべきか、私にはわからずじまいだった。それがどんな類の恐怖だったのか[18]」。またこんなふうにも――「多くの逸話のそのほとんどすべては書かれた。書かれていないのは日常だ。時間は流れなかった。陰鬱な時だけがあった。人間も陰鬱で、殺戮に身を投じていた[19]」。

どんな書物にも書かれていない日常の一端がこの短編集の中にある。夫を待ちつつ日々ラビエと接触しながら、「生きながらにして死ぬチャンスを逃した[20]」と主人公は感じている。飢えと不安でみずからも「流刑者と同じ体重[21]」にまで落ち込んだ彼女は、他の女たちのように気丈に振る舞えず、自分をどんな女性よりも「卑怯〔lâche〕」だと思う。時は帰還者を乗せた最初の列車がドイツから到着した四五年春、主人公には夫の生きている姿がどうしても想像できず、遠くで死んでしまった彼の姿だけが執拗に脳裏に浮かんでくる。

ある側溝の中で、顔を地面にうつ伏せ、両足を曲げ、両腕を広げた姿であの人が死んでいく。あの人は死んだ。ブーヘンヴァルトの収容者の残骸の中にあの人の遺骸がある。ヨーロッパ中が暑い。前進する連合軍が彼の傍の道を通り過ぎていく。彼はもう三週間も前に死んだ。そうだ、起こったことはそれだ。私はそれを確信する[22]。

夫を待つ不安の日々、誰にも言えぬイメージの襲来のせいで主人公は完全に孤独だ。パリでは解放後の熱狂の中、戦争の忘却がすでに空気中に漂い始めている。平和を高らかに宣言するド・ゴールの演説に主人公は憤りを覚える。戦死者や未帰還者への気遣いはおろか、不在者を待つ主人公のような人々への配慮がないためだ。それが彼女を一層、死者や不在者の側に押しやる。夜な夜な待ち人を訪れるのは、不在者の優しい笑顔ではなく、その死のイメージだ。それは恐怖をもたらすものの、死に取り憑かれた者にとってはひとつの恩寵でもある。

私は自分の望む死を間近に感じている。〔……〕それすら自分にはどうでもよく、もはやそれについて考えることもない。〔……〕ときどき私は自分が死んでいないことに驚く。生きた肉体に深く突き刺さった冷たい刀身、夜も、昼も、そして人は生き延びる〔*survit*〕[23]。

眠りと覚醒、正気と狂気の狭間で生と死が反転し続け、ついに語り手はこんなふうに想像する。

もしあの人が戻ってきたら一緒に海に行こう、あの人が一番喜ぶことだから。いずれにしろ私はもうすぐ死ぬ。もし彼が戻ってきたら、私も死ぬの。もし彼が呼び鈴を鳴らして、「どなた?」、「僕だよ、ロベール・Lだ」と言ったら、私にできることは、扉を開けて、そして死ぬことだけ。私が扉を開ける瞬間と、二人で海の前にいる瞬間のあいだに私は死ぬ。そして一種の死後の生〔*survie*〕の中で、私は緑の海を見る、少しオレンジがかった海岸、そして砂浜も。(24)

この引用と先の引用には「生き延びる」という動詞とその名詞形が用いられているが、ここでは「(愛する人の)死を乗り越える」という心理的な意味ではなく、死んだ後に訪れる死後の生の時間を想像すべきだろう。本稿冒頭の引用でも、『戦争ノート』を書いている自分の姿を思い出せないとデュラスは記していた。短編「苦悩」の草稿は一九四六年以降に執筆されたとされる。草稿も日記体であるが、日付はおそらく後になって加筆されたもの、記憶を整理しながらデュラスが書き足したものだ。つまりそのときすでに、書く行為は時間の外、理性の埒外で起こった経験を理解する手段となっていたと考えられる。

ロベール・アンテルムの瀕死の帰還後ほどなくして、デュラスが夫に宛てた手紙にはこう記されている。

あなたは生きている。あなたは生きている。でも、私自身は一体どこから戻ってきたのか、私にはわからない。一体どれくらい私はあの地獄に止まっていたのかしら。〔……〕自分がどこから戻ってきたのか、私がそれを知ることはないでしょう。(25)

短編「苦悩」の後半では、夫の帰還と恢復の様子が描かれている。その克明な記録と描写についてはすでに多くのインクが流された。ただし、その間の書き手自身に関する記述がほぼ欠落している点にも注目すべきだろう。まるで彼女自身の死の欲求は封印されてしまったかのように。さらに、『戦争ノート』には記述がなく、短編集出版の際に加筆された次の箇所もまた、デュラスの当時の個人的体験を無化する方向に働いている。

人は強制収容所についてまだ知らない。今はまだ一九四四年八月だ。それを知るのは春になってからだろう。ドイツは征服物を失ってはいるものの、その地はまだ侵略されていない。ナチスの残虐行為についても、何ひとつまだ明らかになっていない。〔……〕でもまだ数カ月間は、一九三三年以降のドイツで起こったことに関するあらゆる知識から自由でいられる。私たちは人類の始まりの時間にあり、人類はそこでは汚れなく、純潔だ、少なくともまだ数カ月間は。人類についてまだ何も明かされていない。[26]

想起と忘却の弁証法――『ヒロシマ・モナムール』

だが知るべきは、果たして愛する夫が戻り、文字通り戦争が終わったあと、デュラス自身は自分の戦いと呼んだ死の幻想から癒えることができたのかどうかだ。戦後に発表された作品を見ると、戦争のテーマは一見、鳴りを潜めている。デュラス自身も恋愛小説に没頭したと語っている。[27] そうしたなか、一九五八年に転機が訪れる。広島をテーマとする映画の企画が持ち上がり、監督アラン・レネがデュラスに脚本を依頼したのだ。そのときラビエ、すなわちデルヴァルとのあの緊迫した交流の記憶が蘇る。そして戦後十三年経ってかつての経験を思い返したとき、それがすでに「記憶と忘却の境」[28]にあるという事実に唖然とする。今それを書くチャンスを逃してはならない。こうして戦時中にデュラスが出会い、戦後まもなく処刑されたシャルル・デルヴァルという実在の人物が、映画『ヒロシマ・モナムール』の中で、主人公のフランス人女性が戦時中恋に落ちるドイツ人兵士となって息を吹き返す。[29] ただし、このドイツ軍兵士には、元夫アンテルムのイメージ（ドイツの側溝に横たわる夫の幻影を想起されたし）も投影されている。フィクションの登場人物は常に重層決定されているのだ。

本稿が注目したいのは、映画『ヒロシマ・モナムール』には描かれない部分、主人公のフランス人映画女優が、平和を謳う国際映画の撮影のために訪れた広島で日本人男性と出会い、恋に落ちるよりも前の物語である。監督のレネは、撮影の準備段階において、主人公が広島にたどり着くまでの半生も含めて創造してほしいとデュラスに要求していた。[30] シナリオの草稿には、フランス中部の都市ヌヴェールでヒロインが生まれ、成長し、戦時中にドイツ人駐屯兵と恋に落ちるまでの、いわゆる〈ヒロシマ以前〉の人生が綴られている。撮影前のこうした下準備は、結果的に戦時中の記憶と対峙する機会をデュラスに与えることとなった。かくして、『戦争ノート』にも短編集『苦悩』にも描かれなかったものの、戦時の日常の中に確かに存在した、作家にとっての〈語り得ぬもの〉が、虚構という迂回路を経て表出することになったのである。[31]

『ヒロシマ・モナムール』の草稿で印象的なのは、恋人であるドイツ人兵士の死の場面が何ヴァージョンも描かれている点である。そこに混沌とした戦時中の記憶を整理し、個人的体験に文学的性質、ひいては普遍的な価値を与えようとする作家の意思を読み取ることもできるだろう。一方、女性主人公がドイツ人兵士と恋に落ち、剃髪という社会的制裁を受けるというプロットが練られた背景には、戦時中の女性たち、とりわけ若い女性が置かれていた立場を弁護する思惑もあった。主人公が追われたヌヴェールはどこにでもある場所の象徴である。男たちの姿は街から消え、広場を巡回するドイツ人の敵兵しかいない。女性たちは息を潜めるように生活し、分厚いカーテンの隙間からその姿を窺っている。戦争そのものが日常と化し、町全体を倦怠が覆っている。「ほかのどの場所にも増して、愛はそこでは監視の対象となっていた。孤独な人々は自分の死をひたすら待つだけ。死より他に彼らの期待を逸らす冒険はない[32]」とシナリオには書かれ、さらに踏み込んで、そうした「生活とより手易く決別する手段が愛」だったとも書かれている。[33] デュラスはフランス人女性とドイツ人兵士の恋をあえてありふれた物語ととらえる。登場人物に名前がないのもそのためだ。主人公は父親の営む薬局を訪れたドイツ人兵士と恋に落ちる。初恋の相手が敵兵だったというありふれた不幸。終戦を迎え、主人公を伴ってドイツに戻る前日に兵士は射殺される。主人公は街の人々に捕らえられ、みせしめに頭を剃られ、晒し者にされる。草稿段階でデュラスは幾度もこの場面を書き直し、決定稿の直前まで強い言葉で社会的制裁の無意味さを糾弾している。フランス・カーンのＩＭＥＣ（現代出版物記憶センター）に収められたシナリオ『ヒロシマ・モナムール』関連の草稿を見ると、敵兵を愛した非国民の愚かさ以上に、それを罰する人々の愚かさが批判されており、剃髪されるまさにその瞬間に、愛国心という空疎な感情に煽られる群衆の「愚かさ」への「理解」がまるで啓示のように主人公に訪れると書かれている。広島での出会いを中心に据えた映画『ヒロシマ・モナムール』において、ヌヴェールでの出来事は回想パートの域を出ないものの、この剃髪の場面を作家がいかに重視していたかについては、デュラスが当初、映画のタイトル案のひとつに「長髪の若い娘たち（恥辱は人が信じる場所にはない）[34]」を掲げていた事実からも明らかであろう。

その剃髪の場面で人々の愚かさが露わになるのは、それが懲罰としての意味をなしていないからだ。「彼らは想像力のない英雄たち。丁寧に私の頭を剃ったわ。女たちの頭をきちんと剃ることが自分たちの義務だと信じているの[35]」とヒロインは語る。だが彼女自身は自分の恥辱をまるで他人事のように感じている。そのとき、彼女は恋人の死を嘆くのに没頭していたからだ。草稿からも、恋人の死とそれに続く場面が書き手デュラスにとって重要だったことがわかる。映画では一瞬しか再現されないものの、その場面こそが、日常の中の死とその後の生に関わるかぎりにおいて、作家の記憶の最奥部と共鳴しているからだ。草稿は恋人の死の場面から始まる。頭を剃られた主人公は、恋人の死体が打ち棄てられた広場に行き、自分も死のうとする。「死ぬために草の上に横たわったわ。でも私は死ななかった。とっても寒かった[36]」。主人公の身体と恋人の死体がぴったり重なり合う次の場面は「ヌヴェールでの結婚」と称され、こんなふうに書かれている。

彼の身体は私の身体になった［……］、愛だけが私の祖国となった。もはや自分の身体を彼の身体から区別することなどできなくなっていた[37]。

死んだ恋人にみずからの身体を重ね合わせ、「ねえ、愛する人、ほら、わたしたち一緒に死ぬこともできたわ」と語りかけるこの箇所は、草稿では「陰鬱な勝利」と評されている[38]。

だが、この「陰鬱な勝利」は幻想にすぎず、主人公は翌朝、恋人の遺体から引き離され、家族の元に返される。愛によって死ねなかったヒロインは、死の幻想を捨てて現実へと戻って来なくてはならない（デュラス自身は「一体どこから戻ってきたのか、私にはわからない」と自問していた）。愛による殉死という、戦時中の作家自身の幻想が強く投影されていると考えてよいだろう。『ヒロシマ・モナムール』の中で恋人を失った主人公は、「苦悩」に支配され、理性を失い、動物のように振る舞い、両親によって自宅の地下室に軟禁される。自己放棄にも似た忘我の時間、記憶の消失したこの時間なき時間について、デュラスは「どんな形容も寄せ付けぬ永遠[39]」と書いている。だが、愛によって死ねなかった戦争の死に損ないに対して、生は容赦ない。生の執拗さは思いがけない形で現れる。「彼女が死んではいない以上、髪の毛が生えてくる。生の頑固さ[40]」とある。やがて永遠の裂け目から時間が戻ってくる。時間が再開した最初の兆候は忘却だ。「ああ、ぞっとする、私、あの人のことはっきり思い出せなくなっている[41]」、そう主人公は呟く。さらに死んだ恋人と生き続ける自分を別個の存在として受け入れることができたとき、理性が戻ってくる。それは時間の秩序とその摂理にふたたび従うことでもある。映画の中で、ヒロインはヒロシマの愛人にこう語る。「一年が必要だった。〔……〕ヒロシマが起こったとき、人がやってきて私に言った、戦争は終わったって。私、パリに行ったわ。話をでっち上げた。私は忘れたの。〔……〕あの人は私の記憶から去り、私の身体からも去った。ヌヴェールは禁じられた場所になったのよ[42]」。ヒロシマの愛人は彼女にこう言う。「君がヌヴェールで死んでくれた方がよかった」。「そうね、私もそうしたかった。でも私はヌヴェールで死ななかった。人は愛では死なないのよ[43]」、そう彼女は切り返す。この会話は矛盾でもある。もし彼女がヌヴェールで死んでいたなら、二人は十三年後にこうやって広島で出会うことすらなかったのだから。

しかしながら、映画『ヒロシマ・モナムール』の中心をなす広島での男女の物語、新たな愛の物語は、その儚さがゆえに、ヌヴェールでの愛の思い出を足場にしてしかみずからを成就させることができない。つまり、ここでは新たな愛を生きるという行為が、かつての愛の忘却を条件にしながらも、忘却されるべきその愛を想起という形で蘇らせずにはおかないのである。ヒロシマの恋人を愛することは、かつての恋人にこう宣言するに等しい。「あなたをきっと忘れるわ、もう忘れているもの、ほら、あなたを忘れた私を見て[44]」と。それは同時に、現在の恋人に向かってこう宣言することでもある。「何年か経ってあなたを忘れたとき、そしてまたもや習慣の力によって同じ物語が訪れたとき、私は愛の忘却としてあなたを思い出すでしょう。忘却の恐ろしさとしてこの物語を思い出すでしょう。私はそれをもう知っている[45]」。デュラスにとって想起とは忘却のひとつの様態であり、現在もまた過去の想起の中にしか存在しない。想起と忘却はそうした弁証法的な関係を結んでいる。歴史の中の出来事は忘れ去られる。ヒロシマですら、ある出来事の忘却の始まりにすぎないのだ。一方、個人的な経験も同じように忘却を免れないとデュラスは学んだ。そして、およそ語り得ないと思われた経験であっても、いつかは語り得るということも。経験は語られるたびに少しずつ姿を変え、ありふれた物語、語りうる物語となる。文学はそのとき、そうしたありきたりの物語に内在する模範性を引き出し、他者の記憶へと繋げる役割を担うだろう。

生の凡庸さの効用——『かくも長き不在』

『ヒロシマ・モナムール』公開の年、一九五九年十月二十日付の日刊紙「フランス・ソワール」の社会面に掲載されたひとつの記事がデュラスの注意を引く。デュラスはその記事の内容を「前代未聞の事件[46]」と評し、次のように要約している。「ひとりの女性が家の前を通り過ぎた浮浪者を見て、そこに一九四四年にドイツに送られた自分の夫の姿を認めた。この浮浪者は記憶を失くしており、十五年前に二人が夫婦だったという事実を思い出せるのは女の方だけだった。そして、理由も告げずにトラックに身を投げようとしたその日まで、浮浪者はその女の夫でいることに〈同意した〉。浮浪者はサンタンヌ病院に収容された。女は男を見舞い続けた」[47]。一九六〇年にフランスで公開され、ジェラール・ジャルロとともに脚本を担当したアンリ・コルピの映画『かくも長き不在』[48]の物語は、この三面記事の内容をほぼなぞっている。とはいえ、脚本を書くにあたってデュラスは事件を仔細に分析し、この出来事の意味を理解しようと試みた。彼女がまず着目したのは、物語の女性主人公が証明した想起の威力、より厳密にいえば、本人の意思を超えて蘇ろうとする過去の潜勢力とその激しさである。だが、こうして蘇った過去が現在を侵食するに至るにはある偶然の介入、すなわち記憶喪失の男と過去に飢えた女との偶然の出会いが必要だった。この出会いの瞬間、時間の中で化学反応が起こる[49]。そして、それと同時に記憶と忘却との共存不可能な関係も露わになる。

浮浪者の素性は結局わからずじまいのまま、映画の中の物語は幕を閉じる。それゆえ、浮浪者を夫と信じて疑わないテレーズの直感は正しいという可能性は残る。カフェを営む主人公テレーズが浮浪者を優しく店内に導き入れ、夕食を振る舞ったあと、浮浪者にダンスを申し込む場面は決定的だ。店のジュークボックスから流れる緩やかな音楽に乗せて二人きりでダンスを踊る中、テレーズの手が優しく男の首に回される。と、ふとした拍子に、その手が男の後頭部にある大きな傷跡に触れてしまう。カフェの壁を一面に覆う鏡は、残酷にもその傷を露わな姿で主人公に見せつける。ト書きにはこう書かれている。

> 鏡の中にテレーズは傷跡を見る。男は穴の空いた頭の持ち主なのだ。爆撃され、立ってはいるものの、どうしようもなく破壊されてしまった一件の家のような。そうであるにもかかわらず、存在しているという完璧な幻想をその男は抱かせる。[50]

本来は意味の宙吊りを表すこの場面から、テレーズはひとつの意味を引き出そうとする。そう、傷は男の記憶喪失の揺るぎない証拠なのだ。だから、もし浮浪者が本当の夫であり、妻を認知できないとしても、それは頭の傷のせいに違いない。仮にそうであるなら、物語はまさに戦争が生んだ悲劇であると同時に、夫婦の奇跡、十五年間諦めることなく夫を待ち続けた妻による愛の勝利ではないか。実際、そんな余韻を残して映画は終わる。当時、映画の試写を見た元夫のアンテルムと小説家のデフォレもそう理解し、結末をもっと明瞭に描くようデュラスに助言したという。それに対するデュラスの反応が手紙の形で残されている。「いいえ、私たちは多少ならず期待された悲劇ではなく、完全な謎で締め括られる物語を選んだのです[51]」。デュラスにとっては、わかりやすく誰もが期待する戦争の物語化こそ、もっとも避けるべき事態だった。彼女が描こうとしたのは、記憶のない男と記憶の病に犯された女を隔てる絶対的な距離であり、虚構以外には成就されえず、したがって歴史に回収され得ない両者の関係の特異性だった。二人が理解し合うことは永遠にないだろう。一方は記憶のない空白の時間を生き、そしてもう一方は未来のない記憶の牢獄を選んだのだから。事実、驚くべきことに、デュラスは草稿の段階で、事実とは真逆の結末を構想していた。そこで精神を病んで病院送りになるのは、過去の記憶にいわば存在を乗っ取られたテレーズの方である。『ヒロシマ・モナムール』の翌年に執筆された『かくも長き不在』の物語は、ある意味、生き延びるために忘却を受け入れた『ヒロシマ・モナムール』の物語の対極にある。

＊

デュラスの元夫ロベール・アンテルムは、みずからの体験の記憶が生々しいうちにすべてを書き留めようとし、帰還からわずか二年で『人類』を上梓した。一方のデュラスは、言い表せぬ経験の後の生を生きる、すなわちサヴァイヴする意味をめぐって自問し続けた。それは忘却を受け入れながら、にもかかわらず想起として蘇り、蘇るたびに作り替えられていく記憶を書き留め続けること、その作業の終わりのなさを生涯、作家の営みとして引き受けることでもあったはずだ。

【注】

（1）　ロベール・アンテルムは逮捕後、一九四四年八月にブーヘンヴァルトを経てダッハウへ移送された。ナチスの敗北が決定的となり、党員たちが収容者を道連れに収容所からの脱出を図る中、アンテルムはチフスによる高熱のために道端で倒れ、死体の山に放置される。瀕死の彼を見つけたのは、祖国から救出に来たミッテランら友人だった。一方、妹のマリー＝ルイーズ・アンテルムはラーフェンスブリュックに収容され、祖国に戻ることなく死亡した。

（2）　「苦悩（*La Douleur*）」は、一九八五年にフランスで刊行された同名の短編集に収録された一編。Marguerite Duras, *La Douleur*, P. O. L., 1985.〔マルグリット・デュラス『苦悩』田中倫郎訳、河出書房出版社、一九八五年〕同短編集にはほかに「X氏、仮称ピエール・ラビエ（*Monsieur X, dit ici Pierre Rabier*）」、「アルベール・デ・カピタル（*Albert des Capitales*）」、「親独義勇隊員テル（*Ter, le milicien*）」、「手折られたイラクサ（*L'Ortie brisée*）」、「オーレリア・パリ（*Aurélia Paris*）」の計六篇が収められている。

（3）　本稿で扱うマルグリット・デュラスの作品については、とくに断りのないかぎり以下を参照する。Marguerite Duras, *Œuvres complètes* (*OC*), tome I-IV, 2011-2014, Gallimard, coll. « Pléiade ». Marguerite Duras, *La Douleur*, *OC*, IV, p. 5.

（4）　*Ibid.* 強調は筆者による。

（5）　Marguerite Duras, *Cahiers de la guerre*, (2006), Gallimard, « Folio », 2008.〔マルグリット・デュラス『戦争ノート』田中倫郎訳、河出書房新社、二〇〇八年〕

（6）　Marguerite Duras, *La Douleur*, *OC*, IV, p. 82-83.

（7）　当時の無知を補うかのように、短編「X氏、仮称ピエール・ラビエ」は次のように終わっている。「夏とともにドイツの敗戦が訪れた。それはヨーロッパ全土に及んだ。夏はやってきた、死者たち、生存者、ドイツの強制収容所の残響としての途方もない苦しみを連れて」。Marguerite Duras, *La Douleur*, *OC*, IV, p. 83.

（８）　Robert Antelme, *L'Espèce humaine*, Éditions de la Cité universelle, 1947.〔ロベール・アンテルム『人類――ブーヘンヴァルトからダッハウ収容所へ』宇京頼三訳、未来社、一九九三年〕

（９）　Marguerite Duras, *Outside*, *OC*, III, p. 1989.

（10）　短編集『苦悩』の末尾を飾る短編が「見捨てられた幼いユダヤ人少女への深い愛」をテーマとする物語「オーレリア・パリ」である点は特筆に値する。本篇の成立時期は定かでないものの、このユダヤ人少女が戦後のデュラス作品に登場する最重要人物のひとりなのは間違いない。

（11）　Marguerite Duras, *La Douleur*, *OC*, IV, p. 29.

（12）　短編集『苦悩』に書かれた日常とは、歴史的にみれば占領期からパリ解放、さらにそれに続くエピュラシオンの時期に重なっていることを付け加えておく。

（13）　Marguerite Duras, *La Douleur*, *OC*, IV, p. 1342.

（14）　Marguerite Duras, François Mitterrand, *Le bureau de poste de la rue Dupin et autres entretiens*, Gallimard, 2006.〔マルグリット・デュラス／フランソワ・ミッテラン『デュラス×ミッテラン対談集　パリ６区デュパン街の郵便局』坂本佳子訳、未来社、二〇二〇年〕

（15）　Marguerite Duras, *La Douleur*, *OC*, IV, p. 67.

（16）　*Ibid.*

（17）　*Ibid.*, p. 77.

（18）　*Ibid.*, p. 66.

（19）　Les Notices de *La Douleur*, *OC*, IV, p. 1337-1338.

（20）　Marguerite Duras, *La Douleur*, *OC*, IV, p. 66.

（21）　*Ibid.*, p. 61.

（22）　*Ibid.*, p. 9.

（23）　*Ibid.*, p. 48. 強調は筆者による。

（24）　*Ibid.*, p. 23. 強調は筆者による。

（25）　*Ibid.*, p. 132. 強調は筆者による。

（26）　*Ibid.*, p. 75-76.

(27) Cf. Première esquisse de « Pierre Rabier », *OC*, IV, p. 132.

(28) 前注と同じ草稿の中で、A.D.と仮称されたシャルル・デルヴァルについて次のように書かれている。「私にとってA.D.はちょうど記憶と忘却の境にいて、この危険な状態から彼を救い出すべきであるように思えたのだ。なぜって？ だって私は彼を知り、彼の死の原因となり、私がA.D.を知った頃〔……〕彼がどんな人間であったかについて語る職業的な手段を持ち合わせているのだから」(*Ibid.*, p. 133)。

(29) Alain Resnais, *Hiroshima mon amour*, Argos film, France / Japon, 1959.〔アラン・レネ『ヒロシマ・モナムール』、アルゴス・フィルム、日仏合作、一九五九年〕Marguerite Duras, *Hiroshima mon amour*, scénario et dialogues, Gallimard, 1960.〔マルグリット・デュラス『ヒロシマ・モナムール』工藤庸子訳、河出書房新社、二〇一四年〕映画公開の翌年、デュラスはガリマール社からシナリオ版を上梓した。

(30) 一九五九年五月『レ・レットル・モデルヌ』誌掲載のインタビュー「レネは小説家のように働く」で、デュラスは次のように述べている。「映画『ヒロシマ・モナムール』で、レネと私は二種類の時間軸を作りました。一つは映画自体の時間軸で、もうひとつは映画の隠された時間軸ともいえるものです。映画の撮影に入る前に、レネはすべてを知りたがっていました、つまり彼が映画の中で語る物語と語られない物語、そして関連する登場人物たちの物語を、です。登場人物については、彼らの若い頃、映画の物語が始まる前の彼らの存在、それにある程度は映画が終わった後の彼らの未来についても、レネはそれらすべてを知りたがりました」。Marguerite Duras, « Resnais travaille comme un romancier », *OC*, II, p. 116. 完成された映画では、〈ヒロシマ以前〉のヌヴェールの物語は回想場面として断片的に登場する。

(31) 消えかけた記憶が蘇るための触媒がレネであったのは偶然ではあるまい。そのレネは終戦後十年という節目に〈第二次世界大戦の歴史保存委員会〉の依頼を受けて出世作『夜と霧』（公開は一九五六年）を世に送った後も、スペイン内乱（『ゲルニカ』）、原爆（『ヒロシマ・モナムール』）、アルジェリア戦争（『ミュリエル』）など、一貫して戦争のテーマにこだわった。

(32) Marguerite Duras, *Hiroshima mon amour*, *OC*, II, p. 82-83.

(33) *Ibid.*, p. 85.

(34) IMECに保管された草稿 DRS. 18-10 によると、現タイトルに先立ってこのタイトルがデュラスの念頭にあったことがわかる。

(35) IMECの草稿 DRS. 19-13 を参照した。

(36) IMECの草稿 DRS. 18-6 を参照した。

(37) Marguerite Duras, *Hiroshima mon amour*, *OC*, II, p. 106.
(38) *Ibid.*, p. 86.
(39) *Ibid.*, p. 89.
(40) *Ibid.*, p. 90.
(41) *Ibid.*, p. 59.
(42) *Ibid.*, p. 108-109.
(43) *Ibid.*, p. 71.
(44) *Ibid.*, p. 74.
(45) *Ibid.*, p. 62. 強調は筆者による。
(46) *Ibid.*, p. 213.
(47) *Ibid.*, p. 213-214.
(48) Henri Colpi, *Une aussi longue absence*, Procinex, France / Italie, 1961.〔アンリ・コルピ『かくも長き不在』、プロシネックス、仏伊合作、一九六一年〕同年にシナリオ版も刊行された。Marguerite Duras, Gérard Jarlot, *Une aussi longue absence*, Gallimard, 1961.
(49) 化学反応という点においてデュラスの解釈は揺るぎない。主人公テレーズは不在の夫との外見的類似によって浮浪者を夫と認めたのではない。普段意識することなく見かけていた浮浪者の姿がその日たまたま彼女の目に止まったことによって、想起のメカニズムが突如として発動し、それ以降、浮浪者がテレーズによって不在の夫に仕立て上げられていくのである。ある晩、テレーズは自分の営むカフェの奥に夫の親戚を待機させ、浮浪者の姿を彼らに見せる。だが誰ひとりとして、失踪した肉親と浮浪者の男を同一人物として認めることができない。
(50) Marguerite Duras, *Une aussi longue absence*, *OC*, II, p. 200.
(51) Note sur *Une aussi longue absence*, *OC*, II, p. 1662.

Ⅲ　イメージの戦い

一九三〇年代末のフランス映画における第一次世界大戦
――女性表象の映画的特徴と社会的問題

ロラン・ヴェレー

本稿を始めるにあたり、どの国においても、映画は芸術的および美的な最前線であるだけでなく、イデオロギー的な課題、力関係、そして重要な社会問題を映し出す文化的な営みであることを改めて強調しておきたい。それゆえ、それらを研究することは、社会の想像力や精神を理解するうえで非常に意義深いことである。

研究において、私が特に興味を抱いているのは、映画がどのように歴史を描き出すかという表現形式についてである。歴史映画とは、実際に起こった出来事を忠実に再現しようとする試みではなく、フィクションあるいはドキュメンタリーとして演出されたものである。そのため省略や単純化を伴い、社会がその出来事について、ある時点で抱いている象徴的あるいは現実的な個々のイメージに基づいている。これらのイメージは、現実とされるものの反映というよりむしろ、現実が個人や集団の記憶に残した、歪みや過剰さ、欠落を伴った痕跡である。そのため、映画はしばしば、集団の想像力が共鳴する場となる。それは、規模の大きさからも結果の深刻さからも二十世紀を決定づける出来事である第一次世界大戦（一九一四―一九一八年）を扱う場合、特に言えることだ。複数の専門家が指摘するように、フランス社会におけるこの戦争の存在感は、年月を経るにつれ薄れるどころか増大している。(1) ヨーロッパがそれまで経験した中で最も長く、そして最も多くの犠牲者を出したこの戦争は、二十世紀全体の恐怖のメタファーになったと言っても過言ではないだろう。それはおそらく、この戦争が、あらゆる点で理性の限界を超えており、さまざまな物語や終わりのない問いを生み出す尽きることのない源であるからだ。

第一次世界大戦を象徴する重要な一面は、それが個人と集団が交錯する栄光の運命、あるいは悲劇的な運命を大量に内包しているという点だ。それは、希望や恐れを表現することを可能にする。それゆえ、この戦争は戦時中から映画において特権的な地位を占めていた。実際、まだシネマトグラフと呼ばれていたこの技術は、当時の人々にとって極めて先進的な道具であり、人々の意識を動かし文化的事象への参加を促して、この出来事の視覚的な力を具現化するうえで不可欠な役割を果たした。この文化的領域での重要な役割はその後長く続くことになる。実際、第一次世界大戦を扱った映画は、続く数十年の間に数多く制作されており、その多くはさまざまな国籍の偉大な映画監督たちによって作られている。

第一次世界大戦を扱った映画に共通のテーマや形式上の特徴が多くの作品に見られるものの、その大部分は時代とともに変化し、その使われ方も変わっていった。この変化は、独自の連続と断絶の段階を経ており、明確に四つの時期に分けることができる。まず一九一四年から一九二〇年までの英雄的で愛国的な段階で、この時期の映像はフィクションであれドキュメンタリーであれ、国民の団結を肯定することを目的としている。続く一九二〇年から一九三九年は、より現実的で、本質的に平和主義的な追悼の段階である。そして、一九四七年から一九八九年までは、批判的で反体制的な段階で、タブーに切り込む傾向が非常に顕著であり、時には反軍国主義までが見られる。最後の第四段階は、一九九〇年代初頭、共産主義の崩壊後に生じた不安や、旧ユーゴスラビアでの紛争によって再びヨーロッパに戦争が戻ってきたことに関連している。この傾向が今日まで続いていることはいくつかの例が証明している。特に、二〇一四年から二〇一八年の間にこの傾向がいっそう顕著になったことに注目すべきだろう。この時期フランスでは、政府主導の「百周年記念ミッション」のもと、第一次世界大戦の記念行事が行われ、このテーマに関連する研究や文化的制作が活性化した。

本稿のタイトルで示した通り、第一次世界大戦を題材とした一九三〇年代末のフランス映画における女性の描写について、映画的な特徴や社会的な課題を論じたいと思う。この観点から、いわゆる作家主義の映画監督による四本の作品に焦点を当てていく。一九三七年の二本の作品、ジャン・ルノワールの『大いなる幻影』とレーモン・ベルナールの『マルト・リシャール　フランスに尽くしたスパイ（*Marthe Richard, espionne au service de la France*）』、そして一九三九年の二本の作品、アベル・ガンスの『失われた楽園』とレオニード・モギーの『脱走兵（*Le Déserteur*）』である。これらの作品に登場する女性像や、スクリーン上でそれを演じる女優の演技を分析し、当時のフランス映画がどのように、そしてなぜ第一次世界大戦の情緒的な記憶に新たな解釈を提示したのかを明らかにしたい。

第一次世界大戦を題材とした映画における女性の演出

一九三〇年代末（すなわち第二次世界大戦直前）に第一次世界大戦を題材にしたフランス映画において、女性の表象がどのように、そしてなぜ変化していったかを正確に理解するために、このテーマを論じる前に、一九一四年から一九一八年の間に制作された映画で女性がどのように演出されていたかを、大まかに見ていこう。

まず、一九一四年に戦争が勃発した時点で、フランスでは映画が重要な産業であり、盛況な商業活動であり、大衆の娯楽として浸透していたことを思い出す必要がある。この状況を踏まえ、私は複数の研究において[2]、この世界的規模の戦争が視覚的な作品の制作を飛躍的に加速させ、それらが文化的領域で相互の対話を生み出すにいたったという考えを主張してきた。そのため、この時期特有の「戦争の視覚文化」なるものが存在し、さまざまな仕組み、言説、表象が共存して、戦争を視覚的に表現していると考えられる。この膨大な戦争の視覚文化の中で、ニュース映画、ドキュメンタリー、フィクション映画が中心的役割を果たしているが、この視覚文化が一枚岩でもなければ均質でもないことは、明確にしておかなければならない。

さらに、これらの映画で取り上げられるテーマの中でも、女性に関するものは非常に重要である。その理由を理解するためには、男性が前線に赴いていた一九一四年から一九一八年の間、女性たちが祖国のために積極的に尽力したことを思い出す必要がある。長く大量の犠牲者を伴う総力戦においては、銃後の女性たちの果たす役割は、兵士のそれと同じくらい決定的だ。彼女たちは、それまで男性の仕事とされていた職業にまで進出した。都市でも農村でも、出兵した父親や夫、あるいは息子の「代わり」として新たな責任を担うようになったのである。こうしたことから、女性たちがスクリーンに頻繁に登場するようになった。

一九一四年から一九一八年にかけて、戦争を題材にしたフィクション映画が多数製作された。それらは、当時広く知られていた「愛国映画」というジャンルの延長線上にある。この「愛国映画」というジャンルは、シネマトグラフの黎明期から始まり非常に成功していたものだ。このジャンルの映画では、国家的感情やシンボルが強調して描かれ、個人や集団の勇気やヒロイズムが称揚され、国家のための軍事行動が賛美される。その表現方法は、概して教訓的で誇張を伴い、時には仰々しいほどである。

現存するコピーや脚本、当時のプログラムやポスターを検討すると、ほとんどの映画会社が多くの「愛国的ドラマ」を制作していたことがわかる。これらの映画には、フランス国家やフランスの倫理観を体現する女性のイメージが頻繁に登場する。これらのイメージは、社会や、その社会の価値観の寓意《アレゴリー》である女性像（自由やフランス共和国を表すマリアンヌの姿を考えるとよい）の延長にある。これは、アルザス＝ロレーヌ地方が取り上げられる場合、特に顕著である。一八七〇年に失われたこれらの地方は、母なる祖国への復帰をひたすら願っていることを証明するため、ほとんどの場合、愛国心の象徴として起用された大女優によって擬人化された。かくして、レジャーヌやジャンヌ・グランバックといった有名な舞台女優たちが、この地方特有の大きな髪飾りと伝統的な衣装に身を包んで登場することとなった。

　五十二カ月に及ぶこの長い戦争の間に、フランス社会はかつてないほど大きな喪失を経験した。そして、銃後の最も象徴的な姿は、間違いなく未亡人であり、それは映画にも登場する。しかし、彼女たちの苦しみが必ずしもリアルに描かれているわけではない。例えば、ルイ・メルカントン、ルネ・エルヴィル両監督による『フランスの母たち（*Mères françaises*）』（一九一七年）では、偉大な悲劇女優サラ・ベルナール演じる主人公が、戦場で夫と息子を失いながらも、看護婦になって国にすべてを捧げることで悲しみを克服する。あらゆる場面で描かれる女性たち同様、ここでも、女性はたくましく、その崇高な精神が称賛されている。アルベール・デュドネ監督の『赤き栄光（*Gloire rouge*）』（一九一七年）でも、女性の主人公が、やや臆病な夫の模範となるほどの愛国心を発揮する。これらの作品ではしばしば、女性の責任感や揺るぎない献身、目を見張るような勇気が強調される。なかでも、戦争代母[一]の役割は特に重要だとされた。ガストン・ラヴェル監督による『大いなる息吹（*Le Grand Souffle*）』（一九一五年、**図1**）で、女優ミュジドラは、マルセイユ近郊で負傷兵を楽しませるために愛国的な歌を歌う人気女優を演じているが、その姿はまるで自分自身を演じているかのようだ。

　さらに、レオンス・ペレ監督の『栄光の一ページ（*Une page de gloire*）』（一九一五年、**図2**）を挙げ

図1　『大いなる息吹』劇場公開時のポスター。

図2　『栄光の一ページ』のファビエンヌ・ファブレージュ。

ることもできる。この映画では、ファビエンヌ・ファブレージュ演じる、祖父母に育てられた孤児ドゥニーズが、生まれたばかりの子供を夫に見せるために、禁じられているにもかかわらず、また危険をも顧みず前線へと向かう決心をする。紆余曲折の末、彼女は最前線で逮捕され、避難先の農家で敵の襲撃に遭う。それでも連隊の旗を守り、最後には後方の病院で愛する夫との再会を果たす。

ニュース映像やドキュメンタリー（一九一八年の『戦時中のフランス女性（*La Femme française pendant la guerre*）』には、都市や農村で、女性たちがあらゆる職業をこなしながら、ばらばらになった家族の中心で重要な役割を果たす様子が描かれている）、そして、愛国的なフィクション映画、さらにはその他の映画においても、働く女性たちが頻繁に登場するのは、その頃には、女性たちがフランス社会で決定的な役割を果たすようになっていたことを示している。その上、男性たちが動員されて不在のため、戦争中、映画館の主要な観客は女性たちであったということも関係している。そのような理由からも、女性たちが以前にも増してスクリーンに登場するようになったのは当然である。当時の観客の多くは、商店の売り子か、武器や弾薬を製造する軍事工場で働く女性たちだったので、映画に登場する女性たちに容易に自分を投影することができた。彼女たちは、大胆不敵なミスタンゲットやいたずらっぽくはじけるように笑うシュザンヌ・グランデのような、初期の女性映画スターたちに憧れた。同様に、ルイ・フイヤード監督の連続活劇『レ・ヴァンピール　吸血ギャング団』（一九一五―一九一六年）でセクシーなミュジドラが演じるイルマ・ヴェップの型破りな冒険に熱中した。

両大戦間

一九一九年以降、極端に愛国的なフィクション作品はフランスの映画館から徐々に姿を消していった。大衆の期待も変化し、戦争の意味も変わっていった。一九一四年から一九一八年までは「正義の戦争」と認識されていたものが、当時の大多数の人々にとっては、勝者も敗者もなく、死者と敗残者を残しただけの不条理で無意味なものとなっていた。

映画は、一九二〇年代末にトーキーとなり一般大衆の娯楽となっていたが、フランスの映画製作は、アメリカの圧倒的優位に押され経済的に困難な状況に陥っていた。パテ兄弟社(二)が国内外の映画市場に絶大な影響力を誇っていた第一次世界大戦前の状況とは大きく異なっていた。それでも、フランス映画の黄金時代と呼ばれる時期が到来するのも、この期間のことである(一九三四—一九四五年)。このような社会状況の中、政治的見解の違いを超えて、大半のフランス人にとって戦争の真の意味は平和であった。また、第一次世界大戦が女性の解放にとって転機となったにもかかわらず、休戦が成立すると、男性も女性も厳格な社会規範に従わざるを得なくなった。

『大いなる幻影』(一九三七年)

フランス社会において大きな発言権を持っていた元兵士たちは、戦没者や行方不明者の記憶を後世に伝え、この大戦が、当時の言葉で言う「最後の最後の戦争」となるように啓蒙することが、自分たちの使命だと感じていた。この考えは、第一次世界大戦を題材にした最も有名な映画の一つであるジャン・ルノワール監督の『大いなる幻影』の核となっている。この映画が、人民戦線が政権を掌握した一年後の一九三七年の夏、パリ万国博覧会の開催中に公開されると、観客の間でも批評家たちの間でも大好評を博した。この映画史の「古典」は、ジャン・ルノワールの代表作とされ、幾度となく分析されてきた[3]。ここでは詳細に触れることはせず、本論に関係するいくつかの要素を取り上げるにとどめたい。まず、ルノワールが元兵士だということを思い出しておこう。初めは、アルプス猟歩兵として従軍し、一九一五年、脚に重傷を負った後は航空偵察に従事した。おそらく、この「感覚的な体験」によって、彼の映画への関心が深まったのだろう。彼は、この映画の「事実に厳密に基づいた」物語は、複数の戦友、中でも一九三四年の映画『トニ』の撮影で再会したエースパイロット、パンサール中尉から聞いた話であると、繰り返し語っている。シャルル・スパークとともに執筆した脚本には、ルノワール自身の体験が反映されている[4]。

『大いなる幻影』では、（ジャン・ギャバン、ピエール・フレネー、マルセル・ダリオ、ジュリアン・カレット、ガストン・モド、ジャン・ダステ演じる）フランス人将校たちの、ドイツの捕虜収容所での生活、特に（エリッヒ・フォン・シュトロハイム演じる）貴族出身のラウフェンシュタイン大尉が率いる要塞での出来事が描かれる。戦争中であることや生まれ育った環境の違いにもかかわらず、男たちは融和的で、むしろ快適な生活を送っている。ルノワールの主張は明快だ。彼は、階級間の対立が、国家間の対立と同じくらい根深いことを示そうとした。一方、映画に描かれる交戦国間の関係は、第一次世界大戦中に支配的であったイメージとはまったく異なっている。

一九一四年に戦争が勃発すると、一八七〇年の普仏戦争当時に広まった「粗野で野蛮な」プロシア人という先祖代々の敵に対するステレオタイプと、古くからの恐怖が再燃したことも思い起こす必要があるだろう。その上開戦時、ドイツはすでにベルギーとフランス北部を占領していたため、軍事作戦上、最初から侵略者と見なされた。フランスは侵略者を追い払うために防衛しただけだ。こうした背景から、「他者」に対する非常にステレオタイプなイメージが自ずと形成されていった。ドイツの野蛮さというテーマが、新聞をはじめとする当時のあらゆる視覚文化に溢れかえった。

ところが、『大いなる幻影』では状況が大きく異なり、映画製作当時の関心事があるがままに描かれている。実際、映画では、フランスとドイツの結びつきが、当面意味のあるものとして描かれている。一九二五年に、ヨーロッパの集団安全保障を確固たるものにすることを目的とするロカルノ条約が締結され、ドイツが国際連盟に加入して以来、昨日の敵は、国家間の恒久平和を維持するためのヨーロッパの重要なパートナーとなったのである。そしてそれは、一九三三年にナチス・ドイツが政権に就いた後も変わらなかった。

ルノワールのキャリアの中で最も重要な位置を占めているこの作品は、民族間の真の和解を目指そうとする意志を、過度の単純化に陥ることなく象徴的に描いた例である。『大いなる幻影』のために、鉄製のコルセットを装着し、厳格な風貌のキャラクターを特別に作り上げたシュトロハイムの演技は、時代の精神の変化を暗示している。一九一八年以降、彼は次々と冷酷なプロシア人将校の役を演じ、人々の想像の中に「野蛮さ」のイメージを定着させてきた（ちなみに、一九三七年のレーモン・ベルナール監督『マルト・リシャール　フランスに尽くしたスパイ』での演技でも同様の造型が見られるが、これはのちに取り上げる）が、ここではその傾向が一転し、より人間味のある姿で登場する（しかし依然として、いわゆるプロシア人の特徴はすべて備えている）。

図3　『大いなる幻影』のディタ・パルロ。

しかし、ルノワールが最も革新的だったのは、とりわけ女性の登場人物に関してである（**図3**）。ここでは、大スター、ジャン・ギャバン演じる庶民階級出身の飛行機乗りマレシャルとドイツ人女優ディタ・パルロ（一九三〇年のジュリアン・デュヴィヴィエ監督『婦人たちの幸福（*Au bonheur des dames*）』や一九三四年のジャン・ヴィゴ監督『アタラント号』でフランスでも知られていた）演じるエルザとの社会の規範から外れた恋愛が描かれるが、これは旧敵国同士の関係を揺るがすものである。戦争未亡人である若いドイツ人農婦エルザは、小さな娘と二人暮らしでありながら、二人のフランス人脱走兵を匿い、そのうちの一人と恋愛関係を結び生きる喜びを取り戻す。ここで一言ディタ・パルロについて触れるべきだろう。彼女の子供のような容姿、醸し出す優しい雰囲気、そして非常に抑制の利いた演技が、彼女の演じるキャラクターを自然で感動的なものにしている。彼女とギャバンとの組み合わせも素晴らしい。彼らの物語がいっそう説得力を持つのは、当時の映画界で、ギャバンがポジティヴで男らしいイメージを体現し、男女問わず観客皆にとって共感しやすい存在だったからである。ルノワールの撮影手法は、この思いがけない出会いから永続的な何かが生まれる可能性を強く感じさせ、この恋愛の逸脱をいっそう力強いものとしている。ドイツ人女性が、フランス人男性に思いを寄せ身を任せるという、まさにこのシーンのせいで、一九三七年、ゲッベルスはドイツでのこの映画の上演を禁止し、それから九年後、フランスでの再上映の際には、フランスの検閲によって同様の措置が取られたと言っても、驚くにはあたらないだろう（占領時代の対独協力を経験した後では、このような性的に親密な関係は容認できなくなっていた）。いずれにせよ、一九三九年の「奇妙な戦争」の時期には、この映画は「敵との同盟を推奨している」と非難され、スクリーンから姿を消した。

『マルト・リシャール　フランスに尽くしたスパイ』（一九三七年）

有名な作家で劇作家トリスタン・ベルナールの息子レーモン・ベルナールは、歴史映画専門の映画監督で、一九三二年にロラン・ドルジュレスの小説『木の十字架』を映画化した『戦場の墓標』[三]を撮影した。一九一九年四月に出版されたこの本は大成功を収め、元兵士である作家に名声をもたらした。映画化された作品では、（ドイツ兵を含めた）兵士たちや戦闘の描写に非常に興味深いものがあるものの、全編を通して女性たちが不在である点に注目するべきである。女性への言及は二カ所だけで、それも妻や婚約者の不貞に対する強迫的な恐れにわずかに触れるのみである。

五年後、ベルナールは言わば埋め合わせをすることになる。実在の人物マルト・リシャール（一九四六年、フランスの買春宿を閉鎖する法案を提出したことで知られている）の映画を制作したのだ。彼女は元売春婦でありながら飛行士となり、第一次世界大戦中は、ラドゥー大尉の指揮下でスパイ活動を行っていたとされる。ベルナール・ツィマーとレーモン・ベルナールは、ラドゥー大尉の脚色された回想録とマルト・リシャール自身が書いたベストセラー作品[5]をもとに、『マルト・リシャール　フランスに尽くしたスパイ』の脚本を執筆した。この映画は何を描いているのだろうか？　ここには、一九一四年にドイツ人に家族を虐殺され、復讐を誓うアルザス地方の若い女性が描かれている。彼女は祖国のために尽くそうとフランスの諜報機関に接触し、ドイツの防諜機関に罠を仕掛ける決心をする。防諜機関を指揮するフォン・リュドウ（エリッヒ・フォン・シュトロハイムが演じている）は彼女に恋をする。これは今日「伝記映画《バイオピック》」と呼ばれるもので、実在した人物の人生を描いたフィクションである。[6]タイトルロールを務めるのは経験豊かな女優エドウィジュ・フイエール（コメディ・フランセーズを一九三三年に退団し映画に専念していた）だ。ノエル・バーチとジュヌヴィエーヴ・セリエが『フランス映画における男女の奇妙な戦争[7]（一九三〇―一九五六年）』で指摘しているように、彼女はスクリーンで、ほとんどいつも、「強い女性」、美しく誇り高く近寄りがたい女性を演じている。それゆえ、ベルナールの演出による彼女のキャラクターが、当時のステレオタイプを打ち破るものだったとしても驚くには当たらないだろう。実際、彼女のキャラクターは、映画の冒頭から終わりへと物語が進むにつれて大きく変化する。最初は、概ね男性の偏見に見合う若い娘から、最後には、自信に満ち自立した責任感のある女性へと成長していく。『マルト・リシャー

ル　フランスに尽くしたスパイ』では、男性たちは男らしさを競い合い、誰もが女性たちを利用し自分のものにしようとする。そしてその後は何のためらいもなく捨ててしまう。それは、マタ・ハリ、またの名をH21と呼ばれた有名なスパイの運命でもある。彼女は、最終的には軽蔑され、「悪女」と呼ばれ、上官であり愛人であったフォン・リュドウに裏切られる。この点で、フランス人将校たちがマルトを諜報部員に選ぶ際の会話は象徴的だ。「我々に必要なのは女だ」と言う第五部局の長官に対し、「狡猾な女がいい」と同僚が答える。そして、「女は芝居が得意で、抗いがたい手管を持っている……」と付け加える。しかし、物語が進むにつれ、女性に対する侮蔑的な空気や男女間の力関係が変わってくる。最終的にマルトは自分を認めさせ、自身の運命だけでなく、祖国の運命をも左右する立場に立つ。宿敵であるドイツ人スパイ、フォン・リュドウは、彼女に敗れ、自殺するしかなくなる。

しかし興味深いことに、レーモン・ベルナールは、この権力を握った女性の姿を理想化することなく、むしろ彼女の社会的地位がまったく認められていないことを強調する。その証拠として、一九一九年、マルトがシャンゼリゼでの勝利のパレードに参加する映画の最後のシーンを挙げることができる。彼女は、以前の上品でロマンチックなドレス姿からはかけ離れた、その新しい地位にふさわしい男性的な印象のレインコートと帽子を身に纏っている。しかし突然、社会とその偏見によって身のほどを思い知らされることになる。彼女が、行進する部隊をよく見ようと最前列に近づくと、喪服を着た女性が彼女を押しのけ、ここは戦争未亡人のための席だと告げるのだ。マルトは謝り、その場から立ち去る……。普通の市民だった女性が、祖国のために尽くして戦争の英雄になっても認められることはない（言わば影の英雄である）。このようなシーンは、観客に、男性によって書かれた公式の歴史に疑問を抱かせるかもしれない。

『失われた楽園』(一九三九年)

アベル・ガンスは、『私は告発する(*J'Accuse*)』(一九一八年〔邦題『戦争と平和』〕)、『鉄路の白薔薇』(一九二二年)、『ナポレオン』(一九二八年)などで知られるサイレント映画時代の巨匠であったが、一九三〇年代末、当時の人々に平和の重要性を説くため、再び第一次世界大戦を題材に選んだ。当時の国際情勢は、独裁体制の台頭とともに大きく悪化していた。一九三五年三月、ヒトラーは徴兵制を復活させ、一九三六年には、スペインで内戦が勃発し、ムッソリーニ軍によるエチオピア侵攻が起こった。戦争を違法と宣言したブリアン=ケロッグ条約(パリ不戦条約)からわずか十年後、ガンスが高く評価していた世界平和のための崇高な約束は粉々に砕け散り(彼は国際連盟に協力して複数のプロジェクトを立ち上げていた)、時代は破滅の予感に包まれていた。こうした背景から、ガンスは、一九三七年に『私は告発する』を再び監督したが、これは一九一八年の作品のリメイクではなく、むしろその続編である。というのも物語は一作目から二十年後を舞台に展開するからだ。

しかし、ここで論じたいのは、ガンスが一九三九年の夏に全編スタジオで撮影した『失われた楽園』についてである。この作品は、ベル・エポック時代のパリの七月十四日の夜に始まる純愛物語である。貧しい若き画家ピエール・ルブラン(フェルナン・グラヴェイ)は、仕立て屋で働く魅力的なモデル、ジャニーヌ(ミシュリーヌ・プレール)に夢中になり、結婚を申し込む。二人は幸せの絶頂にあったが、一九一四年八月に戦争が始まると、ピエールは前線に行くことになる。彼は戦場で自分が父親になったこと、しかしジャニーヌが娘ジャネットを出産した際に亡くなったことを知る。悲しみに打ちひしがれたピエールは、自ら死のうとするが死にきれず、最終的には娘を捨てる決心をする。しかし、二人の道が再び交差する日がやって来る……。この繊細でニュアンスに富んだ上質の映画は、軽いコメディからメロドラマへと変化し、短いながらも非凡な究極の愛を描いている。男性主人公の感情の深さによって、愛が永遠となり、死を超えて忠実であり続けるさまが語られる。しかし、物語の中心は、何よりも女性キャラクターの輝きだ。実際、褐色の髪のジャニーヌと、その娘である金髪のジャネットの二役を演じるミシュリーヌ・プレールは非常に魅力的であり、その佇まいや仕草、表情、そして自然な瑞々しさで、この作品で主演女優としてのキャリアの頂点に達している（**図4**）。クリスチャン・マトラのカメラによって頻繁にクローズアップされる彼女の顔と眼差しは、まさに光輝いている。一九四〇年、「奇妙な戦争」の最中に公開された『失われた楽園』は、（別離という）スクリーン上の登場人物たちと同じ試練を経験していた当時の観客にとって、いっそう胸を打つものだった。ガンスのこの映画が生み出す強烈な感動は、（当時、若き観客であったフランソワ・トリュフォーが、のちに証言するように）集団の大きな悲劇の中に、同じくらい重要な個人の悲劇が存在することを描いている点に由来する。また、ガンス自身の人生を再構築したものであるという、この作品の私的な性格にもその理由がある。戦争に貢献するため工場で働き、疲れ果てて出産時に亡くなるジャニーヌのエピソードは、一九二一年のスペイン風邪で命を落としたガンスの伴侶イダ・ダニスの死を反映している。この喪失は、ガンスが生涯克服することができなかったものだ。

図4　『失われた楽園』のフェルナン・グラヴェイ（左）とミシュリーヌ・プレール。

『失われた楽園』は、実際には死者への崇拝を称賛しており、こうした習慣および感情は、第一次世界大戦後広く普及していた。この作品は、記憶の力や過去への郷愁について語っており、その観点から、亡くなった人々、ここでは男性主人公の亡き妻を忘れないための工夫が数多く描かれている。ピエール・ルブランはジャニーヌの肖像画を描き続け、彼女の写真や衣服、宝石、さらには蓄音機のシリンダーを大切に保管している。そこには、二人の出会いの歌を口ずさむ彼女の声が録音されている（観客は、この映画の冒頭、二人が初めて出会う場面で流れる『失われた楽園』のリフレインを、すでにオープニングクレジットが流れる際に聞いているので、最初から追憶のメロディとして認識することになる）。確かに、『失われた楽園』におけるガンスの女性像に認められるある種の偶像化を批判することはできるかもしれないが、彼が、一方で、女優の身体や表現方法を非常に独創的に演出し、他方では、戦中戦後の夫婦関係や父性の問題に取り組んでいることを忘れてはならないだろう。ただし、父性の問題については、ルブランと娘ジャネットとの関係に、ガンスの作品にしばしば見られるような近親相姦への誘惑を感じさせる側面があることを指摘しておかなければならない。

『脱走兵』（一九三九年）

本稿で取り上げる最後の映画は、レオニード・モギー監督の『脱走兵』（一九三九年）である。この作品は前述の作品に比べるとはるかに知名度が低い。監督のレオニード・モギーは、本名をレオニード・モギレフスキーといい、一九二九年にフランスに亡命したユダヤ系ロシア人である。フィルム編集者として高い評価を得た後、社会派映画を得意とする監督として才能を発揮した（『バカラ（*Baccara*）』一九三五年、『赤ちゃん』一九三六年、『格子なき牢獄』一九三八年）。『脱走兵』というタイトルは、ドイツへの戦線布告後、フランス政府の検閲によりあまりにも反体制的だと判断された。このタイトルが兵役拒否を助長しかねないと見なされたのである。その結果、一九三九年十二月の公開時には『君を待つ（*Je t'attendrai*）』に改題された（同時期に、マルセル・カルネ監督、ジャック・プレヴェール脚本による『霧の波止場』も同様の理由で上映禁止となっている）。物語の舞台は一九一八年である。そのため、検閲官によって「戦争と愛と勇気の映画。第一次世界大戦（一九一四―一九一八年）にインスパイアされ、一九四〇年になお現代的！」という字幕が入れられた。物語では、ドイツ軍の爆撃を受けて部隊を移送する列車が停車している間に、若きフランス兵ポール・マルシャン（ジャン＝ピエール・オーモン）が、脱走兵となるリスクを冒して、近くの故郷の村に住む両親のもとへと向かう姿が描かれる。彼は、家族の家で使用人をしていた若い孤児の娘マリー（コリンヌ・リュシェール）に、どうしても会いたかったのだ。ところが彼女は、嫉妬深く吝嗇なポールの母（ベルト・ボヴィ）に追い出され軍の食堂で働いており、下品で好色な食堂の主人（ルネ・ベルジュロン）から執拗な嫌がらせを受けていた。ポールはマリーを見つけ、彼女に愛を告白し、両親に認めてもらうために彼女を家に連れ帰ろうとする。初めは抵抗していたマリーも、最終的には受け入れる。しかし、食堂の主人は彼女が出ていくのを許さず若いカップルを脅迫する……（図5）。

図5　『脱走兵』のコリンヌ・リュシェール（左）とジャン＝ピエール・オーモン。

この作品は、物語の構成や、時間と空間の扱い方が非常に独創的で、アクションの持続時間が映画の上映時間と完全に一致しており、そこから並外れた緊張感と切迫感を生み出している。シャルトル近郊でロケーションされた『脱走兵』には、全編を通して陰鬱でうらぶれた雰囲気が漂っている。撮影監督ロベール・ルフェーブルによる映像は、靄やぬかるみが多くの場面を占めており、その灰色がかった美しさが、ジャック・カンパネーズ、ミシェル・ドゥリーニュ、ジャン・オーランシュによる脚本や、マルセル・アシャールの非常に繊細なせりふが醸し出す不安感をいっそう強めている。ポールの両親は卑劣で、ある側面では嫌悪感を抱かせる人間として描かれている。特に、彼らは息子が前線から恋人に送った手紙をすべて横取りし、彼女を息子から遠ざけようとする。

世代間の関係を描いたいくつかの場面は驚くほど残酷だ。しかし、最も卑しい人間はマリーが働いているビストロの主人である。金のことしか頭になく戦争で儲けることしか考えない、根っからの女性蔑視者だ。この映画は、全編を通して、若者が年長者の犠牲になることを告発しようとしている。実際、若者たちが幸福を願う気持ちと、年長者の権威主義とのギャップを描きながら、家族、破綻しつつある家父長制の重圧、そして社会の偏見を厳しく批判している。この作品の明確な平和主義的かつ自由主義的な側面、そしてその表現方法が、映画公開時に反発を招いた理由である。戦時中のフランス社会を冷笑的に描くその視点は、敗戦とそれに続くペタン元帥率いる強権的なヴィシー政府の成立という文脈から見れば、結果的にかなり予見的である。この視点は、一九四七年にスキャンダルを巻き起こすことになるクロード・オータン゠ララ監督の『肉体の悪魔』を強く思い起こさせるものだ。

撮影当時十八歳という若さであったコリンヌ・リュシェールは、二年前に同じレオニード・モギー監督の『格子なき牢獄』（一九三七年）で衝撃的なキャリアのスタートを切っていた。しかし、そのキャリアは短命であった（彼女は戦後、占領時代の対独協力行為で告発され、女優としてのキャリアを完全に絶たれることになる）。その詳細は、キャロル・ヴロナによる伝記を通じてより明らかになっている。(8) リュシェールは明らかに、当時の他の女優たちとは大きく異なる女性像を体現している。金髪で天性の気品を備え、強い個性を持つ彼女は、言わば、美しさと御し難さを兼ね備えた存在である。ジャーナリストたちは、すぐに彼女を「危険な誘惑者」の典型と捉え、アナベラやヴィヴィアンヌ・ロマンスと並ぶフランス映画の三大妖婦《ヴァンプ》の一人と評した。しかし、彼女の『脱走兵』での演技、特にその非常に現代的な演技スタイルは、この短絡的な評価に疑問を抱かせるものである。実際彼女は、自然で繊細な演技を通して、大人になるということは子供時代の理想主義を捨てることだと私たちに感じさせてくれる。この映画で最もフェミニズム的な主張が現れる瞬間は、彼女が自分の人生を取り戻す場面である。自分の人生を掴み取るその姿は、スクリーン上でいっそう説得力を増す……絶頂期にキャリアを絶たれ

たコリンヌ・リュシェールの悲劇的な最期を知ればなおさらである。（四）

結論

本稿で簡単に分析した四つの例は、一九三〇年代末のフランス映画の一部が、第一次世界大戦における女性たちの役割をどのように再考したかをよく表している。ジャン・ルノワール、レーモン・ベルナール、アベル・ガンス、そしてレオニード・モギーの映画は、物語の中で女性の登場人物により比重を置き、その内面や願望に焦点を当て、若く才能ある女優たちを起用しそれを演じさせることで、それぞれ異なるが補完的なスタイルで、ジェンダーの規範を変え、従来の作品よりもステレオタイプに囚われない女性像を創出した。これらの映画は、多様な社会的背景や経験を描くことで、戦時におけるヒロインと被害者という図式的な対立構造から脱却することに成功している。強く、自ら決断して選択し、とりわけ家父長制社会の束縛を受けながらも非常に自立した女性たちを描くことで、男女関係をより複雑なものとして観客に提示するとともに、スクリーン上で、第一次世界大戦という過去と映画製作当時の問題とを関連づけている。これらの映画の「女性問題」の捉え方は、より進歩的な政治的背景の中で人民戦線の影響を受けつつ、そして同時に、ヨーロッパにおける脅威や新たな戦争のリスクの高まりに直面する中で、女性の解放や社会への参入に新たな次元を与えようとするものである。

（内山奈緒美訳）

【原注】

（1） Stéphane Audoin-Rouzeau et Annette Becker, *14-18 : retrouver la guerre*, Gallimard, 2000.
（2） Laurent Véray, *Avènement d'une culture visuelle de guerre. Le cinéma en France de 1914 à 1928*, Nouvelles Éditions Place, 2019.
（3） Olivier Curchod, *La Grande Illusion. Jean Renoir. Études critiques*, Nathan, 1994.
（4） Jean Renoir, *Ma vie et mes films*, Flammarion, 1974.〔ジャン・ルノワール『ジャン・ルノワール自伝』西本晃二訳、みすず書房、一九七七年〕
（5） Marthe Richard, *Ma vie d'espionne au service de la France*, Les Éditions de France, 1935.
（6） Raphaëlle Moine, *Vies héroïques : biopics masculins, biopics féminins*, Vrin, collection philosophie et cinéma, 2017.
（7） Noël Burch et Geneviève Sellier, *La drôle de guerre des sexes du cinéma français (1930-1956)*, Éditions Nathan, 1996.
（8） Carole Wrona, *Corinne Luchaire. Un colibri dans la tempête*, Les Éditions du 81, 2022.

【訳注】

（一） 第一次世界大戦中、家族や恋人を失くして孤独になった前線の兵士たちに、手紙や慰問袋を送り精神的に支えた女性たちのこと。
（二） 一八九六年、シャルルを中心とするパテ兄弟が設立した映画会社。映画製作の他、映像機器の製造から配給、興行にいたるまでを手掛ける世界的映画会社に発展するが、第一次世界大戦後、フランス映画の衰退とともに経営が悪化し、一九三六年に倒産した。
（三） 原作の題名は小説と同じ『木の十字架（*Les Croix de bois*）』。
（四） 一九四五年対独協力の罪で逮捕、投獄されたコリンヌ・リュシェールは、一九四八年に釈放されるも一九五〇年結核により死去。二十八歳の生涯を閉じた。

アノニムな美徳

――アンドレ・バザンの日本映画評を通して見出される「天才《ジェニー》」の概念

大久保清朗

バザンから見た日本映画

一九一八年にアンジェで生を享けたアンドレ・バザンにとって、戦間期は一歳から二十一歳までの時期――幼少年期から青年期にかけての人格形成期――に相当する。当初、バザンが映画批評家ではなく、上等初等教育の教師になることを目指していたことはよく知られている。上等教育課程の廃止により、バザンは教職の道を断念せざるを得なくなるのだが、この時期に彼の批評家としての精神が胚胎していったことは疑いない。教育者から映画批評家へという人生航路の変更は、いささか奇異に見えるかもしれない。彼はいかにして批評家となっていったのか。あるいは、彼の戦間期体験は、彼の映画批評といかなる関連を持っているのか。バザンの遺稿集『占領期とレジスタンスの映画』を編纂したフランソワ・トリュフォーは、彼の著作には一貫して「教育者としての使命が刻印されていることに気づかされる」と述べ、教育と批評との関連を示唆している(1)。では、バザンにおいて教育と映画批評とはいかなる関係にあるか。この問題を検討することは、戦間期から占領期（および解放期）

にかけての思索の変遷を知る手がかりとなるはずである。

バザンが最初に映画批評を書くのは一九四二年末のことである。「映画に興味を持つことは可能か」ということの記念すべき論考で、彼は映画を「中世以来起こった最も偉大な美学的＝社会学的出来事[2]」と述べ、自らの立場を明確に打ち出している。バザンにとって、映画とは人類にとって未曾有といってよい芸術分野の誕生であった。にもかかわらず、フランスの言論の場において起こっていたのは、映画を既存の芸術分野に回収しようとする勢力争いであった。戦間期、映画はサイレントからトーキーへの転換にあった。そのさなかで、バザンは映画をめぐる言説の不毛性にいらだっている。一九四三年に書かれた「映画批評のために」において彼は、「知識人、音楽家、画家、詩人、あらゆる種類の審美家が映画に興味を持った結果、彼らは映画を、映画とは無縁の規範に従わせようとし、映画を彼らの領分である詩や絵画のような玄人の芸術にしたいと願った[3]」と苛立ちを表明している。バザンによれば、このようなトーキー以前の映画論は、サイレントの消滅とともに姿を消してしまったというが、彼が当時の映画批評において批判しているのは「美学的」なものに注目し、「社会学的」な面を無視する偏頗性であった。「美学的」であると同時に「社会的」である、という二重規定方に、バザンの映画批評の特色が見出せる。

またバザンは映画批評の課題を次のように明確に提起している。

　実際に映画の役に立つための唯一の方法は、映画にまずは気晴らしを求める何百万もの観客に向けられたスペクタクルが、それでもなお一個の芸術たりうるのはいかなる条件下でのことなのかを探求することである[4]。

「気晴らし（娯楽）」と「芸術」という相容れないと思われる要素が映画においては同居しており、そのような対立的な要素が、いわば弁証法的に統合されていく条件を探求していくのが、バザンの映画批評の目指すものであった。

美学的なものと社会学的なものという映画の二面性のうち、前者を追求した論考が、おそらく最もよく知られた「写真映像の存在論」(一九四五年)ということになる。それに対して、おそらく社会学的なものをめぐるきわめて真摯な考察として、これから検討する日本映画をめぐる評論が挙げられる。バザンが初めて書いた日本映画評は、一九五二年に書かれた『羅生門』(黒澤明、一九五〇年)についての評である。そして日本映画との決定的邂逅ともいえる『地獄門』(衣笠貞之助、一九五三年)を経て、そのユニークな日本映画論「日本の教え」を書くのは一九五五年一月である。

一九五〇年代初頭のフランスにおいて、日本映画はほとんど未知の存在であったといっていい。カンヌなどの国際映画祭に行く以外には日本映画に触れることはきわめて困難な状況にあった。映画祭に足を運べないパリ市民たちは、〈シネマ・デセ〉のような一般商業上映とは異なるルートを通して、日本映画のごく一部を見る機会を得るほかなかった。こうした状況において、バザンはカンヌ、ヴェネツィア、ブリュッセルなどの国際映画祭に足を運び、現地からの映画祭レポートや作品評を通じて、日本映画紹介に文字通り奔走した。

一九五八年十一月に亡くなるまでの六年間、彼がレビューなどで取りあげた日本映画は四十本を数える。当時の日本映画は戦後の「黄金時代」を迎えており、製作本数は年間二百本を優に越えていた。したがって四十本という数は日本映画の全体像を描くには決して充分ではなく、そのことはバザンも自覚している。だがバザンによる日本映画批評とは、対象を俯瞰できるに充分なデータを蒐集し、用意周到な「専門家」的見解を述べるものではなかった。むしろそこには、そのような余裕を敢えて許さず、知識の乏しさを恐れずに対象に突進する切迫さがある。そうしたバザンの日本映画評は――およそ否定的な評定を述べたものであっても――無邪気で楽天的とさえいえる明るさを湛えている。彼は日本映画を通し、「芸術たりうる条件」を社会学的に探り当てようとする。

そしてそれはニーチェのいう「愉しい学問」であったに違いない。

名前のない啓示

一九五二年四月二十二日付の『パリジャン・リベレ』誌に書いた『羅生門』(先述したようにこれがバザンの書いた最初の日本映画評)には、「ひとつの発見!〔Une révélation !〕」というタイトルが冠されている。レヴェラシオンは「啓示」とも訳すことのできる語だ。「写真の美学的な力は現実の啓示にある」[5](傍点引用者)。事物を覆っていた虚偽のヴェールが取り払われ、真実が姿を現すというもともとの神学的な意味を意識しつつ、バザンはこの語を「写真映像の存在論」ですでに使用していた。では、『羅生門』においてバザンが述べている「啓示」とはどのようなものなのか。ここでのバザンの関心は、美学的問題というよりも、西洋の映画と比較したときに明らかになる『羅生門』の技巧的な優位性(「その演出の形式的な質の高さ」)にある。

> 演出に関しては、しなやかさ、風雅、知性を備えており、ヨーロッパあるいはアメリカの最も技巧的な監督に匹敵する。〔……〕彼ら〔アメリカ・ヨーロッパの監督たち〕は、その演出においては、たとえば音響効果の用法などで一つならず教え〔une leçon〕を得られるだろう[6]。

ここで言われている「教え」とは、抽象的なものではなく、あくまでプラクティカルな水準で用いられていたものである。だがバザンは、日本映画の継続的な鑑賞体験を通じて「教え」という語に日本映画の独自性を担わせていくことになる。

その「教え」を明らかにするために、ここで指摘しておかなければならないことがある。バザンの日本映画評には奇妙な点がある。それは固有名の少なさだ。つまり、そこで作品を評価するに際して、バザンはその映画に携わった映画監督や俳優に対して言及することがあまりないのである。くだんの『羅生門』評においても、演出の卓越性を指摘しつつ、黒澤の名は一度も出てこない。同じことは『原爆の子』（一九五二年）や『おかあさん』（一九五二年）の評においてもいえる。バザンやここで監督の新藤兼人や成瀬巳喜男について言及していないのだ。

バザンが監督の存在に気づいていなかったとは考えられない。『羅生門』に戻るなら、バザンは『パリジャン・リベレ』の評とほぼ同時に『オプセルヴァトゥール』誌（四月二四日）においても「一本の日本映画――『羅生門』」と題する評を書いている。その最後に、補足のようにして黒澤の名が現れる。が、それは少々不可解な言及である。「黒澤は日本映画のデュヴィヴィエ的な存在でしかないのか分からないし、そうであっても別に驚かない」[7]。ここで名前が挙げられているジュリアン・デュヴィヴィエは『望郷』（一九三七年）や『舞踏会の手帖』（一九三七年）などの監督として知られるが、バザンの評においては否定的に言及されている。バザンは、自分には黒澤が作家か否か判定できないし、それはどちらでも構わないというのだ。

この「一本の日本映画」においてバザンは、『羅生門』の驚きとは、「一九〇五年におけるロシアの敗北や、最近では真珠湾攻撃に対する西洋世界の驚き」[8]の谺であると述べている。日露戦争と太平洋戦争といういささか不穏当な喩えで強調されているのは、『羅生門』における個人（黒澤明）の傑出した才能ではなく、集団的な精華である。ここでもバザンの関心の中心は日本の映画作家ではなく、日本映画そのものにある。

バザンの批評において重要なキーワードである「作家主義」については、さまざまな議論がなされてきたが[9]、ここで述べておきたいのは、「作家主義」の是非のみに議論が集中するあまり、かえってバザン自身の「作者」観が見えにくくなっているように思われる点である。たしかにバザンは、ジャン・ルノワール、オーソン・ウェルズ、チャールズ・チャップリンなどの「作家」の映画を高く評価した。「あらゆる偉大な映画作品は、その作者の道徳的《モラル》な見方や精神的《スピリチュエル》な傾向を、多かれ少なかれはっきりと反映している」[10]という一文は、そのことを端的に物語っている。作者とはこの場合は監督を指しているが、ここで名を挙げられているのが脚本（ときには出演）や製作を含めた映画創造を統括する映画人であることは言うまでもない。

　だが、その名声が確立した今日においては、バザンの批評の意図が却って見えづらくなってしまう。重要なのはバザンの先見性ではない。そのように見えてしまうのは、ルノワール、ウェルズ、チャップリンの地位が今日良くも悪くも安定しているからである。たしかにバザンは映画の特質（「偉大さ」）を、その作者に帰するような見解を述べている。だがバザンの作家論が、作品の特質を監督の才能に還元するものであったなら、それは退屈な常識論でしかない。注意するべきなのは、バザンによれば、偉大な映画が反映しているのは作者の「才能」ではないということである。そうではなく「道徳的《モラル》な見方」や「精神的《スピリチュエル》な傾向」である。だがこれらは何なのか。それらは「才能」と何が違うのか。見方も傾向も、技量のような巧拙ではないし、おそらく才能と呼ばれる先天的能力とも違う。ここで述べられている精神的なものというのは、その監督という個人に備わっているものでありつつ、その監督を超えた何かである。

日本映画の「天才《ジェニー》」

　ときに私たちは魂に触れるような映画と出会うことがある。映画に限ったことではない。芸術作品に対峙したとき、それ自体としては魂のない物質であるはずの芸術作品から、みずみずしい精神性がこちらに流れこんでくるような体験をする。そうした作品は、たしかに高度な技術に支えられており、それに携わる作者を想定しなくては成立しがたい。だが称えられるべきは、その生身の人間の技能ではない。彼らの技能によって表出された道徳なり精神なりである。その場合、作者としての人間の主体性はほとんど問題にされない。ルノワールもウェルズもチャップリンも、その意味では、ある道徳性・精神性の仲介者でしかなかったのではないか。バザンのいう「リアリズム」とは、そのような現実から出発して、映画が体験させる、別次元（高次元）の現実世界を述べている。この場合、作者にとってその道徳や精神は所有するものではない。逆である。道徳や精神が、作者である人間を所有しているのだ。フランソワ・トリュフォーが述べた「作家主義」との根本的な差異はここにある。トリュフォーにおいては、作者（である監督）が道徳や精神を所有している。その考えによれば、作者は全能の神のように自らの道徳性・精神性を映画に投入することができるだろう。であれば、偉大な監督の映画が偉大であるのは自明だ。トリュフォーがアベル・ガンスやジャック・ベッケルを「作家主義」のもとに擁護したとき[11]、彼らの駄作『悪の塔』（一九五五年）や『アラブの盗賊』（一九五四年）を見る前から賞讃した（そして見た後も態度を変えなかった）のはそのためである。バザンがこうした「作家主義」を美学的な個人崇拝として斥けたのは、そこに人間と道徳性・精神性の関係の転倒を見たからである。

　バザンの日本映画論に戻ってみよう。ここでバザンが述べているのは、作者（作家）ではなく、「天才[12]（génie）」である。一九五八年のブリュッセル映画祭での映画祭レポートにおいて、バザンは今井正監督の『夜の鼓』（一九五八年）に対して次のように述べている。「作者不詳（anonyme）だとしても、私は日本映画というものに大変弱いので、この『夜の鼓』を存分に楽しんだのだ。そこでは独特の天才（le génie *sui generis*）が随所に見出せるのである[13]」。「天才《ジェニー》」につけられた、sui generis は、ラテン語で「種特有の」を意味する。この語によって特別化されている天才《ジェニー》は今井ではなく、日本である。

　バザンにとって、十分な知識を持ち合わせていなかった今井は「作者不詳＝匿名《アノニム》」の存在であった。アノニムとは作者の対極である。バザンはまさに六年前に『羅生門』を見たときと同じ状況に再び遭遇することになったのである。この映画はアノニムであるけれども、そこには「天才《ジェニー》」がある。バザンが個人の才能のことを述べているのでないことは、これまでの議論で明らかである。それが作者を通して感得される道徳性・精神性とは異なるものである。ではそれは何なのか。

ここで成瀬巳喜男の『おかあさん』（一九五二年）について書かれた、『パリジャン・リベレ』の評を見てみよう。『おかあさん』は、東宝の成瀬が新東宝に出向して撮影した作品で、児童文集をもとに水木洋子がシナリオを構成した作品である。水木はこの作品で初めて成瀬映画にシナリオを提供し、それ以前の亀井文夫や今井正のような社会派映画とは異なる、情感を基調としたシナリオを手がけるようになる。そのコラボレーションはわずか五年間であったが、『あにいもうと』（一九五三年）、『山の音』（一九五四年）、『浮雲』（一九五五年）、『驟雨』（一九五六年）、『あらくれ』と残された作品はいずれも、力感の籠もる佳作・傑作である（とりわけ『浮雲』は戦後日本映画という巨木に咲いた暗鬱で可憐な悲劇の花である）。『おかあさん』は一九五四年に〈シネマ・デセ〉で公開された。(14) バザンはここで成瀬にも水木にも言及しない。主語は「日本」である。

> 日本は、先祖伝来の不朽の伝統と現代世界への順応とを単に同居させるどころか、生物学者が言うように共生させる特質《ジェニー》に恵まれている。その特質を証し立てるものは他にもいくつもあるのだが、彼らの映画もその一例をもたらしている。歌舞伎の昔からある演劇的伝統の数々に培われた時代劇と、主題と発想ゆえにヨーロッパのネオレアリズモに比べうる作品を、両方ともたやすく作りだしているのだから。(15)

われわれは先に、バザンの作家論において重要なのが「その監督という個人に備わっているものでありつつ、その監督を超えた何か」であることを確認した。バザンが日本映画において見出しているのもまた、監督という一個人に与えられながら、それと同時に個々の監督を超えて見出される共通性である。映画を通して発現される個を超越した何かを見ようとする点で、バザンの作家論と日本映画論は通底するといっていい。

理念としての日本

しかしながら個人を超えた共通性とは、時代の傾向性というものとは異なる。ここで「ネオレアリズモ」について触れておこう。バザンは日本映画論において「ネオレアリズモ」に言及している。『おかあさん』評には、「日本のネオレアリズモ」という副題が付されており、実際、バザンはこの映画を「ヨーロッパのネオレアリズモに比べうる作品」と述べている。この語は、『おかあさん』に先立つ『原爆の子』にも見出せる。より正確には、バザンは、『おかあさん』と『原爆の子』とを「日本のネオレアリズモ」とみなすフランスの映画評論の動向を議論の前提としているのである。この当時のフランスでは、現代を舞台とする日本映画をネオレアリズモとの類似によって評価する——あるいはネオレアリズモの後継と位置づける——批評が多く書かれていたのである。『おかあさん』評は、その典型である。たとえば、ジャン・ド・バロンセリは、『ル・モンド』紙において、『おかあさん』を「世界中でネオレアリズムの影響が見られる新たな証拠[16]」と述べたあと、監督の成瀬巳喜男を、『2エーカーの土地』（一九五三年）の監督（ビマル・ロイ）とともにヴィットリオ・デ・シーカやルキノ・ヴィスコンティの「遥かな後継者」と述べている[17]。『リュマニテ』紙におけるジョルジュ・サドゥールの評においても事態は変わらない。彼はイタリア映画『2ペンスの希望』（レナート・カステラーニ、一九五二年）と比べつつ、成瀬巳喜男を「新たな日本派の名匠としての地位をついに確立した[18]」と称讃している。

イタリア映画ないしはネオレアリズモ映画との類比によって称讃するフランス映画批評のコンテクストにおいたとき、バザンの評は慎重である。『おかあさん』評では、パリにおけるこうした状況を確認したあとで、「にもかかわらず『原爆の子』をまだ見ていない者にとっては、『おかあさん』はそれでもなお新しさを、「日本のネオレアリズモ」と呼びうるものの啓示をもたらすだろう[19]」（傍点引用者）と述べている。少し前に公開された『原爆の子』についての評（こちらには「黙示録への巡礼」という副題がついている）においても、「パリで商業的に公開される映画のなかでは、何本かの現代イタリア映画との類比によって、およそ「日本のネオレアリズモ」と形容できるだろう映画の動向の最初の例となっている」（傍点引用者）と条件法を用いた推量表現を用いている。

同じことは、主演女優についてもいえる。サドゥールは『おかあさん』の主演女優の田中絹代について、「『西鶴一代女』でそうであったように、ここでも忘れがたい日本の大スターのひとりである」と述べている。バザンは『おかあさん』評で主演の田中に一切言及していない。彼が田中について触れているのは、サドゥールも触れている『西鶴一代女』（溝口健二、一九五二年）であるのだが、ここでは彼女のことを「美しくない！」と述べている（そしてそれは女優への美的判断ではなく、ヒロインの身体的特性を演じる役の年齢に合わせて修正しないという日本映画の慣習を指摘するためであったのだ）。

バザンの日本映画評において強調されるのは、個々の映画人ではなく日本文化である。実際、バザンの日本映画評には、「日本の」という形容詞が頻出する。山村聰の『蟹工船』（一九五三年）には「日本のポチョムキン」、中平康の『狂った果実』（一九五六年）には「日本の若者たち〔J3世代〕」[20]、黒澤の『七人の侍』（一九五四年）は「日本の西部劇」という具合である。[21] これらのタイトルは、ロシアの映画、フランスの世代、アメリカのジャンル、つまり既存の欧米映画のコンテクスト内にこれらの映画を便宜的に位置づけることで、フランスの読者に理解をうながそうとする配慮が感じられる。だがこれらの形容が、結果的に西洋に対する東洋の優位性を前提とした、取り込みの修辞として機能しているようにも見える。バザンはオリエンタリズムの弊に陥っているのだろうか。

バザンは『おかあさん』において、「日常生活のごく表層的な面についていえば、フランスの観客は、一つひとつのイメージに見慣れぬ風習の特徴を発見する」[22]と述べている。しかし重要なのはその「見慣れぬ風習」の異質さではない。「われわれがそこに人間を、つまりわれわれ自身を、ただし異なる生活様式で表されたものとして認めていたということが、この種の映画の素晴らしい魅力なのだ」[23]。ここでバザンは、東洋のなかにも西洋的な普遍性が存在するということを述べているかに見える。しかしバザンは続けて、「その様式たるや！」と改めて感嘆を表明し、いったん留保していた異質性に重点を置き直す。そして「われわれの同時代人であるこうした貧しき人の何気ない身ぶりのうちにも、彼らの伝説の英雄たちに見られるのと同じ高貴さと威厳を読みとれることができる」[24]ことに感嘆している。ここで称讃されているのは、「先祖伝来の不朽の伝統と現代世界への順応」とを「共生」させる特質《ジェニー》にある。

こうした伝統性と現代性とが一体となっているという指摘は、『羅生門』評にもすでに見出される。「極限とそれを通り越すまでの域に抑制された役者たちは、巧緻で荘厳な日本の能楽様式の特訓を積んでいるのは明らかで、この古くからの演劇的伝統はそのリアリズムへ適合している」[25]。役者たちの演技のうちに能の所作を見出そうとすることは「貧しき人の何気ない身ぶり」を通して「彼らの伝説の英雄たちに見られるのと同じ高貴さと威厳」を見ようとするのと同じである。重要なのは、黒澤や成瀬といった監督の技量でなく、彼らを超えてある日本映画のアノニムな「特質《ジェニー》」である。作家は天才《ジェニー》を所有しているのではなく、天才《ジェニー》が作家を所有しているのだ。

バザンが一方で「作家」の映画を評価しつつ、他方で日本のアノニムな「特質」を認めるという態度は一見矛盾に思えるかもしれない。だが「作家」を評価する際にも、そこでは監督の手腕というより、「道徳的なものの見方」であり「精神的な傾向」が問題にされていたように、バザンの批評は作家を超えたところにある精神性を指向していた。バザンが日本映画で再三繰り返しているのは、文化と映画との一体性である。

私が日本映画において最も感嘆するのは、それが小説や演劇や絵画といった伝統的文化と、ギャップも譲歩もなしにつながっていることである[26]。

日本映画の第一の、きわめてはっきりとした教えとは、映画がそれを取り囲む文化と同一水準で存在しており、文化的要素をおとしめることなく取りこんでいると感じさせるところにある。(27)

バザンが日本を東洋の代表と見なし、西洋社会との差異を前提として批評を書いていたことに疑問の余地はない。しかしそれをもってすぐさま差別的誤謬を抱いていたとみなすことはできない。むしろ次の一節が示すように、日本とは東洋においても、西洋化のなかで「東洋の精神性」を失わなかった例外的な国として称讃されているのである

この民族の歴史的・政治的な特質《ジェニー》が、中世から現代へと断絶なく移行し、東洋《オリヤン》の精神性をいささかも捨て去ることなしに西洋の技術を一気に吸収し得た点にあったことを知っている。日本以外ではどこでも、われわれの文明との接触はまず最初に変質の、そして文字どおり方向喪失《オリヤン》の誘因として作用したのである。(28)

ここには日本文化に対するバザンの揺るぎない信頼を見出せる。トリュフォーの批評が「作家主義」であるとすれば、バザンのそれは「文化主義」(29)ないしは文明主義といえる。

ただし、「作家主義」と「文化主義」は、映画自体の巧拙を評価しない(あるいは度外視している)点では共通している。バザンが高く評価した『地獄門』について、バザンは、これが日本において凡庸なメロドラマと見なされているものを過大評価している、つまり知識不足から見当違いの評価を与えているという批判を予期し、反駁を試みている。まずバザンは、日本映画にも傑作といえるものがある一方、不出来な作品があることを率直に認めている。その上で、その相対評価(傑作/駄作)を超えたところにある美点をまるごと絶対評価しているのである。

日本映画がすべて良い映画というわけではもちろんないし、私はとても退屈な日本映画も見たことがある。ただ低俗な映画は一本もなかった。そして、日本映画中で最も不出来なものでも、極東文化の精妙さ、力強さ、洗練を見てとることができるのだ。私が見た中で最も平凡な作品と、『地獄門』のような目もくらむような傑作の間には、本質的な違いはないように思える。それらは共通のレトリックに支えられていて、少なくとももっとも貧弱な映画にも備わっているのである。[30]

ある映画を傑作か凡作かを判定するとは、それはある文化圏内に身を置きつつ、一定の価値基準に基づいてなされる相対化の試みである。おそらく、このような判断は客観的な妥当性によって支えられているといっていい。それに対してバザンが主張するのは、自らの文化圏外に存在する全く別の文化への、ある畏敬の念をともなった驚きである。

> われわれにとってまず大切なのは、演劇的ないしは造形的な価値の使用が、日本的な観点から見て相対的に巧みかどうかではない。むしろ、われわれの精神にとってそうした価値の発見が実り多いものであることだ。〔……〕ある意味で、あらゆる真の芸術作品は、それを生み出した文化全体を含んでいる。芸術作品が文化と同等であるのは、ちょうど塩の結晶の極小部分が、その幾何学的構造によって、結晶体の化学的組成を規定しているようなものである。[31]　（傍点引用者）

「塩の結晶の極小部分」が映画であり、その幾何学的構造によって規定された「結晶体の科学的組成」が文化である。よってバザンが関心を寄せているのは、この作品の形成を条件づける構造であるといえる。構造としての文化は作品に先行しているのである。

トリュフォーはジャン・ジロドゥーの言葉「作品というものはない、作者がいるだけだ」を引用しつつ作家主義を標榜した。その逆も成り立つ――つまり作者というものはなく作品があるということ――といってバザンは作家主義を牽制した。しかしバザンの「文化主義」とは結局のところ、評価基準軸を「作者」から「文化」へと交換しただけではないか。ここで考えるべきは、こうした文化主義が今日において何らかの教え（バザンがいうところの「知的昂奮」）を有しているかである。

批評の使命

ところで、ある作品が「傑作」であるとはいったい何を意味するのだろうか。人は他の映画と比べたときに、際立った特異性がある場合、それを傑作というのではないか。日本映画論において、バザンは、そうした判断そのものに根本的な疑義を唱えている。バザンは、〈『地獄門』＝凡作説〉についての反論で、「私たちは傑作を特異なものとしてとらえる学術的概念に惑わされている」と述べている。

『ル・シッド』と『フェードル』が天才的な作者によって創作されたことは間違いないが、その天才《ジエニー》はまず時代のそれであった。より正確には、コルネイユとラシーヌに特有の天才《ジエニー》は、傑作の上部構造に見ることができるが、しかし、その下部構造は、十七世紀のすべての宮廷人《オネットム》に共通する感情の修辞とその表現で構成されていた。(32)

バザンが「天才《ジエニー》」を説明するに際して用いられた「上部構造」と「下部構造」を、それぞれ「芸術」と「文化」と置き換えるならば、日本映画における「特質」についての説明と重なりあう。いわばコルネイユやラシーヌという作家の背後には、その時代のアノニムな「宮廷人」が控えているのである。バザンにおいて、少なくとも二十世紀当時のフランスにおいては、この上下構造は乖離しているととらえられている。これに続いてバザンは「太陽王〔ルイ十四世〕時代の最も愚かなアカデミーフランセーズ会員でもジャン・ラシーヌなみの文を書いていたものだが、ジュアン将軍はアンドレ・ジッドなみの文章は書かないというのはやはり真実なのだ[33]」と書いている。

作品の特異性を特定し、その特性を帰すべき作家性を論じるのが一般的な批評のプロセスであろう。しかしバザンはそれとは対極ともいえる作品の範例性に注目し、むしろその匿名的《アノニム》な特質を賞揚している。こうした批評的立場は、バザンの西部劇論においても見出される。たとえば「模範的な西部劇」という『七人の無頼漢』評を見てみよう。これに先立ち、バザンは「作家主義について」という長い論考を『カイエ・デュ・シネマ』に投稿し、トリュフォーを始めとする映画批評家たちが標榜する「作家主義」の「美学的な個人崇拝の危険」を指摘した。それに対して、バザンは「映画に「作品」としての価値を取り戻させるような、映画的事象をめぐる別のアプローチ法によって補完されなければならない[34]」と主張している。この『七人の無頼漢』はいわばその実践篇である。バザンはここでバッド・ベティカーを「偉大な西部劇監督であると結論づけたいわけではない」とあらかじめ断っている。かわりに、彼が賞揚しているのは「製作条件が阻害しないかぎり、開花せずにはいられない伝統という匿名的《アノニム》な美徳[35]」である。

繰り返しになるがバザンにとって映画批評の意味とは、物質であるはずの映画が人間の精神性に触れることを解明することにあった。そうした試みにおいて、ここの映画の特異性を価値化することはある真実を抑圧してしまうのである。以下の引用は、上記の『地獄門』評の続きである。

日本文化に無知な私たちは、実のところ、日本映画《シネマ》のただなかにおいて『地獄門』のような映画《フィルム》の独創性を確実に評価することはできない。しかしそれだけにいっそう、この映画《フィルム》を越えてこの映画《シネマ》の独創性を評価することができるだろう。(36)

バザンは「フィルムの独創性」と「シネマの独創性」を区別している。個々の作品を意味する前者に対して、後者は、こうした作品としての映画を成立させている制度ということになる。前者が作者の技量といった個人的なものに帰属するものであるとしたら、後者は作者を超えた匿名的なもの・精神的なものに帰属するのである。「写真映像の存在論」から「日本の教え」を始めとする日本映画論まで一貫して流れるのは、バザンの映画における「精神的なもの」への指向にほかならない。このような精神という核心を射貫こうとするとき、知識の乏しさが明察の条件となっていくのである。

今日、バザンの日本映画評にはどのような意味があるか。それはどんな「教え」をもたらしてくれるのか。バザンの最後の批評文「批評に関する考察」における有名な結句──「批評における真実は、何か計測可能な客観的正確さなどというものによってではなく、何よりもまず批評が読者に引き起こす知的昂奮によって決められる」(37)──は、インターネットが生活に浸透している今日、重要な「教え」をもたらしている。視聴形態が多様化し、再生速度さえも可変となり、見るものを「傷つける」恐れを取り除くべく配慮された配信サーヴィスが整備されつつある今日、映画体験は効率性の名の下に圧殺されている。そこでは興行成績やレビュー点数などの数値が「真実」として横行している。こうした「正確さ」が「知的昂奮」ともかけ離れたものであるとしたら、それは私たちが自分とは異質の存在と邂逅することを回避しているからではないか。今日、私たちが改めて問うべきはこの素朴な邂逅体験にある。

【注】

（1）François Truffaut, « André Bazin, l'occupation et moi », *Le Cinéma de l'occupation et de la résistance*, 10/18, 1975, p. 13.

（2）« Peut-on s'intéresser au cinéma ? », *Écrits complets*, Éditions Macula, 2018, p. 72. 以下、バザンの文章の場合、作者名を割愛した。またマキュラ出版社刊行の『アンドレ・バザン全集』からの引用は、*EC* と略記し、タイトルとページ数のみを記した（邦訳のある場合は〔　〕で併記）。

（3）« Pour une critique cinématographique », *EC*, p.80.〔「映画批評のために」野崎歓訳、『アンドレ・バザン研究』第六号、二〇二二年。以下『バザン研究』と略し、号数とページ数のみ表記〕

（4）*Ibid.*〔同上、一〇頁〕

（5）« Ontologie de l'image photographique », *EC*, p. 110. なお、「美学的な力〔les puissances esthétiques〕」は、単行本に収録時「美学的な潜在能力〔les virtualités esthétiques〕」に変更されている。〔「写真映像の存在論」、『映画とは何か（上）』野崎歓・大原宣久・谷本道昭訳、岩波文庫、二〇一五年、一九頁〕

（6）« *Rashomon* : Une révélation ! », *EC*, p. 911.

（7）« Un film japonais : *Rashomon* », *EC*, p. 912.

（8）*Ibid*, p. 911.

（9）これについては『バザン研究』の第一号、第二号を参照されたい。

（10）« Orson Welles », *EC*, p. 655.〔『オーソン・ウェルズ』堀潤之訳、インスクリプト、二〇一五年、八六頁〕

（11）François Truffaut, « Sir Abel Gance », *Chroniques d'Arts-Spectacles (1954-1958)*, Textes réunis et présentés par Bernard Bastide, Gallimard, 2019, pp. 82-84.〔フランソワ・トリュフォー「アベル・ガンス卿」大久保清朗訳、『バザン研究』第二号、一三八―一四五頁〕François Truffaut, François Truffaut, « *Ali Baba* et la "Politique des Auteurs" », *Cahiers du cinéma*, n° 44, février 1955, pp. 45-47.〔フランソワ・トリュフォー「アリババと「作家主義」」大久保清朗訳、『バザン研究』第一号、三七―四七頁〕

（12）本稿では文脈に応じて「天才」と「特質」と訳している。

（13）« Bruxelles 1958 : Le Festival mondial du film », *EC*, p. 2441.

（14）登川直樹によれば、一九五三年、フランス映画祭で来日したアンドレ・カイヤットが『どっこい生きてる』ほか十数本の日本映画を鑑賞し、フランスに帰国後に宣伝をしたとし、『おかあさん』公開はその恩恵によるものであると述べている。登川直樹「欧米人のみた日本映画――海外における日本映画の批評」、『キネマ旬報』一九五五年三月上旬号、三四頁。

(15) « *Okasan* : Le néo-réalisme japonais », *EC*, p. 1609.〔「『おかあさん』——日本のネオレアリズモ」大久保清朗訳、『バザン研究』第六号、一五七頁〕

(16) Jean de Baroncelli, « Okasan (La Maman)», *Le Monde*, 8 décembre, 1954, p. 12.

(17) *Ibid.*

(18) Georges Sadoul, « Okasan », *L'Humanité*, 8 décembre, 1954, p. 2.

(19) « *Okasan* », *EC*, p. 1609.〔「『おかあさん』」、一五七頁〕

(20) Ｊは若者（jeune）のイニシャルであり、Ｊ１からＪ３までの区分がある。Ｊ３は十二歳から二十一歳の年齢の青少年を指す語である。『狂った果実』の訳注一（『バザン研究』第六号、一六二頁）にも述べたように、ここでは当時の「太陽族」に相当するものとして理解されている。

(21) « *Les Bateaux de l'enfer* : Un "Potemkine" japonais », *EC*, p. 2122.〔「『蟹工船』——日本の「ポチョムキン」」大久保清朗訳、『バザン研究』第六号、一五九—一六〇頁〕« *Passions juvéniles* : J3 japonais », *EC*, pp. 2379-2380.〔「『狂った果実』——戦後の日本の若者たち」大久保清朗訳、『バザン研究』第六号、一六一—一六三頁〕« Les Sept Samouraïs : Un western japonais ! », *EC*, pp. 1851-1852.

(22) « *Okasan* », *EC*, p. 1609.〔「『おかあさん』」、一五八頁〕

(23) *Ibid.*〔同前〕

(24) *Ibid.*〔同前〕

(25) « *Rashomon* », *EC*, p. 911.

(26) « Leçon japonaise », *EC*, p. 1668.〔「日本の教え」野崎歓訳、『バザン研究』第六号、一四〇頁〕

(27) « *La Porte de l'enfer* », *EC*, p. 1550.

(28) « Leçon japonaise », pp. 1667-1668.〔「日本の教え」、一三九頁〕

(29) 野崎歓「アンドレ・バザンによる日本映画受容」、『バザン研究』第六号、一五二頁。

(30) « *La Porte de l'enfer* », *EC*, p. 1550.

(31) « *La Porte de l'enfer* », p. 1539.〔「『地獄門』」、『バザン研究』第六号、一四三—一四四頁〕

(32) « *La Porte de l'enfer* », p. 1550.

(33) *Ibid.* ジュアン将軍とは、一九五二年夏にフランス元帥に任命され、同年秋にアカデミー・フランセーズ会員になったアルフォンス・ジュアンを指している。

(34) « De la politique des auteurs », *EC*, 2156.〔「作家主義について」野崎歓訳、『バザン研究』第一号、七八頁〕

(35) « Un western exemplaire : *Sept homme à abattre* », *EC*, p. 2244.〔「模範的な西部劇、『七人の無頼漢』」、『映画とは何か（下）』、四八―四九頁〕

(36) « *La Porte de l'enfer* », *EC*, p. 1550.

(37) « Réflexions sur la critique », *EC*, p. 2519.〔「批評に関する考察」野崎歓訳、『バザン研究』第二号、一七七頁〕

水木洋子のインドシナ
——『浮雲』（一九五五年）再考

木下千花

植民地と云えば、パリーの茶店で、ある紳士が、「貴女は印度支那のお嬢さんですか、この頃の植民地はどうですマドマゼール」と、私に話しかけて来た事がありました。
どうも、このシルクハットにタキシード的の男は大禁物、それにモノクルを掛けて見下したところは、どう見ても癪にさわる。「ノンノン、ムッシュウ！　私はジャポネエなのよ」そう云ってやったんです。

——林芙美子「ひとり旅の記」(1)

はじめに

女性脚本家・水木洋子（一九一〇—一九九二）の東南アジア経験という本稿の主題に繋がる問題関心は、思えば、フランス文学との出会いが端緒になっている。マルグリット・デュラスの脚本・監督作——『インディア・ソング』（一九七四年）や『マルグリット・デュラスのアガタ』（一九八一年）、あるいはアラン・レネの『二十四時間の情事』（一九五八年）やその脚本『ヒロシマ・モナムール』——に出会う以前、耳年増の少女だった私は、『愛人』や『北の愛人』を翻訳で読み、植民地とは何か、そこに育つとはどういうことか、そこで異人種の年上の男と密会するとはどういうことか、などなど思いをめぐらせたものだった。しかし、この植民地概念との出会いを振り返るとき、一抹の違和を感じずにはいられない。日本は戦前、アジアの帝国として台湾と朝鮮を植民地化し、日中戦争や第二次世界大戦中には中国大陸の一部や東南アジアを侵略し占領していたではないか。それにも拘わらず、なぜ、一九八〇年代の日本の小娘は、フランスの作品におけるベトナムや中国系男性の描写を通して、植民地や植民地という文脈に規定され人種化されたセクシュアリティについて妄想することになったのか。

日本占領下のベトナムで出会った日本人男女の敗戦後の顛末を描いた映画『浮雲』(一九五五年)を水木洋子脚本作品として論じる本稿は、同時に、この違和感を端緒に日本人女性研究者として私の道のりを歴史化する試みでもある。つまり、八〇年代のバブル時代に少女時代を過ごした私は、九〇年代前半にジェンダーや植民地主義に関心を持ちつつも、あくまでも成瀬巳喜男の映画――林芙美子の小説ですらなく――としての『浮雲』に関して、シネフィル仲間たちとともに蝋燭を模した照明について熱く語っていた。つまり、当時の日本で興隆していた女性文化人の侵略戦争や植民地主義への積極的な協力、従軍慰安婦をはじめとした戦時性暴力などの問題についての研究や運動とは、すれ違っていたのである。そうした歴史の痕跡を映画テクストに見出し、さらにジェンダーの視点から分析するようになるのは、ずっと後、北米の映画研究、東アジア研究の文脈に身を置くようになってからであった。廻り道の挙げ句に出会い直す機会が訪れて幸いである。

本稿は、水木洋子の「南方徴用」経験を糸口として『浮雲』に新しい光を当て、本作が周縁化された女性の視点を取ることで優れてポストコロニアルな映画になっていることを明らかにする。なお、ポストコロニアリズムとは、植民地主義が被支配者、支配者の両側において形成した社会制度、アーカイヴ、テクスト、そしてそれらに記されたトラウマを批判的に検討する立場を指す。(2)『浮雲』は、林芙美子の小説、成瀬の映画とともに日本の戦後を代表する作品として発表当時から高い評価を受け、ポストコロニアルな視点も含めて豊かな先行研究が存在し、水木洋子の脚本についても大久保清朗が一次資料に基づく丹念な分析を重ねている。本章は、資料と映画テクストの分析の過程で先行研究と対話しつつ、「映画にとって脚本とは何か」という大きな問いにも取り組む。(3)

映画『浮雲』の粗筋は以下のとおりである。

幸田ゆき子（高峰秀子）はタイピストとして日本占領下の仏印のダラットに赴く。女学校卒業後に静岡から上京して姉夫妻の家に世話になっていたゆき子は、義兄の伊庭（山形勲）に強姦され、続く関係から逃れるため南方行きを決めたのだった。ゆき子はダラットで働く農林省の技官・富岡兼吾（森雅之）と恋に落ちる。日本の敗戦に伴い、二人は別々に東京へと引き揚げる。富岡は役所をやめて材木の商売に手を出し、別れるはずだった妻・邦子（中北千枝子）と暮らしつつ、ゆき子との仲も続いている。やがてゆき子はアメリカ兵の愛人になって食いつなぐ。ゆき子と富岡は心中しようかと伊香保温泉に行き、バーの主人・向井（加東大介）とその若妻おせい（岡田茉莉子）と出会う。おせいと富岡はできてしまい、東京で同棲するが、追ってきた向井がおせいを刺殺する。妊娠がわかったゆき子は、結局、新興宗教で金儲けをしている伊庭に中絶費用を出してもらい、愛人になる。富岡の郷里にいた邦子が病死し、富岡はゆき子にその葬式代を借りに来る。ゆき子は伊庭の金を持ち逃げし、役所に復帰して屋久島へ渡る富岡に同行する。途中で具合が悪くなったゆき子は屋久島で死ぬ。

つとに指摘される通り、映画『浮雲』は林の小説のかなり忠実な翻案であり、台詞もしばしば原作のものがそのまま使われ、粗筋レヴェルで影響するような大きな変更はなされていない。

水木洋子の肖像

成瀬巳喜男（一九〇五－一九六九）は東京・四谷の職人の家に生まれ、小学校卒業後、年若くして松竹蒲田撮影所に入った。一九三〇年代には山中貞雄と並ぶ新時代の旗手として批評的に高い評価を受ける。一九三五年にＰＣＬ（後の東宝）に移籍して以降、戦後も基本的に東宝で撮り続け、家庭を舞台に日常の描写に優れたメロドラマの名作で知られる。そうした意味で、家庭の外を彷徨う男女を描いた『浮雲』は間違いなく代表作でありながら、異色作である。[4] 林芙美子（一九〇三―一九五一）は北九州の門司に非嫡出子として生まれ、母と義父とともに行商人をして育った。尾道高等女学校卒業後に上京し、カフェの女給など様々な仕事をしながら詩や小説を書き、自伝的な『放浪記』（一九二八年）で一躍流行作家となった。『浮雲』（一九五一年）は完成させた最後の小説であり代表作とされる。成瀬は『浮雲』のほか、林の未完の遺作『めし』（一九五一年、東宝）に始まり、『稲妻』（一九五二年、大映）、『妻』（一九五三年、東宝）、『晩菊』（一九五四年、東宝）、そして『放浪記』（一九六二年、東宝）まで合計六本の林芙美子翻案を監督している。映画産業の視点から言えば、『めし』の興行的成功をもう一度、という企画ではあるが、林と成瀬は、社会の最下層に生まれ腕一本で昭和を代表する芸術家となった点で共通しており、周縁化された女性の欲望を生活描写のなかに分節化することにともに秀でていた。

一方、水木洋子は一九一〇年、高木富子として東京・京橋の問屋に生まれた。[5] 芝居や文芸に親しんで何不自由なく育ち、東京府立第一高等女学校を卒業後、日本女子大学を経て文化学院を卒業している。すなわち、水木は戦前日本の女性に国内で可能だった最も高い教育を受けたと言える。一九三二年に左翼劇場に俳優として出演し、三五年に『クレオパトラ美容室』で商業演劇の劇作家としてデビュー、やがてラジオドラマに活躍の場を広げた。戦後、ロシア語の師であった脚本家の八住利雄の薦めで、亀井文夫監督『女の一生』（原作は徳永直の一九三九年の小説『ひとりだち』、東宝、一九四九年）で映画の脚本を書き始める。[6] 戦前の日本映画界には林義子、鈴木紀子、水島あやめなど、ごく少数ながら女性脚本家がいたが、[7] 映画界も日本全体も極端な男社会だったためキャリアが長続きせず、連合軍占領末期のこの時期には、女性脚本家は皆無の状態だった。水木自身の一九五一年の言によれば、「たまたま戦争に負けたおかげで民主主義ということになり、「女性もの映画」の忍服の美徳を讃える過去の女主人公を打破して、女性を新らしい眼で見直す気風が、映画企画にも現れ、丁度それを描くには女性の作家に頼もうという、ごく新しい一部の人達の試みに私が呼ばれて、ほんとうに試験的に『女の一生』のシナリオを書いたのが、映画への第一歩だった[8]」という。

日本映画の第二の黄金時代である一九五〇年代、水木は最も高く評価され、輝いている脚本家であった。二〇一〇年の時点の集計によれば[9]、水木洋子は脚本作が映画批評誌であり業界誌である『キネマ旬報』ベストテンに入ること十七回で、第一位に限ると、『浮雲』のほか『また逢う日まで』（今井正監督、一九五〇年、東宝）、『にごりえ』（今井正監督、一九五三年、文学座・新世紀映画社製作、松竹配給）、『キクとイサム』（今井正監督、大東映画製作・松竹配給、一九五九年）、『おとうと』（市川崑監督、大映、一九六〇年）の計五回と最多である。もちろん、『キネマ旬報』の順位が示すのは映画作品の内在的価値（というものがあると仮定して）ではなく同時代の評価であることは言うまでもない。私が確認しておきたいのは、日本の映画文化において長らく作品評価の指標とされ、小津安二郎のような作り手たちも順位を気にした『キネマ旬報』ベストテンにおける水木の高い評価である。

図1　「水木洋子」,『キネマ旬報』1953年3月下旬号,〈映画人クロースアップ〉。

さらに特筆すべきことに、水木は一九六〇―六一年度日本シナリオ作家協会会長を務めている。同協会は一九三六年に設立された映画（後にテレビも含む）の脚本家の協同組合であり、労働組合ではないとはいえ、著作権の擁護を中心に活発に声を上げ、影響力を保持してきた。二〇二三年まで、水木はこの協会の歴史における唯一の女性会長であった[10]。この点はこれまであまり強調されてこなかったので、何度でも繰り返し述べたい。また、水木は、現在のところ、同協会が作家として顕彰し出版する「人とシナリオ」シリーズに取り上げられた——つまり、同業者によって正典化された——唯一の女性脚本家である。[11]

とはいえ水木は、男社会のなかの「紅一点」に収まって悦に入るようなお目出度い女ではなかった。管見の限り彼女は、撮影所システム時代の日本にあって最も一貫してかつ意識的にフェミニストとして発言を続けた女性映画人である。例えば——『キネマ旬報』一九五三年三月下旬号に、自宅の床の間を背に机に向かい遠くを見つめる水木洋子のポートレイトとともに、以下のようなコメントが載った（図1）。

毅然とした男まさりの風貌、羽織着物の好みも渋く、どことなく近よりにくい感じがする。言うならば、女らしい甘さが乏しい感じだ。〔……〕言葉つきは幾分ゾンザイだが、水木さんに逢ったひとは誰でもきっと、人好きのする小母さんだなと思うだろう。この小母さん、煙草もすうし、お酒も相当にいけるのだから、なかなかに話せる。ニチャニチャするような女の甘さはないかも知れないが、女のやさしさに欠けているわけではない。[12]

この匿名記事の問題点について、現在ではわざわざ指摘する必要はあるまい。重要なのは、水木が月刊誌『文藝春秋』誌上で即座にこれに応答していると思われることだ。

三十六七から四十ともなれば、男は働き盛りでこれからと云われるのに女は職場で「おばさん」などと言われる。

公の席上であの年増といわれ、公開の文書で三十女などと書かれる。そして色気があるとかないとか、一体これは何んの価値評価として云われなければならないのだろう。しかも自分と同年輩、または年上の男性が仕事にそくしてわざわざこういう言いかたをつけ加える。[13]

こうした問題は決して些細なことではない。水木は社会におけるこのようなマイクロアグレッションを鋭敏に感じ取り、的確に概念化、言語化する能力に恵まれており、その力は脚本家としての彼女の資質と不可分であった。

総動員体制下の女性活躍と南方徴用

では、社会の差別構造に対する鋭い感覚を持つフェミニスト脚本家は、南方徴用にどのように応じていたのだろうか。南方徴用とは、元々、民間人が国家総動員法・国民徴用令によって徴用されて戦地もしくは占領地であった東南アジアに送られ、陸海軍に「軍属」として勤務したことを指す。任期は通常では一年、作家や批評家、画家、漫画家、映画作家などの文化人やジャーナリストの場合、職務内容は戦地のレポートや紀行文を発表して日本の戦争と大東亜共栄圏を正当化し、広義のプロパガンダに奉仕することだった。[14] 一九四二年十月末、窪川(佐多)稲子、林芙美子、野澤富美子、横山美智子、美川きよ、小山いと子、川上喜久子、阿部艶子とともに「従軍女流作家」として陸軍に臨時徴用された水木洋子は、広島県宇品を発ち、病院船を偽装した船でシンガポールに向かう。[15] なお、水木や林ら女性作家の陸軍における身分は嘱託であり、赤紙に対して「白紙」と呼ばれた徴用令書を受けて出頭し、身体検査で適格と判断されれば軍属となるしかなかった男性文化人とは、強制性の有無や軍における立場に違いがある。[16] 水木ら一行は同年十一月十六日にシンガポールに到着。林芙美子は十一月二十三日にはマレーシアのジョホールに発ち、最終的にインドネシアへと向かっている。水木も十二月六日、船でラングーンに発った。七日間の船旅を経て十二月十二日にラングーン着、一九四三年三月二日までビルマに滞在、各地を視察し、日本語新聞『ビルマ新聞』に滞在記を連載した。タイ、シンガポールを経て三月末に帰国、その間に雑誌に発表した紀行文や印象記を纏めて一九四四年に出版した『アラカンの菊』は水木の最初の単著となった[17]。

女性作家の南方徴用については一九八〇年代以降研究が進められ、日中戦争においてすでに従軍記を華々しく発表していた林芙美子については、とりわけ充実した議論の蓄積がある[18]。こうした研究の出発点には、戦争とは男性が男性原理に基づいて起こすものであって、女性はその無力な被害者である、という未だにしばしば耳にする通説への疑義があった。女性は戦前の日本社会において参政権もなく、財産については禁治産者と同じ扱いを受け、高等教育の機会を概ね奪われるなど、ジェンダーに基づく圧倒的な不平等が存在した。総動員体制は、このように劣位に置かれ、周縁化された女性たちを包摂し、役割を与え、積極的に戦争参加する主体として国民化してゆく装置であったとも言えるだろう。帝国日本のこうした女性の国民化のプロセスにおいて、被支配者、被占領者たる東南アジア人は、見下し教育すべき対象たる他者として重要な意味を持った。水木洋子の南方徴用がまず、こうした「女たちの戦争責任」「銃後の女性の国民化」という枠組みで捉えられなければならないのは言うまでもない[19]。

一方、『浮雲』の生成を巡って言えば、南方徴用は水木が林芙美子と出会い友情を育む機会となった。さらに、大久保清朗が一次資料に基づいて明らかにしたように[20]、水木はこの南方徴用において『ビルマ新聞』の編集長をしていたジャーナリスト前川静夫と出会い、二人はちょうど富岡とゆき子のように恋に落ちた。既婚者であった前川と水木の情事が一九五二年頃に再燃し、『浮雲』公開と前後して終わっていたこと、この三者の関係を考えたとき水木は単なる脚本家＝翻案者ではなく、ゆき子のモデルであった可能性まであることについては、大久保の丹念かつ大胆な考察を参照してほしい。現在、市川市文学ミュージアムの水木洋子文庫に所蔵された前川静夫の十六通にのぼる手紙は前川の遺族によって閲覧が禁じられている。そのため、資料の再検証を行うことは叶わなかったが、私は水木とゆき子の間の同一性は限定的ではないかという立場を取る。文化人に限らず、南方に動員された若い女性と現地に働く男性との間の現在で言うところの「不倫」はよくあることだったに違いなく、仮に林が水木から「恋バナ」を聞く機会があったとしても、自らの経験も含めて沢山ある参考事例の一つに過ぎなかったのではなかろうか。また、水木の側でも、一九三八年に当時東宝の助監督だった谷口千吉と結婚し半年ほどで離婚してからは、劇作家・脚本家という職業を持ち経済的に自立した大人のシングル女性として、婚姻制度に縛られることなく恋愛や情事を楽しんで（少なくともそのような作家ペルソナを随筆や座談会を通して構築して）[21]いたのだから、前川は思い出すに足る複数の男の一人という程度だった可能性もある。水木自身、ほぼ同時期に封切られた山本有三の同名小説を原作とした脚本作品『女の一生』（中村登監督、松竹大船、一九五五年一月二十九日公開）のヒロインで医師免許を持つ允子《まさこ》と比べたうえで、「ゆき子の悲劇は、男性にすがらなければ生きられないところ[22]」であったと、いささか突き放した書き方をしている。

本章が提示する『浮雲』分析の戦略は、脚本家とヒロインの間に内的な共鳴の響きを聞き取るものではない。そうではなく、林、水木、ゆき子の三人を、女性というジェンダーによって、さらには「娘・妻・母」という規範的な――つまり、男性との関係性によって規定される、家父長制的な――役割からの逸脱によって、そして、日本の占領地（外地）という辺境に、正直に言えば何だかわからない曖昧な任務を担って、しかしながら大日本帝国軍によって臨時徴用されているという立場によって、二重三重に周縁化された存在とみなすことである。こうしたポジショナリティを原作者、脚本家、登場人物の三者に見出すことには格別の利点がある。これまで多くの『浮雲』のポストコロニアルな読み手たちが繰り返してきた説得力もあれば倫理的でもある読み――戦争中、侵略者・植民者として仏印ダラットという楽園でさんざんいい思いをしてきた富岡とゆき子が敗戦後の内地で餓え、堕落してゆくのは当然の報いだ、という解釈――を乗り越えることができるからだ。[23]堀口典子がすでに明確に主張している通り、[24]周縁化されたポジショナリティは、決して女性を日本帝国の臣民として加担した搾取や収奪から免罪するものではない。しかし、水田宗子が先駆的な論文のなかで示したように、[25]日本の官僚組織のなかで意義のある役割を担い、内地には妻や母がいる富岡は、どんなに窮乏して自堕落な生活を送っていようとも、彼女らとは決定的に違うのである。

南方に徴用された女性作家たちの主たる職務は、女性の視点から大東亜共栄圏のイデオロギーを正当化し、日本軍人の真摯な働きぶりを主に銃後に向けて伝えるというものだった。水木も、ビルマの男性政治家の妻や女性作家と会ってレポートし、日本の「兵隊さん」の素直で真面目なさまを伝える文章を書いている。とりわけ、ビルマ女性に対して「五十年の後には、必ず東方より、ビルマを救う神兵がやってくると、貴女の国の僧侶が予言したという、丁度その五十年目、まさしく東の国、日本から、皇国の兵たちが、怒濤のように進撃して、ビルマ全土を守り始めました」と語りかけ、ビルマ女性の発言として、「どうぞ日本の婦人たちに伝えて下さい。日本の人のこころの美しさを、どうぞ私たちにも教えて下さい。私たちのお姉さんとしてどうぞ、指導して下さいますように……」[26]と言わせている『アラカンの菊』冒頭エッセイなど、露骨なプロパガンダとしか言いようがない。日本は兄／姉として南下し、東南アジア諸国を西洋の軛から解き放ち、近代化へと導くというのだ。

一方で、ビルマの中流家庭に招かれた様子を描写する水木の筆致には活力がある。

私がラングーンへ着いた翌日、初めてビルマ人の家庭へ招かれて行ったが、そこは、中流程度の家で、姉はアナウンサー、妹はタイピスト、それに母親と女学生の末娘の四人が、美味しい手料理を盛沢山に、殺風景な板造りの二階で御馳走してくれたが、その間、柱にもたれて立ったり、露台に立て膝をついたり、何か、あちらこちらに、ぽかんとしている男性諸氏がいるのである。

私は食事をとる間、この不思議な男性諸氏の存在が気になって、時々食事の手を休めては眺めたけれども、彼氏たちは、平然と立ったり坐ったりしている。ここの習慣では、客に御馳走をする時に、主人側は一緒に食事をとらず、専ら接待係で終始するとのことではあるが、それだけでさえ、あたかも、がら空きの料理店で、そちらこちらに林立する手持無沙汰の給仕に眺められているような、てれくさい気分である。[27]

ここには、パワフルに御馳走を振る舞う女性たちと所在なげに立っているその兄弟に対する鋭い観察眼と繊細なユーモアを見て取ることができる。もちろん、一方ではこの「招待」「御馳走」のシチュエーション自体が、徹頭徹尾、占領軍の一員である女性文化人と被占領エリートの力学によって生み出されている。また、こうした描写がある種の「遅れたビルマ」像を描き、占領を正当化するために使われる可能性もある。しかしながら、家庭空間におけるミクロな権力関係に好奇心を持つ水木のフラットな視線が伝わる。

臨時徴用された女性文化人の立場は微妙なものだったのではないだろうか。活字になる出版物にはネガティヴな経験はもちろん何一つ書かれていない。しかし、戦況が緊迫した地域であればあるほど、物見遊山に来られても……と軽んじられることもあったに違いない。例えば、林や水木と共に宇品からシンガポールに向かい、シンガポールで別れてフィリピンに派遣された作家の川上喜久子と評論家の阿部艶子に関しては、軍の現地における宣伝戦略の機微にまったく気づかない様子が伝えられている。[28]

けれども、逆にこうした曖昧な立場であるからこそ気づくこともあっただろう。少なくとも水木は、一九四二年十二月十日、シンガポールからラングーンに向かう船のなかでつけた日記に、司政官として赴任する官僚たちについて、振る舞いを微細に描写したうえで、「彼等は、高等官というのを鼻の先にぶらさげて、少しでも他より優位に立とうとし、鼻持ちならぬ連中である」と辛辣な意見を書き付けている。続いて、船底の空間を共有した兵隊について、

兵隊は無邪気である。私達の下段には、兵隊が床下に転ぶ様に並んでいる。彼等は、ジャワ海戦の様子を語り合い、又病院船魚雷命中のけいけんを誇楽しげに語る。そして、彼等は事もなげに、現地の女をＸＸし

た話をしている。インドネシヤは駄目だとか、娘なのだとか、無邪気に語る中に、聞いているものには、恐ろしい感じがした。かくも獣の如く、無神経になって、帰還した時、神の如く、尊敬の眼で眺める人達。

でも、それは、ぜいたくな考えかもしれない。戦争とは、要するに勝つことなので、小さな問題は、それからなのだ、とも思わなければならない。[29]

占領軍兵士による現地女性に対する性暴力は「小さな問題」ではない。つけることを禁じられていた日記に書きとめつつ、自らに言い聞かせて宥めているのは、水木の感じた違和の深さを物語る。水木は日本の陸軍に臨時徴用されている以上、このような性暴力の加害者側に属しており、と同時に「恐ろしい感じ」はいつ被害者に転じるかもわからない危うさと結びついているだろう。女性文化人の南方徴用は、戦前日本における国家と女性の間の包摂と排除の論理の縮図とも言える。[30]

『浮雲』再考――女たち

水木洋子は、一九五四年十一月、「私のシナリオ作法」という文章を発表している。十三ページあまりの短いものだが、キャリアの絶頂にあった脚本家が『浮雲』の執筆と重なる時期に具体的に創作の作法を開陳した極めて有益な二次資料である。そのなかで水木は、「箱書き」の重要性を強調する。[31]「箱書き」は、私が知る限り日本の映画文化に特有の脚本執筆の工程であり、実際の台詞とト書きの執筆に先立って、映画の時空間の構成――映画ナラトロジーの用語で言うなら、ストーリー、プロット、スクリーンの持続と順序・配列――を一覧性のある形式で視覚化するものだ（**図2**）。なお、現在、水木洋子の『浮雲』箱書きはすべてデジタル化されており、市川市文学ミュージアムのサイトで閲覧可能である。[32]

小説でも、脚本でも、映画でも、『浮雲』は、ゆき子が引き揚げてきた敦賀から始まる。林芙美子の原作には敦賀の町の宿屋での情景があるが、箱書きを見ると、この時点ですでに、水木が「引揚」という歴史的にも『浮雲』の作品世界にとっても重要なエピソードを、港のショットだけに圧縮することを決めていたことがわかる。水木のト書きを見てみよう。


（F I）敦賀港（初冬）

南方からの引揚者達が船から降りて来る。慰安婦、芸者達の群、そして看護婦、タイピスト、事務員風の、おびただしい女ばかりの群の中に冬支度のない幸田ゆき子もいる。

出迎えの人々に涙の抱擁をする中を、ゆき子は独り、もまれて行く。[33]

これは林の原作第一章の以下のようなくだりに基づいていると思われる。ゆき子は敦賀の宿屋にいて、廊下からは女たちが挨拶する声がする。

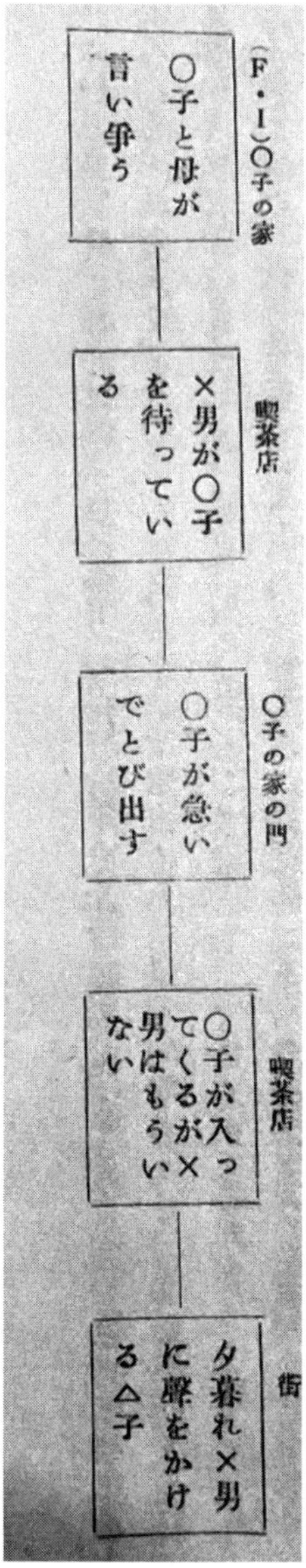

図2　水木による箱書きの図解，「私のシナリオ作法」，226頁。

女の声を聞いてゐると、ゆき子は、あの女達も、それぞれの故郷へ戻つて行くのだらうと、誘はれる気がした。ゆき子が、船で聞いたところによると、芸者達は、プノンペンの料理屋で働いてゐたのださうで、二年の年期で来てゐた。芸者とは云つても、軍で呼びよせた慰安婦である。──海防の収容所に集つた女達には、看護婦や、タイピストや、事務員のやうな女もゐたが、おほかたは慰安婦の群であつた。こんなにも沢山日本の女が来てゐたのかと思ふほど、それぞれの都会から慰安婦が海防へ集つて来た。(34)

図3　引き揚げてくる女たちとゆき子(『浮雲』)。

右述の「シナリオ作法」において、水木は、ト書きでは、「要するに、画面が眼に浮かぶことが第一であり、カメラが、どこに焦点を置くか読んでいて自然にわかるような文章がいいのだと私は思う」と述べている。ここで水木が言う「焦点」は、キャメラのフォーカスというリテラルな意味ではない。すぐに例を出して詳しく述べている。

同じ夫婦喧嘩が行われている場面でも、女のアップから入るか、二人のロングから入るか、うしろ向きか、二人の膝からか、いろいろ考えられるのだが、脚本に関する限り、その作者が絶対にこれとねらった焦点はたった一つしかないと思う。それがト書の中に、ピンと感じられるような文章、しかも、画調と、テンポを意識においた文章が必要であると私は思う。(35)

それでは、冒頭のト書きにおいて、原作から水木が受け継ぎ、自らの経験をも恐らくは注ぎこんで、「これとねらった焦点」とは何だろうか。引き揚げてきたゆき子が、性労働者をはじめとした女たちの一人であること、女たちと共にあること、そして、かつ、肉親に迎えられることもない「独り」であること、ではないだろうか。

映画『浮雲』は、タイトルロールから溶暗を経て港から引揚船を臨むと思しきロングショットにフェイドインし、「昭和二十一年　初冬」という字幕が浮かぶ。続いて国民服姿の男や赤ん坊を背負った女が下船してくるさまを俯瞰気味に捉えたフルショット、岸壁をこちらに向かって歩いてくる引揚者の群れのロングショットが重ねられる。これら三ショットは、大久保が明らかにしたように、[36]『日本ニュース』戦後版第六号「故国の土を踏む——南方引揚同胞」（一九四六年二月二十一日）から抜粋したものだ。一方、四番目に続くのは、岸壁を歩く引揚者たちを背景に、荷物を背負い軽いジャンパーを寒そうにかき寄せるゆき子のウェストショットであり**（図3）**、高峰秀子とエキストラを使ってロケ撮影を行ったと考えられる。水木の「焦点」が観客にどの程度伝わるのかは疑問である。成瀬巳喜男所蔵台本では、ト書き「南方からの引揚者達が船から降りて来る」の後に、「昭和二十一年　初冬」と書き込まれているだけだ。[37]しかし、「出迎えの人々に涙の抱擁」は予算もしくは演出上の問題から割愛されているものの、ゆき子の斜め後ろの女性の緩い胸元、派手なショール、化粧など、水商売風に作ってある。水木のポイントは成瀬にはしっかり受けとめられている。

回想のダラット

続く十五分ほど、敗戦後の東京での富岡とゆき子の再会に重ねて、ゆるやかに、しかしはっきりとゆき子の想起という形を取って、ダラットでのグラマラスな生活と二人の出会いのシーンが挿入されてゆく。まず、荒廃した東京の郊外——脚本では目白、映画では代々木上原——に富岡が妻と母と暮らす自宅を訪ね、着替えてくるという富岡を、焼け残った蔵の前に佇んで待つゆき子の腰上ショットに、回想がディゾルヴで重ねられる。少々長くなるが、水木の脚本を引用しよう（八〇頁）。

6　ダラットの宿舎（回想）

富岡が見違えるほど瀟洒な姿で、テラスへ上ってくる。
テラスでは、牧田所長と加野事務官が、ジンフィーズを飲んでいる。
並んだ奥の部屋から白絹のワンピースで、ゆき子が爽やかな姿を現わす。
盛った果物を運んでくる安南人の女中。
牧田「やあ幸田さん、こっちへいらっしゃい。日本からは、道中が長いんで疲れたでしょう」
富岡「只今……」
と、書類を、牧田の前に置き廊下の方へ去ろうとする。
牧田「あ、富岡君、サイゴンで君、幸田さんと会わなかったかね。一緒の宿舎だったんだよ」
加野「今度、タイピストでここへ…………」
牧田「君、初めてか？」
富岡「え。一面識もないです」
牧田「そうかい（ゆき子に）こちらは、やっぱり本省から来た富岡兼吾君だ。三月前にボルネオから転任して来たんだ」
ゆき子「幸田ゆき子です……」
富岡「は。（そっけない）」
加野「（ゆき子に）内地はどうです。段々住み辛くなってるそうですが、ここにいれば極楽みたいでしょう」
富岡は離れた椅子に頭を凭れさせ、煙草をくゆらしながら書物をひろげる。

牧田「軍の目的はとも角、我々は自分の職分に従って、森林を守ってればいいんだから……はは」
富岡「明日、パスツールの規那園栽培試験所へ行って来たいと思います。一度その書いたのに眼を通しといて下さいませんか」
ぼそりと云って、さっさと、廊下の奥へ去って行く。
ゆき子の声「変った方ですのね…………」
牧田の声「風変りだが、なかなか情の深い男でね、あれで……」
加野の声「三日に一度は、奥さんにきちんと手紙を書いたり、ミッチェルの口紅なんか送っりしてね、はっは」
牧田の声「責任感の強い男で、一旦引受けたら、仕事は間違わない男ですよ」
富岡の後姿、消える。

図4　ゆき子と富岡の最初のアイコンタクト（『浮雲』）。

成瀬は水木の「焦点」を受け止め、それをより明瞭にする形で小さな変更を加えて演出と編集を行っていると私は思う。この回想は、「爽やか」な淡色の小花柄ワンピース姿（「白絹」は次の日のシーンで使われる）のゆき子が洋館の階段を降りてくるロングショットで始まり、辺りを軽く見回すゆき子のアクションで同軸の腰上ショットにカットする。多くの論者が指摘してきたとおり、小説『浮雲』がゆき子ばかりではなく富岡を含む複数の視点あるいは心理的フィルターを通して語られるのに対して、映画『浮雲』はゆき子の視点から――もちろんリテラルな視点ショットではなく――語られている。[38] それは、水木が箱書きの時点で明確に決定していることである。成瀬は、だからこそ、フラッシュバックの定石に従ってこのシーンをゆき子のショットで始めている。一方、成瀬が原作に立ち返って匂わせたサブテキストもある。小説では、ゆき子はサイゴンのホテルで一人無遠慮に酒を飲んでいる見知らぬ男に惹かれ、それがダラットで富岡であるとわかる。[39] 水木の脚本はこの可能性を排除しているが、映画は三ショット目、ゆき子が歩み出たテラスに白いサファリ服の富岡が上がってきてすれ違うロングショットで二人のアイコンタクトと会釈を示し（**図4**）、富岡の「え、一面識もないです」という台詞を消去している（成瀬台本でも取消線）。

安南人の女中

さらに、二人の公式な出会いという物語内の重要な出来事以上に私が注意を促したいのは――なぜなら水木と成瀬が明らかに注意を促しているからであるが――「安南人の女中」である。「一度その書いたの〈これ〉に眼を通しといて下さいませんか」（成瀬台本）と言って富岡が画面右へ退場するタイミングで彼女は果物ではなくグラスをのせた盆を持って奥の扉から現れるが、ここで挿入される彼女の同軸のミディアム・クロースアップはただ事ではない。彼女は画面右、富岡の方へ視線を送り（**図5**）、そこでゆき子のミディアム・クロースアップに切り返して、彼女が富岡を見ていたことをゆき子が見ていたことを示す。（彼女は東宝撮影所の日本人女優である森啓子によって演じられており、今日の基準から言えばブラウンフェイスである。）紛れもなく、富岡の二人の日本人の同僚以上の「キャラクター」として描かれている。[40] 原作を読んだ者は、彼女がニウという名前であり、歳は三十ほど、富岡の子どもを宿し、金を与えられて故郷の村に返され、そこで出産したことを知っている。[41] このエピソードは脚本の段階で水木によってそぎ落とされているものの、得体の知れない重みが、彼女の所作と眼差しに充填されている。

ダラットでのディナーのシーンでも、彼女の存在、ゆき子との緊張関係が強調されている。このシーンで水木は原作にある台詞をほぼそのまま、しかし再構成して使っているが、「安南人の女中」を「焦点」として、下記のようなト書きを書いている（八〇―八一頁）。

富岡「〔……〕（女中に）おいコアントロウ」
　女中頷いて瓶を出してくる。彼女は富岡に対しては特別従順のようである。
〔……〕
富岡「いつまで、この生活が続くかな……勝つとは思えないよ」
安南人の女中、富岡に灰皿を運び、彼の胸の灰を、すっと払って行く。
　加野は、それを知っている。

図5　画面外右の富岡を一瞥する安南人の女中（『浮雲』）。

戦争に関しての富岡の台詞は省略され、灰を払うという安南人の女中の仕草は、灰皿を持ってくるというより普通のアクションと、ただならぬ視線の応酬へと成瀬によって翻案された。
原作を読んでいない本作の観客は、どの程度、「安南人の女中」に気づくのだろうか。私は初めてこの作品を見たときから三十余年、彼女のことが気になってきた。しかし、彼女の存在の意味はやがて明示される。スクリーンタイムにして十数分の後、ゆき子はアメリカ人青年ジョオとの関係を富岡に説明する（八四頁）。

富岡「どうして、知り合ったんだ？」
ゆき子「そんなこと、どうだっていいでしょう？　あの人も淋しいのよ。あなたが安南の女中を可愛がってた気持と同じよ」

仏印と屋久島

安南人の女中は、第一に、林芙美子、水木洋子、ゆき子に共有された地政学に基づくジェンダー化された権力関係に対する反省＝再帰的（reflexive）な思考を示す。すでに堀口が示唆したように[42]、軍事占領という圧倒的に非対称な関係のなかで、富岡と安南人の女中はまさにそうした権力関係を生き、日本の敗戦後、連合軍（事実上、アメリカ軍）による占領下では、ジョオとゆき子がノーマ・フィールドの言うところの「支配としてのセックス」を具現したのである[43]。本稿の冒頭に掲げたように、林芙美子は戦間期のパリで「印度支那のお嬢さん」として声をかけられ、それを否定して「ジャポネエなのよ」と答えたという。この逸話には少なくとも二通りの解釈が可能だ。まず、「私はあんたの植民地の女じゃないわよ、近代化された大日本帝国の臣民よ」といったニュアンスを読み込むもの。次に、この種のフランス男から見れば仏印だろうと日本だろうとアジア人の女に大した違いはなく、「アジア人の女」間の差異の抹消を可能にするジェンダー－世界システムに対する鋭敏な感受性を持っていた林が抵抗の身振りを示した、というもの。この二つの解釈は必ずしも相互に排他的ではないが、林のパリ日記を読んだ感じでは後者だと思う。

第二に、安南人の女中の前景化は、構造への思考を誘い、林による深く虚無的で非モノガミー的、複焦点の原作小説を、一人の男にひたむきに愛を捧げる女と最後にそれを受け容れる男の「情事」をめぐる、結局のところモノガミー的で純粋で単線的な恋愛映画に水木が書き換えた、という一般的解釈に亀裂を入れる。富岡が亡骸となったゆき子に紅を引いてやり、白絹のワンピースで微笑み振り返る仏印時代の彼女をフラッシュバックに見て慟哭する、という映画『浮雲』の名高いラストシーンに鑑みれば、この解釈はごく妥当なものである[44]。しかしながら、水木自身はこの説にいささか辟易としていた。後年、今井正との対談で水木は言っている。

私ね、銀座のバーでもって小津［安二郎］さんとバッタリ会った時ね「水木さん、あなたは情事をお書きなさい、情事をお書きなさい」って繰り返し言われたことがあったわ。プロデューサーの藤本［眞澄］さんも『浮雲』の主人公のような女が理想だ、踏んでも蹴られても男についてくる女っていいなあって言ってたわ。男の中の古さが、ああいう女に魅かれるのよね。あれはまさに情事なのよね。女もね、ひたむきな愛かもしれないけど理性がなく、情事にのめり込んでしまっている……。古いわよね[45]。

図6 「気持が晴々致しますね」と微笑むのぶ(『浮雲』)。

水木が別処で強調しているのは、このようなゆき子像も、線形的な語りも、彼女の情念の迸りなどではなく脚本家としての計算と技量の産物であるという、考えてみれば当然のことだ。『浮雲』における台詞の量の配分について語るなかで、水木は言う――「男をめぐる女たち、即ちアンナン人、妻、殺される女、のみ屋の少女、島の未亡人は、ゆき子の主観から見た印象を強く打ち出すためと、ゆき子を際立たせるためにわざとセリフを避け、言葉少なく動作で描いています[46]」。ここで富岡をめぐる女たちとして、安南人の女中、妻・邦子、おせい、おせいのアパートのそばの飲み屋の娘アヤ子、屋久島の未亡人のぶが列挙されていることに注目しよう。つとに指摘されるように仏印ダラットの不可能な反復として屋久島があるなら[47]、構造的に安南人の女中に対応するのはのぶである。のぶは水木と成瀬によってそのように造型され、富岡のポストゆき子の女としてゆき子との純愛を歌い上げる結末に冷や水を浴びせる。

のぶを演じるのは不気味さの醸成において他の追随をゆるさぬ名優・千石規子である。屋久島の官舎の手伝いをしているのぶは、富岡とゆき子の到着を出迎え、脚本では履物を揃えたり茶をいれたりすることになっているが、成瀬はゆき子の布団を敷かせている。晴れ上がった次の日、ガラス戸を開けて「こんないい日はめったにございません……」と、視線を合わせずに瞬きしながら言い、息をのんで微笑みを作って富岡へ振り返り、「気持が晴々致しますね」と言うのぶは腰上ショットで捉えられる（図6）。すぐに横たわるゆき子のバストショットが続いて、のぶが富岡に微笑みかけていたことをゆき子が見ていたことが知らされる。出がけの富岡と軽口を交わしながらもゆき子がのぶを意識しているのは、窓枠でのぶを捉えたフレーミングの繰り返しによって強調される。ここでもまた、奥の間仕切り（ドア／障子窓）によって外部と接続された空間において、もう一人の女、富岡、ゆき子の三者の間で視線のリレーが交わされており、安南人の女中とのぶとの相似は演出とデクパージュにおいても形成されている。

林芙美子によって因果性を廃して散りばめられた殺伐とした欲望や激情、諦念や悲哀——小説『浮雲』では、のぶは富岡と無関係に望まない妊娠をしており、死の床にいるゆき子の傍らで家庭向け医学書を読みながら中絶の算段を考えており、ゆき子の死後を描く最終章で富岡は鹿児島に行き、薄汚れた赤いドレスの娼婦を買う——を、水木洋子は線形的でロマンチックな商業映画の脚本へと紡ぎ上げた。しかしながら、ミクロな権力関係を観察し分節化することに秀でていた水木は、植民地支配と軍事占領についての反省＝再帰的思考を物語の異物として機能する女たちとして造型した。成瀬巳喜男は、その類い希なるジェンダーと映画に関する知性によってこれを受け止め、画面として結実させたのである。

【注】

(1) 林芙美子『愉快なる地図——台湾・樺太・パリへ』Kindle版、中公文庫、二〇二二年（初出『日本国民』一九三二年十一月号）。後述のとおり、『浮雲』の原作者である林芙美子はシベリア経由で一九三一年十一月二十三日にパリに到着、三二年六月まで滞在した。

(2) Robert Stam and Ella Shohat, “Film Theory and Spectatorship in the Age of the ‘Posts,’” in *Reinventing Film Studies*, ed. Linda Williams and Christine Gledhill (New York: Oxford University Press, 2000), 390.

(3) 資料の閲覧をお許しくださった市川市文学ミュージアムの平澤氏、関口氏、世田谷文学館の宮崎京子氏に深く御礼申し上げる。

(4) 『浮雲』の映画作家・成瀬のフィルモグラフィにおける位置づけについては、蓮實重彦「寡黙なるものの雄弁——戦後の成瀬巳喜男」、蓮實重彦・山根貞男編『成瀬巳喜男の世界へ』筑摩書房、二〇〇五年、六二—一〇四頁、を参照。

(5) 水木洋子の伝記的な事象については、加藤馨『脚本家・水木洋子——大いなる映画遺産とその生涯』（映人社、二〇一〇年）の記述に拠った。

(6) 亀井文夫監督『女の一生』については、拙稿「妻の選択——戦後民主主義的中絶映画の系譜」、ミツヨ・ワダ・マルシアーノ編『「戦後」日本映画論——一九五〇年代を読む』青弓社、二〇一二年を参照。

(7) ここで挙げた三人の女性脚本家については、それぞれ下記を参照。森宗厚子「「日本初の女性脚本家」再考——一九二〇年代後半日活における時代劇の脚本家・林義子」、『映画研究』第一三巻、二〇二三年、四—二五頁、池川玲子「戦時下日本映画の中の女性像——『チョコレートと兵隊』再検討」、『歴史評論』第七〇八号、二〇〇九年、四六—六〇頁、因幡純雄『日本初の女性脚本家・少女小説家　水島あやめの生涯』銀鈴叢書、二〇一九年。

(8) 水木洋子「戯曲とシナリオと放送劇」、『Demos』一九五一年十二月号、一〇頁。

(9) 市川市文学プラザ編『生誕100年 脚本家 水木洋子』市川市文学プラザ、二〇一〇年、二七—二九頁。

(10) 「沿革」、日本シナリオ作家協会。https://www.j-writersguild.org/categorized-entry.html?id=3099（最終アクセス二〇二五年一月三十日）。

(11) シナリオ作家協会編『水木洋子　人とシナリオ』シナリオ作家協会、一九九五年。本シリーズの目的やに取り上げられた他の脚本家については、「書籍シリーズ「人とシナリオ」」日本シナリオ作家協会、https://www.j-writersguild.org/categorized-entry.html?id=3196

（12）無記名「水木洋子（シナリオ作家）」、『キネマ旬報』一九五三年三月下旬号。

（13）水木洋子「女と職業」、『文藝春秋』一九五三年五月号、三八頁。

（14）中野聡『東南アジア占領と日本人——帝国・日本の解体』岩波書店、二〇一二年、四—六頁。

（15）以下、南方における水木の行程や活動については、加藤馨『脚本家・水木洋子』、一一一—一二七頁。

（16）それゆえに例えば望月雅彦のように林芙美子や水木の南方派遣を徴用と呼ばない研究者もいる。望月雅彦「女流作家林芙美子、マレー半島を行く」、日本マレーシア学会会報『JAMS News』第四四号（二〇〇九年十一月十六日）。http://jams92.org/pdf/NL44/44(32)_mochizuki.pdf

（17）水木洋子『アラカンの菊』大同印書館、一九四四年。

（18）中川成美「林芙美子——女は戦争を戦うか」神谷忠孝、神谷一信編『南方徴用作家』世界思想社、一九九六年、二三九—二五八頁など。

（19）加納実紀代『女たちの〈銃後〉』インパクト出版会、一九九五年、岡野幸江・北田幸恵・長谷川啓・渡邊澄子『女たちの戦争責任』東京堂出版、二〇〇四年。

（20）大久保清朗「作劇と情熱——水木洋子の『浮雲』脚色」、『表象2』月曜社、二〇〇八年、二二四—二四四頁。

（21）例えば、水木洋子・山田五十鈴「対談　女性はひとりで歩けるか」、『婦人倶楽部』一九五四年四月号、五八—六三頁。

（22）水木洋子「古い女　新しい女——『浮雲』と『女の一生』の主人公」、『北海道新聞』一九五五年二月十二日付、市川市文学プラザ編『脚本家水木洋子珠玉のエッセイ　一期一会』市川市文学プラザ、二〇一〇年、一二三頁。

（23）中古智『成瀬巳喜男の設計——美術監督は回想する』筑摩書房、一九九〇年、第九章「『浮雲』について」、川本三郎『成瀬巳喜男　映画の面影』新潮選書、二〇一四年、第六章「私たちって、行くところがないみたいね」、御園生涼子『映画の声——戦後日本映画と私たち』みすず書房、二〇一六年、一七二—一九二頁。

（24）堀口典子「移動する身体——林芙美子原作・成瀬巳喜男の翻案映画をめぐって」、斉藤綾子編『映画と身体／性』森話社、二〇〇六年、二二一—二二八、二四二—二五七頁。

（25）Noriko Mizuta, "In Search of a Lost Paradise: The Wandering Woman in Hayashi Fumiko's *Drifting Clouds*," in *The Woman's Hand: Gender and Theory in Japanese Women's Writing*, Paul Gordon Schalow, Janet A Walker, and Rutgers eds. (Stanford: Stanford University Press, 1996), 329-51.

（26）水木、『アラカンの菊』、二—三頁。

(27)　同上、一〇〇―一〇二頁。
(28)　中野、『東南アジア占領と日本人』、一八七―一八九頁。
(29)　水木洋子「水木洋子南方日記」、市川市文学ミュージアム所蔵。なお、水木の手稿の読解にあたっては、加藤馨『脚本家・水木洋子』、一一九頁の同じ箇所の引用に大きく助けられた。
(30)　桐野夏生が林芙美子の偽自伝の形式を取って書いた『ナニカアル』(新潮文庫、二〇一二年)は、フィクションの力を動員して国家と女性の包摂と排除のドラマとして南方徴用を描いている。同作のこの側面に光を当てる書評として、野崎歓「『ナニカアル』」*All Reviews*、二〇二一年十二月三十一日を参照。https://allreviews.jp/review/3502
(31)　水木洋子「私のシナリオ作法」、『文章講座　第五(創作方法　第二)』河出書房、一九五四年、二二六―二二七頁。
(32)　水木洋子〔浮雲〕／(箱書き)、市川市文学ミュージアム、登録番号 205220026。https://jmapps.ne.jp/icmol/det.html?data_id=5424　この箱書きは大久保清朗によって翻刻され(〔浮雲〕／〔箱書き翻刻〕、市川市文学ミュージアム、登録番号 105290009)、分析されている。大久保清朗「呪われた映画の詩学――『浮雲』とその時代」博士論文、東京大学大学院総合文化研究科、二〇一三年、二一七―二二四頁。
(33)　水木洋子「『浮雲』」、『キネマ旬報』一九五四年十二月上旬号、七九頁。本章の水木の脚本からの引用は映画の公開に先立って出版されたこの版に拠り、本文内では頁数を( )内に示す。日本の映画文化において、雑誌に出版されるのは脚本家にとっての決定稿である。
(34)　林芙美子『林芙美子全集　第一六巻』新潮社、一九五一年、五頁。
(35)　水木、「私のシナリオ作法」、二二九―二三〇頁、強調は原著者による。
(36)　大久保清朗「呪われた映画の詩学」、六〇―七七頁。『日本ニュース』戦後編第六号、NHKアーカイブス。https://www2.nhk.or.jp/archives/movies/?id=D0001310006_00000&chapter=003　大久保も記しているとおり、『日本ニュース』の撮影／取材地は神奈川県浦賀である。
(37)　水木洋子「浮雲(台本)」、収蔵資料番号 118170、映画監督・成瀬巳喜男旧蔵資料、世田谷文学館。以下、同資料は成瀬台本と記す。
(38)　この指摘は荻昌弘「『浮雲』評」、『キネマ旬報』一九五五年三月上旬号の、「水木洋子の脚本は、原作の幅の広さをゆき子という一線にしぼり上げて視点のと言ういつと集中をはかっている」(八三頁)を嚆矢とする。中川成美「林芙美子とその時代――成瀬巳喜男作品から」、『昭和文学研究』第一八巻、一九八九年、八四―八五頁。

(39) 林芙美子『林芙美子全集　第一六巻』、第五章。
(40) なお、ここで若き金子信雄が演じている加野は、小説ではゆき子に恋慕して刃傷沙汰を起こし、戦後も登場して死んで行く重要なキャラクターであるが、水木によって早い段階で割愛されている。
(41) 林の『浮雲』ではゆき子と出会った頃、富岡がニウと恒常的に肉体関係を持っていたさまが描かれており、ニウの顛末は第十六章で語られ、その後も富岡は折に触れてニウの匂いや肌を仏印の一部として思い出す。
(42) 堀口、「移動する身体」、二五〇―二五一頁。
(43) ノーマ・フィールド『天皇の逝く国で［増補版］』大島かおり訳、みすず書房、二〇一一年、四八―四九頁。
(44) ゆき子と富岡の二人の関係に軸足を置きつつも、こうした一般的理解の前提となる想起の人称性を越えた「無縁の時」を見出す優れた批評として、中村秀之『敗者の身ぶり――ポスト占領期の日本映画』岩波書店、二〇一四年、二一三―三二頁、がある。
(45) 「対談　水木洋子＋今井正」、『水木洋子　人とシナリオ』、三八一頁。［　］内は引用者による補足。対談は一九九〇年三月二十八日に採録され、『今井正全仕事』（映画の本工房ありす、一九九〇年）に掲載された。
(46) 水木洋子「シナリオのセリフ」、『水木洋子　人とシナリオ』、三六八頁。初出は『キネマ旬報』一九五六年十二月上旬号。
(47) とりわけ充実した成果として、羽矢みずき「二つの仏印／二つの屋久島――林芙美子の『浮雲』論」、『立教大学日本文学』第八一号、一九九八年、九三―一〇三頁。

戦争にあらがうフランス映画

――軍服の表象をめぐって

野崎歓

抵抗の記憶

フランス映画において、戦争の記憶をもっとも直接的に伝えるシネアストはだれだろう。第二次世界大戦に関してすぐさま思い浮かぶのが、ジャン゠ピエール・メルヴィルの名前である。

メルヴィルは一九一七年にパリで生まれ、一九七三年にやはりパリで没した。長編第一作『海の沈黙』（一九四九年）以来、遺作『リスボン特急』（一九七二年）に至るまで、一ダースほどの長編作品によって独自の作品世界を築き上げた監督である。自らのスタジオを拠点とするインディペンデントな製作スタイルを貫こうとしたその姿勢ゆえに、ヌーヴェル・ヴァーグの監督たちが先達として仰ぎ、ジャン゠リュック・ゴダール監督が『勝手にしやがれ』（一九六〇年）、エリック・ロメール監督が『獅子座』（一九六二年）、クロード・シャブロル監督が『青髭』（一九六三年）に出演を仰いだことでも知られている。

日本において、とりわけわれわれの世代にとっては、アラン・ドロン主演のギャング映画『サムライ』（一九六七年）がメルヴィル作品との出会いだった。幾度もテレビ放映されたのは、当時、日本では世界で最もハンサムな男とされていたアラン・ドロンの主演作だったためにちがいない。子どもたちは、監督が戦争中にどういう体験をしていたかなどということはまったく知らないまま、ドロンのクールなトレンチコート姿に憧れをかきたてられていたのである。(1)

はるかのちになって、ルイ・ノゲイラによる詳細なインタビューの書でメルヴィルの人生、とりわけその戦時下における経験を初めて知り、驚いたのだった。(2)

アルザスのユダヤ系家庭に生まれたジャン＝ピエール・グランバック、のちのジャン＝ピエール・メルヴィルは一九三七年末、二十歳で兵役についた。一九四〇年五月、ドイツ軍がフランスに侵攻した直後、ダンケルクの戦いに加わっている。同年六月、フランスはドイツに降伏。ジャン＝ピエールは兄とともにレジスタンスに身を投じた。一九四二年十一月、フランス全土がナチス占領下に置かれると、兄弟はスペイン経由でイギリスに脱出を試みるが、兄はピレネー山脈越えの最中に消息を絶った。その遺体はようやく一九五二年になって発見された。(3)弟はロンドンに逃げ延びて自由フランス軍の兵士となり、一九四四年五月、イタリアでモンテ・カッシーノの戦いに加わったのち、フランス解放軍に参加した。最終的に一九四五年十月に除隊になるまで、彼は八年間の長きにわたって兵士であり続けた。

「もし生きて帰れたなら、自分だけのための映画スタジオを作って映画作りをする」と彼が決意したのは、モンテ・カッシーノの戦闘の最中だった。また、尊敬する作家ハーマン・メルヴィルにちなむ姓を名乗り始めたのも戦時中のことである。ジャン＝ピエール・メルヴィルはまさしく、戦争のただなかで生まれたのだ。

ところが、モンテ・カッシーノにおける歴史に残る激戦を身をもって経験しながらも、メルヴィルはいわゆる戦争映画を撮っていない。そこには彼の映画の核心につながる選択があったのではないか。つまり、戦闘ではなく「待機」を描くという選択である。(4)

実際、『海の沈黙』から『リスボン特急』まで、メルヴィルの映画の主人公たちはつねに、ひたすら待機の状態にある。彼らの言葉少なさも、表情の乏しさも、儀式めいた立ち居振る舞いも、すべては彼らが来るべき事態に備えて、身も心も張りつめた状態にあることを示している。

そこにメルヴィル独特の美学を見て取ることができるが、同時にそれは、レジスタンスの記憶が彼の映画から戦後も決して消えることがなかった証左でもあるだろう。「レジスタンスの聖書」とまで謳われたヴェルコールの『海の沈黙』(一九四二年)を長編第一作の原作とした時点で、彼は映画作家としての自らのスタイルを選び取ったといってもいい。なぜなら、『海の沈黙』とは文字どおり、ひたすら沈黙するフランス人の姿を描いた作品だからである。登場人物は三人だけ。主人公の父と娘は家をドイツ軍に接収され、ドイツ軍青年将校との共棲を余儀なくされている。フランス文化をこよなく愛し、フランス語を淀みなく話すドイツ人将校に対して、父と娘は心を開かず、会話を拒み続ける。やがて将校は、ナチスの実態が残酷な暴力支配にあることを知って絶望し、自ら志願して最前線へ旅立っていく。一見何も起こらない小説であるだけに、各人物の意志の強靭さが際立つ。称揚されているのは組織立った軍隊による戦闘ではなく、個人による精神的な抵抗の貫徹なのである。

そうした個人的抵抗が、状況にひたすら耐える「待機」の姿勢をとおして、メルヴィルの犯罪映画やギャング映画の特質になっていくのだが、ここでは別の角度から映画と戦争をめぐる視点を探ってみたい。それは「軍服」の扱いという問題である。

軍服の威力

レジスタンス小説を原作とする作品によって名を挙げたメルヴィルが、レジスタンスを正面から扱う作品を撮ったのは約二十年ののち、ジョゼフ・ケッセル原作の『影の軍隊』(一九六九年)によってである。(5) 原作は『海の沈黙』同様、フランスがナチス・ドイツに占領されていた時期に地下出版され、熱い支持を集めた作品だった。メルヴィルは終戦後、すぐにこの小説の映画化を夢見るものの、より製作費が少なくてすむ『海の沈黙』を選択した。それ以来、ひたすら機が熟すのを待ち続けたのだった。

大物プロデューサー、ジャック・ドルフマンの協力をとりつけたメルヴィルは、作品冒頭、ナチスの兵士たちが行進するたったワンシーンのために二五〇〇万フランの資金を注ぎ込んだ。(6) 同じころにジャック・ドゥミ監督が撮った『ロバと王女』(一九七〇年)は、シャンボール城などにロケを行い、ドゥミ作品としては最大級の予算を使った大作だが、全体で製作費は五〇〇万フランだった。『影の軍隊』のナチスの行進がいかに高くついたかがわかる。凱旋門からシャンゼリゼへとドイツ軍兵士たちが行進するだけの場面とはいえ、これは前例のないスキャンダラスな撮影だった。何しろシャンゼリゼは戦後、毎年恒例の軍事パレードが行われる、愛国的な象徴性を帯びた場所である。その場所にメルヴィルはナチスの亡霊を出現させたのだ。一小隊をカメラに向かって直進、接近させ、あわやレンズにぶつかるかという瞬間まで長回しでとらえている。ひざを曲げずに歩くナチス式のしぐさを再現するため、メルヴィルは普通のエキストラでは満足せず、大勢の男性ダンサーたちを雇い入れて行進させた。もちろん画面の彼らはダンサーには見えない。映画においては何よりもまず軍服こそが、それをまとう者たちに即座にナチス兵士としてのアイデンティティを与えるのだ。

それに対して、リノ・ヴァンチュラ演じる主人公ジェルビエを始め、「影の軍隊」を形成するレジスタンスの闘士たちには制服などありえない。そのことによって彼らの存在は深い曖昧さを帯びることになる。いったい彼らの地下活動は何を根拠とするのか、彼らの暴力行使はどのように正当化されるのかといういぶかしい思いさえ、観客は抱きかねない。実際、レジスタンスの一員でありながらナチス・ドイツと内通した若者を監禁したジェルビエら三人の屈強な男たちが、裏切り者をどうやって殺してやろうかと本人の前で殺し方を議論する場面が、何とむごたらしく迫ってくることか。レジスタンスの闘士たちが活動の現場において、ときに非常な冷酷さを要求されたことが、痛烈に描き出されている。

映画『影の軍隊』の構成上の特色は、この前半で示されたレジスタンス活動家たちによる裏切り者の処刑が逆転されるかたちで、中盤以降、ナチスによるレジスタンス活動家たちへの迫害の連続が描かれていく点にある。若い密告者が強いられた、まもなく訪れるだろう死の瞬間をなすすべもなく待つという体験を、レジスタンス活動家たちのそれぞれが日々、耐え忍ばなければならないのだ。

「わが人生最良の時期、それは戦争の時期だった。あのころは勇気が美徳だった。恥ずかしいことだが、私は戦争を愛したのだ」。オリヴィエ・ボレール監督のドキュメンタリー映画『コードネームはメルヴィル』（二〇〇八年）の中で、メルヴィルはそう述懐していた。そこで称揚されている勇気とは、ひたすら耐え続ける勇気にほかならないことを、彼の映画は示している。戦争への愛はほとんど「運命愛《アモル・ファチ》」に近いかのようで、死の顔を間近に見ながら目をそらさない人間が身に帯びる崇高さに、メルヴィルは魅せられていた。その呪縛は、彼の名を高めたフィルム・ノワールの傑作群にも、まざまざと感じ取れる。メルヴィル流ノワールを確立した『いぬ』（一九六三年）のエピグラフ、「どちらかに決めなければならない……死ぬか、それとも嘘をつくか」は、レジスタンス活動家が始終、直面させられていた二者択一そのものだといえるだろう。

ここでメルヴィルの特質をめぐる分析を離れ、戦争と映画の関係についてより一般的な、大雑把すぎると思えるかもしれない仮説を提起してみたい。フランス映画においては、フランス軍人の「軍服」が非常に限定された役割しか演じていないのではないかという仮説である。そのことは、ナチス・ドイツの軍服がわれわれの脳裏にイメージとしてあまりに明確に刻みつけられているという事実とコントラストをなしているように思える。もちろん、第二次世界大戦の場合、早々と降伏したフランス軍が活躍する場面をそもそも作りにくいという事情はあるだろう。しかし、たとえばメルヴィルの経歴を紹介する際に触れたダンケルクの戦いや、モンテ＝カッシーノの戦いといったメルクマールをなす決戦を、スクリーンで再現しようとする意志を、フランス映画はあまり示してこなかったように思われる。ダンケルクの戦いについては、かつてアンリ・ヴェルヌイユ監督の『ダンケルク』（一九六四年）が撮られてはいる。しかしジャン゠ポール・ベルモンド主演とはいえ、映画史上に名を残した作品とはいいにくい。その作品の記憶は近年のクリストファー・ノーラン監督による『ダンケルク』（二〇一九年）によって上書きされてしまったというほかはない。

すなわち、アメリカ映画が戦争を正面から扱い、大がかりなスペクタクルとしてスクリーン上に描き出すことを得意とし、さらにはそれをおのれの重要な使命とさえしているのに対し、フランス映画はそうした役割をあまり熱心に果たしてこなかったのではないかと考えられるのだ。スター男優たちと軍服の関係が、その事実を端的に示している。トーキー以降に限っても、『ヨーク軍曹』（ハワード・ホークス監督、一九四一年）のゲイリー・クーパーから、『ディア・ハンター』（マイケル・チミノ監督、一九七八年）のロバート・デ・ニーロや、『トップ・ガン』（トニー・スコット監督、一九八六年）のトム・クルーズ、『アメリカン・スナイパー』（クリント・イーストウッド監督、二〇一四年）のブラッドリー・クーパーに至るまで、ハリウッドの各時代を画す人気男優たちの代表作のうちにはつねに、戦争映画の傑作が含まれている。彼らは軍人としての姿によってスクリーン上のヒーローとしての資格を獲得しているとさえ考えたくなる。あたかも、ハリウッド男優には「兵役」が課されていて、それをすませることがスターになるための通過儀礼でもあるかのようだ。

もちろん、それがつねに戦争の賛美や兵士の英雄化に結びついているわけではない。たとえば最近の話題作であるクリストファー・ノーラン監督の『オッペンハイマー』（二〇二三年）では、最先端を行く理論物理学者だったはずのオッペンハイマーが、ある瞬間に軍服姿に変身する。彼が軍部の要請を受け入れて原爆開発にのめりこんでいくなりゆきが、軍服の着用によってシンボライズされているのだ。オッペンハイマーを演じたキリアン・マーフィーは、アイルランド生まれで、アイルランドやイギリスでキャリアを築いてきた俳優だが、その彼を一瞬にしてアメリカ軍の一員に見せてしまう軍服の力を改めて認識させられる瞬間だった。

軍服の投棄

そうしたハリウッド的な「兵役」の不在に、フランス映画の特質を求めることができるのだろうか。あるいは、ジャンルとしての戦争映画や軍隊物の不活発さに、フランス映画らしさが現れているのだろうか。

性急に断定することはもちろん、憚られる。第一次世界大戦開戦時、フランスの大きな映画製作会社がこぞって軍部に協力する姿勢を示し、「軍事的イメジャリー」形成に貢献したことは、ロラン・ヴェレーの詳細な研究が明らかにしたとおりだ。(7) しかし同時に、フランス映画の歴史において、叙事詩的スペクタクルとしての戦争映画の系譜が顕著ではないことも事実である。そこにはハリウッドとの資本力や、国際マーケットにおける競争力の違いが表れてもいるだろう。しかし第二次世界大戦の敗戦国である日本において戦後、「兵隊物」がそれなりの活況を呈し、いまだに軍国主義時代の若き兵隊たちを悲劇的なヒーローとする大作が作られていることと比べると、そこにフランスの特性を見出したくなるのである。

そうした印象が、フランス映画史上、象徴的な意義を担わされている名作や、代表的シネアストの仕事によって強化されてきたことも確かだ。とりわけ重要な存在がマルセル・カルネ、そしてジャン・ルノワールである。

軍服との関係において、マルセル・カルネが第二次世界大戦直前、一九三八年に撮った『霧の波止場』は大きな意味をもっている。冒頭に登場するのは、ル・アーヴルへの街道を深夜、一人で歩く軍服姿の男である。ジャン・ギャバン演じるジャンという名のこの人物が、「トンキン」に駐留していた植民地軍の兵士であること、しかもいまの彼はどうやら脱走兵となっているらしいことがせりふからたちまち判明する。ただし「脱走兵」の一語はその後も決して発音されない。やがてジャンは、たまたま知りあった男の案内で、分厚い霧のたちこめるル・アーヴルの海辺の不思議なカフェに入る。店内の時計の針が止まっていることが示すとおり、日常の時間の外に出たような、世捨て人のごとき者たちがひっそりと集う空間である。ジャンはその店の主人に民間服を提供されて着替える。そこで衝撃的といっていい場面が挿入される。ジャンが脱いだ軍服を店の主人が紐で縛り、石をくくりつけて海に投げ捨てるのだ。

正確には、捨てるところまでは写されず、投棄が暗示されるに留まっている。マルセル・カルネの回想によれば、脚本段階では投げ捨てるところまで書かれていたのが、軍部の検閲によって改変されたとのことである。[8]ナチス・ドイツがオーストリアを併合し、独仏開戦やむなしの声がフランスで高まるなかで、非常に大胆な表現だったというほかはない。残された部分のみでも、フランス軍の威厳を損ねるものと受け止められて当然の描写だった。

もちろん、霧の漂う港町を舞台とした、陰鬱なムードのたちこめる作品[9]において、脱走兵の悲惨な末路は最初から予感されている。しかし、ミシェル・モルガン演じる若い娘ネリーとの儚い恋や、彼らに絡んでくる港のギャングを相手にしたときの一歩も引かない男らしさをとおして、ジャンがヒーローとして描かれていることも確かである。この作品に対する同時代の観客からの支持は「熱狂的」なものだった。[10]そこに盛り込まれている戦争嫌悪の念が共感を誘ったことは想像に難くない。軍服投棄を暗示する場面は、この映画の厭戦的精神を凝縮する場面といえるだろう。

『霧の波止場』が封切られた翌年の一九三九年九月、対ドイツ戦が始まる。そして四〇年五月にはドイツ軍がフランスに侵攻、パリを占領し、フランス第三共和政は壊滅した。フランスは『霧の波止場』のせいで負けた、という悪い冗談のような言い方がしばしばされることは、この映画の持った象徴的な意味の大きさを示している。

ジャン・ギャバンと軍服

『霧の波止場』でジャン・ギャバンの軍服が捨てられようとするシーンが及ぼすインパクトは、同時期の他のギャバン主演作と響きあって、いわば相乗効果をもたらしたと考えられる。それは『霧の波止場』の前年、一九三七年に封切られたシャルル・スパーク脚本、ジャン・グレミヨン監督の映画『愛慾』、そしてさらにその四カ月前に封切られたジャン・ルノワール監督の『大いなる幻影』である（『大いなる幻影』の脚本にもシャルル・スパークが参加している）。

グレミヨンの監督作品の原題 Gueule d'amour とは、ギャバンが演じる主人公リュシアンのあだ名である。直訳すれば「恋の顔」、意訳すれば「惚れずにはいられない顔」とでもなるだろうか。要するにリュシアンが非常に女にもてる「色男」であるという設定を明示するタイトルになっている。映画を見るとそれが、顔という以上に軍服の問題であることが理解できる。

巻頭、南仏プロヴァンス地方オランジュの町にフランス軍の一部隊が入ってくる。そこに駐屯地があるのだが、その部隊とは régiment de spahi である。日本では「アフリカ騎兵」の訳語が定着しているが、フランスがアルジェリアを植民地化する過程において、アルジェリア太守の軍隊をフランス陸軍に併合したことが spahi の起こりである（語源はトルコ人騎兵を指すトルコ語のシパヒ sipahi）。

グレミヨン監督の作品は冒頭、騎兵隊の行進を迎えて町の人々、とりわけ女たちが色めき立っている様子を描き出す。スパイ騎兵の軍服が派手やかで、女たちは引きつけられずにはいられないという設定になっている。エキゾチックな、じつに見栄えのするコスチュームである。とりわけそれがよく似合うリュシアン（ジャン・ギャバン）はアイドル的な人気を博しており、部隊の本部には彼宛のファンレターが殺到したりしている。ただしこの映画は戦闘場面をいっさい含まず、訓練の様子さえ出てこない。軍服はたんに男っぷりを引き立たせるための道具なのだ。

やがてギャバンは、たまたまカンヌの街で妖艶な美女マドレーヌ（ミレイユ・バラン）と知りあい、すっかり夢中になってしまう。カンヌのクロワゼット通りを歩く二人の華やかな姿は、スパイ騎兵の軍服が、マドレーヌの身にまとっている驚くべき豪奢なドレスとバランスを取るための盛装として用いられているにすぎないことを実感させる。

その後、パリに戻ったマドレーヌを追うようにしてリュシアンは軍隊をやめ、パリで印刷工として働き始める。そこからが民衆に根ざしたギャバンの本来の持ち味にふさわしいキャラクターということになる。映画自体は、金持ちの囲われ者として見かけ上は富裕階級に属するマドレーヌと、しがない労働者であるリュシアンの暮らしの差を残酷に照らし出しながら、悲痛な結末に向かっていく。その展開の緊密さによって、一九三〇年代の傑作の一本と呼ぶにふさわしい作品となっている。われわれの主題との関係では、これはフランス映画における軍服の扱い方を考える上できわめて示唆的な例ということになる。「色男」としてのリュシアンの神通力は、軍服を脱ぐとたちまち失われていく。彼が真心を捧げれば捧げるほど、マドレーヌは一種のファム・ファタル性を濃厚に発揮し、彼を虐げようとする。やがて傷心を抱いてリュシアンがオランジュを再訪すると、かつて「色男」に熱を上げていた中年女が、もはや彼がだれだか見分けられなくなっているという場面が用意されている。軍服はそれを身にまとう者に偽りの威光を与える、虚飾に満ちた衣装でしかなかったのである。

とはいえ、この作品が人気を博したのは、ギャバンのスパイ騎兵姿が観客にとって魅力的に見えたからでもあっただろう。同じ一九三七年の六月、『愛慾』の三カ月前に封切られたジャン・ルノワール監督の『大いなる幻影』も、軍服の似合う男としてのギャバンをフランス軍兵士役で起用した作品だった。そしてこの映画こそは、先に触れたようなハリウッド映画における戦う兵士像と対照的な、フランス映画ならではの軍人像を確立した一本なのである。

りゅうとした軍服姿のときはむしろ軽佻浮薄な男であり、その威光に傷がついたときこそ真のヒーローとしての資格を得る。それが『大いなる幻影』のギャバンが体現している事柄ではないだろうか。その意味で冒頭の場面がきわめて興味深い。

最初、蓄音機でSPレコードが回転する様子を写し出したカメラは、そのままパンしていって、蓄音機にかがみ込んだギャバン演じるマレシャル中尉を画面に登場させる。ケピ帽の丸いてっぺんがレコードの円盤と呼応して視覚的に面白い効果を上げているが、そこでギャバンはレコードの曲に合わせ「フルフルー、フルフルー」とシャンソンを口ずさんむ。froufrou とはきぬずれの音であり、女性の色っぽい風情を連想させる単語である。つまり冒頭から印象づけられるのは、およそ軍国主義的ではない軟弱さである。そしてフランス軍航空隊員は、その数分後にはドイツ軍機に撃墜され、雄々しく厳めしいエリッヒ・フォン・シュトロハイム率いるドイツ軍の捕虜となってしまう。不時着の際骨折したのだろう、三角布で腕を吊って現れるギャバンの姿は、最初の軍服姿の勇ましさを早々と失っている。

捕虜たちは収容所で基本的には軍服姿のまま過ごすが、それは戦闘能力を剥奪された者たちが惰性的にまとう服装にすぎない。マレシャル中尉や、ピエール・フレネーが演じるボワルデュー大尉を始めとする面々は、収容所の屋内に留まることを余儀なくされており、軍服は着ているものの、戦場からは引き離され続けている。「軟弱」なフランス兵のイメージは、収容所内の演芸会のために女物の衣裳を取り寄せ、その品々を手にしてうっとりする場面で強調されている。イギリス兵たちを巻き込んでミュージック・ホール的な余興を繰り広げる彼らのもとに、ドゥオモン堡塁をフランス軍が奪還したとの報が伝えられる。すると彼らはその格好のままラ・マルセイエーズを合唱する。第一次世界大戦中のこの時期、ドゥオモンを拠点の一つとするヴェルダンの戦いでは、最終的に両軍あわせて七〇万人もの死傷者を出す史上稀な激戦が続いていたわけだが、ルノワールは決して戦場の様子を描こうとはしない。

逃亡と抵抗

では、『大いなる幻影』は何を描き出そうとするのか。その最も重要なメッセージは、軍服を脱いだ兵士たちによって担われることになる。前半、捕虜収容所での場面では、床に脱走のための抜け穴を掘る場面、上着を脱いでセーター一枚になった兵士カルチエ（ジュリアン・カレット）の姿が、観る者の心を思いがけず強く揺さぶる。軍隊に入る前はパリのキャバレーで芸人をしていたという、この減らず口ばかり叩く剽軽者は、危険を冒しながら床下の地中深く潜って穴を掘り続け、意識を失ったままそこから引っ張り出されることで、一瞬、英雄的なオーラを身に帯びる。

その泥で汚れた様子は、終盤部、スイスの山の上の城砦のような収容所から脱走したマレシャルと、相棒のユダヤ人中尉ロザンタール（マルセル・ダリオ）の姿に引きつがれていく。それまで複数の収容所で暮らしを共にしてきたボワルデュー大尉（ピエール・フレネー）とマレシャルの別れの場面では、ボワルデューのみが軍服姿を立派に保つことを心がけ続けてきたことが改めて強調される。マレシャルと対峙したボワルデューは、白手袋を丁寧にはめ直す。貴族出身の士官としての誇りと、その矜持を保ったまま彼がマレシャルたちのために自己を犠牲にする覚悟がうかがえる。いわば死に装束を整えるシーンと受け止めることができる。

一方、城砦から脱走したマレシャルたちは、次の場面ではたちまち泥まみれの姿で示される。もはや軍服は脱ぎ捨て、民間人の姿で野山を逃げ回っているのである。しかし、そんな姿になってからが彼らにとって真の戦いの始まりなのだともいえる。それは敵を打ち倒す戦闘ではありえない。彼らは身を護るための武器も携帯していない。自由を求める必死の努力としての逃走こそが、『大いなる幻影』で描かれる闘いなのである。

もちろん、マレシャルたちは脱走に成功したのち、ふたたび戦線に戻る意志をもっていることが暗示されてはいる。[11] しかし戦線での戦いを描くことよりも、逃走を描くことのほうがルノワールにとって重要なテーマであり続けたことは、第二次世界大戦後の『捕えられた伍長』(一九六二年)を見れば明らかだ。彼にとって最後の長編劇映画となったこの作品において、ルノワールはふたたび脱走の主題を正面から扱っている。

第二次世界大戦前、『大いなる幻影』が最初に封切られた当時、ドイツ軍の描き方があまりに人間的な共感に満ちている点を非難する声が一部にはあった。ナチス・ドイツの占領を経たのちにリバイバルされた際にも、親ドイツ的な作品の上映を禁じるべきだとする強固な意見が存在した。[12]『捕えられた伍長』はある意味で、そうした批判を意に介さない姿勢の際立つ作品になっている。第二次世界大戦の際に捕虜になったフランス兵たちのドイツの収容所での日々を描いた『捕えられた伍長』は、多くの点で『大いなる幻影』を彷彿とさせる。そこにはナチスドイツを悪魔のごとき存在として描く部分は見られず、ドイツ兵たちは『大いなる幻影』の場合と同様、拍子抜けするほど普通の人間として登場している。『捕えられた伍長』の原作はジャック・ペレの長編小説で、第二次世界大戦でドイツ軍の捕虜になった作家自身の経験が綴られている。[13] またペレの兄は第一次世界大戦に参戦し、一九一六年、ソンムの戦いで戦死している。それにもかかわらず、ペレの小説にはドイツへの憎しみ以上に、戦争そのものへの嫌悪と自由への希求があふれている。ルノワールがその点に深く共感して映画化に乗り出したことは間違いないだろう。ルノワールはペレの主人公のうちに、『大いなる幻影』のマレシャルと相通じる精神を見出したのだ。

ただし、『大いなる幻影』の魅力をなしていた大らかな仲間意識や、捕虜たちのおふざけに満ちた楽しさは、ここではかなり影を潜めている。寒々とした収容所の空はいつも曇っており、捕虜たちは泥にまみれて作業に従事させられている。その姿はドイツ兵たちの威厳あるいでたちと対照的である。つねに手入れの行き届いたドイツ兵たちの軍服にくらべ、フランス兵たちの軍服姿は着古されていてみすぼらしく、哀れを誘う。伍長《カポラル》(ジャン

図１　ジャン・ルノワール（左奥），オーギュスト・ルノワール（右手前）。

＝クロード・カッセル）とその相棒（クロード・ブラスール）は、何度も脱走を企てては失敗する。そしてついに成功したとき、彼らはもはや軍服をまとってはいない。パリにたどり着いた二人が早朝、霧のたちこめるセーヌ川の橋の上で別れる場面が美しい。原作者ジャン・ペレは実際に収容所から脱走したのち、レジスタンスに身を投じてマキの一員となった。カポラルたちもその道を歩むことを予測させながら映画は終わる。そこから先は、ジャン＝ピエール・メルヴィルの『影の軍隊』につながるといえるかもしれない。

以上の議論はもちろん、第一次および第二次世界大戦を扱ったフランス映画のごく一部を踏まえたものにすぎない。ジャン・ルノワール監督の映画を考えただけでも、さらなる考察の余地が残されている。第一次大戦を舞台とするサイレント時代の作品には『のらくら兵』（一九二八年）があった。チャップリンの世界的なヒット作『担へ銃』（一九一八年）をお手本としつつ、破壊的なギャグの連鎖で兵士たちのばか騒ぎを描いた喜劇で、ここまで軍隊を戯画化していいのかと心配になるほどアナーキーな精神が横溢していた。あるいは一九五一年にインドにロケして撮った初のカラー作品『河』（一九五一年）は、元気いっぱいの子どもたちに、戦争で負傷した男たちを対比させて、大人たちの世界の愚かしさを正面から告発する作品だった。

印象派の大画家である父オーギュスト・ルノワールとともに写っている有名な写真（**図１**）には、軍服姿の若きジャンが晴れやかな表情で写っている。しかし彼は第一次大戦時、この写真を撮ったのちに負傷し、生涯、左脚の古傷に悩まされたのである。彼がその記憶を失わずに映画を撮り続けたことは明らかだ。ルノワールの映画と戦争をめぐる詳細な研究が期待される。

同時に、ルノワールやカルネといった監督たちの作品とは反対に、いまやほとんど忘れ去られてしまったフランス映画の中に、軍服や軍隊のテーマが豊かに盛り込まれていたということもありうる。ただし実際にそれらの作品を見て論じるのは難しい。

そこで暫定的な結論として、以下のことを記しておこう。一九三〇年代以降のフランス映画史上に残る傑作が互いに呼応するようにして描き出しているのは、戦場からの逃避、逃亡である。軍服をまとった者たちの帯びる威厳が、ハリウッド映画において重要な要素であり続けているとすれば、その威光に靡くまいとする傾向が、以後もフランス映画史に一貫している。ジャン・ギャバンとは、そうした感性に最もよく適合したスターだったといえるだろう。では、はたしてフランス人が軍服嫌いであるのかどうか、それはまた別の問題である。毎年七月十四日には軍事パレードが賑々しく行われ、多くの観客を集めている。しかし映画に関していえば、軍服の表象は結局のところ影の薄いものに留まっている。戦闘をスペクタクル化することを回避することによって、戦争にあらがい続けるフランス映画の特質を、そこに見て取ることが許されるのではないか。

【注】

（1）「われわれ」世代の記憶に関しては、拙稿「危うい色気　謎めいた翳り――アラン・ドロンさんを悼む」「読売新聞」、二〇二四年八月二十日朝刊、一一面、および堀江敏幸「黒い真珠の影」「芸術新潮」二〇二四年十月号、一一頁。

（2）　Rui Nogueira, *Le Cinéma selon Jean-Pierre Melville*, Seghers, 1973 ; nouvelle éd., Ed. de l'Étoile / Cahiers du cinéma, 1996.〔邦訳はルイ・ノゲイラ『サムライ　ジャン＝ピエール・メルヴィルの映画人生』井上真希訳、晶文社、二〇〇三年〕さらに新たな情報を盛り込んだ以下の評伝も参照。Antoine de Baecque, *Jean-Pierre Melville, une vie*, Seuil, 2017.

（3）　*Ibid.*, p. 38.

（4）　メルヴィルにおける「待機」の主題をめぐっては以下の拙稿と論旨の重なる部分がある。野崎歓「ジャン＝ピエール・メルヴィルの映画とナチス——『待つこと』をめぐって」、渋谷哲也・夏目深雪編『ナチス映画論——ヒトラー・キッチュ・現代』森話社、二〇一九年、二二七—二三四頁。

（5）　Joseph Kessel, *L'Armée des ombres*, Alger, Charlot, 1943.〔ジョゼフ・ケッセル『影の軍隊』榊原晃三訳、早川書房、一九七〇年〕

（6）　Antoine de Baecque, *op. cit.*, p. 56.

（7）　Laurent Véray, *La Grande Guerre au cinéma : de la gloire à la mémoire*, Ramsay, 2008 ; Véray, *Avènement d'une culture visuelle de guerre : le cinéma en France de 1914 à 1928*, Nouvelles éditions Place / Ministère des armées, 2019 ; Véray, *Aux origines de l'imagerie militaire : les vues Lumière (1896-1897)*, *Naissance des cinémas militaires*, Septentrion, 2023.

（8）　Marcel Carné, *La Vie à belles dents : souvenirs*, Belfond, 1989, p. 100.

（9）　公開時、この作品に対しては直ちに「陰鬱な映画《フィルム・ノワール》」という呼称が与えられた。それは犯罪映画の一形式としての「フィルム・ノワール」を先取りする用法というよりも、「不道徳で退廃を招くような、大衆に悪影響を及ぼす映画」という否定的な意味を込めた表現だった。Thomas Pillard, *Le Quai des brumes de Marcel Carné*, Vendémiaire, 2019, p. 53.

（10）　*Ibid.*, p. 47-49.

（11）　ロラン・ヴェレーによればこの作品の「平和主義的」側面とともに「愛国主義的」要素も見逃すべきではない。Véray, *La Grande Guerre au cinéma*, p. 110. それとの対比において、逃亡中のマレシャルらを匿ったドイツ人農婦（ディタ・パルロ）の存在も忘れてはならないだろう。彼女と恋に落ちたマレシャルは、戦争が終わったあかつきには必ずまた会いにくると誓う。

なおルノワールの数々の作品において「異国の女」が男性主人公に及ぼす魅力——代表例は『ゲームの規則』（一九三九年）におけるクリスティーヌ（オーストリア出身のノラ・グレゴールが演じている）——は、国民国家的な秩序からの逸脱というモチーフとつながる点で注目に値する。ルノワール自身、ブラジル出身のディド・フレールと再婚して、ドイツ占領下にハリウッドに亡命し、越境の映画人としてのキャリアを歩むことになる。

（12）　一九四〇年にナチスによって上映禁止処分を受けた『大いなる幻影』は一九四六年にリバイバル上映された。ただしその際には、検閲の要請により、マレシャルがドイツ人農婦を抱擁する場面など、いくつかの場面のカットを余儀なくされた。Sylvie Lindeperg, *Les Écrans de l'ombre : la seconde guerre mondiale dans le cinéma français*, Éditions Points, 2014, p. 259.

（13）　Jacques Perret, *Le Caporal épinglé*, Gallimard, 1947.

【図版出典】

図1　UCLA Arts Library Special Collection Jean Renoir Papars

あとがき

本書の元となるシンポジウムが二日間にわたり開催されたのは、日本列島が延々と続く熱波の内に封じ閉じ込められていた二〇二四年の七月下旬のことだ。会場となった日仏会館のある恵比寿の街には、両日とも、烈々たる陽光が降り注いでいたに違いない。と推測するばかりなのは、澤田直さんの慫慂によって共同企画者になっていたにもかかわらず、ぼくはコロナ・ウィルスにとりつかれて高熱を発した直後で、シンポジウムのあいだ、一歩も外に出ずに家の中で過ごすことを余儀なくされていたからだ。

参加者のみなさんとお会いできることを楽しみにしていたのに、ぼくにとって交流の場はZoomに限られてしまった。次々に続く発表はいずれもが、高度な専門研究の成果としての手ごたえをまぎれもなく備えていた。しかもそれを会場に集まった聴衆の方々を始め、広く一般に共有しようとする思いがどの発表にも脈打つかのようで、パソコン画面を見つめながら胸が熱くなる気がした。

恢復期において、ひとは子どものような新鮮な感受性を取り戻すとボードレールが書いている。しかしそのときぼくが覚えた感動は、たんにそうした身体的状況に帰されるべきものではなかったことを、本書の校正刷を読みながら改めて実感している。「大戦間期フランスの表象」のあり方を、「女性」「戦争」「植民地」をキーワードとして検討し、論じてみたらどうか。出発点で参加者たちに投げかけられた問いは、かなり漠然としたものではあった。しかし枠組みをごくゆるやかなものとして設定することで、思いがけず意外な遭遇や豊かな照応がもたらされたのではないだろうか。

文学、美術、写真、映画と、扱われる領域はさまざまだが、そこにはつねに何かが一貫している。二度の世界大戦にはさまれた時期の張りつめた感覚とともに、人種やジェンダーの課す制約を超えた創造への意欲や、たくましい行動力がうかがえる。たとえば「序」で澤田直さんが女性進出の例として紹介している、初めて飛行機でアンデス山脈を越えたアドリエンヌ・ボーランの存在は、この時代のダイナミズムを鮮やかに喚起してくれる。サン＝テグジュペリが『夜間飛行』（一九三一年）で描いた、南米を舞台とする郵便飛行機の操縦士たちの冒険は、実は一人の女性飛行士に先導されたものだった。サン＝テグジュペリの美しい小説においては、空を飛ぶのはもっぱら男たちであり、女性は英雄的な試練に挑む夫の無事を祈る妻としてしか登場しない。大戦間期フランスの表象には、男性を中心に据えるバイアスが強力にかかっていたのである。ただしサン＝テグジュペリは、女性パイロットを主人公とする映画『アンヌ＝マリー』（レーモン・ベルナール監督、一九三六年）の脚本を執筆してもいたのだが。

南米での果敢な路線開拓ののち、アドリエンヌ・ボーランはフランスに戻った。アクロバット飛行で名を馳せるかたわら、女性参政権獲得の運動に加わり、ドイツによる占領期にはレジスタンスに身を投じている。そんなボーランを始めとして、本書に登場する女性たちの生き方と創造行為が、いまわれわれの関心をかきたててやまないのは、彼女たちに共通するパイオニア精神の躍動ゆえである。また、彼女たちの活動の意義があまりにもないがしろにされてきたのではないかという思いが、さらなる研究への期待を呼び覚ます。本書に収められた論文の多くは、これから書かれるべき二十世紀フランス女性文化史のための礎石とみなしうるものだ。

それが「フランス」の枠に留まらない考察へと開かれたものであることも、本書はよく示しているはずだ。コロニアリズムや帝国主義、軍国主義に抵抗する動きや、戦争体験とその記憶をめぐる思考は、国境を超える交流や相互作用を引き起こしながら、多様なレベルで展開されていた。クレオール文学の影響が深化を示し、アフリカにルーツを持つ作家たちが文学に新たな刺激をもたらしている現在、そうした状況の一つの起点を本書の扱っている時代に求めることができる。本書ではアンドレ・バザンの日本映画論「日本の教え」(一九五五年)が紹介されているが、バザンはそのエッセイで日本文化と対比させて、黒人文化に言及してもいた。彼の言葉を借りるなら、「非西洋的な社会や民衆が、自分たちの本源に回帰しつつ」「混乱や苦痛、怒りを乗り越えた末に、ようやく自意識を再建」するための端緒が、この時期に開かれたのである。

大戦間期の表象がわれわれに語りかけてくる事柄には、現代を照射する強い光が宿っている。本書の各論考が放つ煌めきを、ぜひ、多くの読者に受け止めていただければと願う次第だ。

シンポジウムに参加し、発表原稿をもとに充実した論考をお寄せくださった皆様、シンポジウム開催および論集刊行のためにご協力くださった方々、編集を担当していただいた水声社の廣瀬覚さん、福井有人さんに御礼を申し上げます。

そして最後に、シンポジウムのそもそもの発案者であり、共同企画者の非力にもかかわらず、驚くべき手腕を発揮して企画を推進し、みごとに実現させた澤田直さんに、心からの感謝を!

二〇二五年二月

野崎歓

[日仏会館創立百周年記念シンポジウム「両大戦間期フランスの表象――女性、戦争、植民地」プログラム]

二〇二四年七月二十日（土） 於、日仏会館一階ホール

開会の辞（中島厚志）

イントロダクション（澤田直）

第一部　黒人世界（司会：永井敦子）

中村隆之「人種主義と帝国主義に抗して――ナンシー・キュナードの『ニグロ・アンソロジー』（一九三四）」

ドミニク・ベルテ「『黒人世界』と『正当防衛』――意識を目覚めさせる二つの武器としての雑誌」

◉質疑応答

第二部　美術と文学（司会：澤田直）

永井敦子「一九三〇年代のシュルレアリスムとクロード・カーアンのアンガージュマン」

大久保恭子「マティスにおける訓致と内破――プリミティヴィスムの変容」

ジゼル・サピロ「看護婦、乳母、闘士――戦中の女性の文学表象、セリーヌからエルザ・トリオレまで」

◉質疑応答

二〇二四年七月二十一日（日）　於、日仏会館一階ホール

第三部　イメージの戦い（司会：野崎歓）

大久保清朗「アンドレ・バザンと日本映画」

ロラン・ヴェレー「一九三〇年代末のフランス戦争映画における女性表象の映画的特徴と社会的問題」

木下千花「水木洋子のインドシナ——『浮雲』（一九五五）再考」

◉質疑応答

第四部　戦争と記憶（司会：大久保清朗）

小川美登里「デュラスにおける想起、記憶喪失、そして忘却」

野崎歓「戦争にあらがうフランス映画——軍服の表象をめぐって」

◉質疑応答

◉全体討議（司会：澤田直・野崎歓）

閉会の辞（トマ・ガルサン）

ミニ・コンサート　於、日仏会館二階ギャラリー

ソプラノ：駒井ゆり子　ギター：鈴木大介

戦争と反戦の歌曲とシャンソン

主催　公益財団法人日仏会館

協力　日仏会館・フランス国立日本研究所

助成　公益財団法人石橋財団

編者／執筆者／翻訳者について――

澤田直（さわだなお）　立教大学教授（フランス語圏文学・思想）。主な著書に、『フェルナンド・ペソア伝』（集英社、二〇二三年）、『レトリックとテロル』（共編著、水声社、二〇二四年）などがある。

野崎歓（のざきかん）　放送大学教授、東京大学名誉教授（フランス文学・映画論）。主な著書に、『ジャン・ルノワール――越境する映画』（青土社、二〇〇一年）、『リベラルアーツと芸術』（共著、水声社、二〇二五年）などがある。

＊

ドミニク・ベルテ（Dominique Berthet）　アンティーユ大学教授（美学・美術史）。主な著書に、*L'incertitude de la création. Intention, réalisation, réception* (Presses Universitaires des Antilles, 2021)、*Art et pratiques du détournement* (dir., L'Harmattan, 2023) などがある。

中村隆之（なかむらたかゆき）　早稲田大学教授（フランス語圏カリブ海文学・環大西洋文化研究）。主な著書に、『環大西洋政治詩学――二〇世紀ブラック・カルチャーの水脈』（人文書院、二〇二二年）、主な訳書に、エドゥアール・グリッサン『カリブ海序説』（共訳、インスクリプト、二〇二四年）などがある。

大久保恭子（おおくぼきょうこ）　京都橘大学教授（西洋近現代美術史）。主な著書に、『〈プリミティヴィスム〉と〈プリミティヴィズム〉――文化の境界をめぐるダイナミズム』（三元社、二〇一一年）、『アンリ・マティス『ジャズ』再考――芸術的書物における切り紙絵と文字のインタラクション』（三元社、二〇一六年）などがある。

永井敦子（ながいあつこ）　上智大学教授（二十世紀フランス文学）。主な著書に、『クロード・カーアン——鏡のなかのあなた』（水声社、二〇一〇年）、主な訳書に、ジュリアン・グラック『街道手帖』（風濤社、二〇一四年）などがある。

ジゼル・サピロ（Gisèle Sapiro）　フランス社会科学高等研究院研究主任（二十世紀フランス文学）。主な著書に、*Les Écrivains et la politique en France. De l'Affaire Dreyfus à la guerre d'Algérie*（Seuil, 2018）、『文学社会学とはなにか』（鈴木智之・松下優一訳、世界思想社、二〇一七年）などがある。

小川美登里（おがわみどり）　筑波大学准教授（フランス現代文学）。主な著書に、*La Musique dans l'œuvre littéraire de Marguerite Duras*（L'Harmattan, 2002）、主な訳書に、パスカル・キニャール『静かな小舟』（水声社、二〇一八年）などがある。

ロラン・ヴェレー（Laurent Véray）　ソルボンヌ・ヌーヴェル大学教授（映画史）。主な著書に、*La Grande Guerre au cinéma. De la gloire à la mémoire*（Ramsay, 2008）、*Vedrès et le cinéma*（Nouvelles Éditions Place, 2017）などがある。

大久保清朗（おおくぼきよあき）　山形大学准教授（映画史）。主な論文に、「映画における晩年性——アンドレ・バザンとフランソワ・トリュフォーの老化をめぐる議論」（『山形大学人文社会学部研究年報』第一七号、二〇二〇年）、主な訳書に、クロード・シャブロル／フランソワ・ゲリフ『クロード・シャブロルとの対話　不完全さの醍醐味』（清流出版、二〇一一年）などがある。

木下千花（きのしたちか）　京都大学教授（映画学）。主な著書に、『溝口健二論——映画の美学と政治学』（法政大学出版局、二〇一六年）、『対抗文化史——冷戦期日本の表現と運動』（共著、大阪大学出版会、二〇二一年）などがある。

＊

福島亮（ふくしまりょう）　日本大学非常勤講師（フランス語圏文学）。主な著書に、『クレオールの想像力——ネグリチュードから群島的思考へ』（共著、水声社、二〇二〇年）などがある。

関大聡（せきひろあき）　日本学術振興会特別研究員ＰＤ（二十世紀フランス文学）。主な著書に、*Creolizing Sartre*（collaboration, Rowman & LittleField, 2023）などがある。

内山奈緒美（うちやまなおみ）　東京大学大学院修士課程修了。翻訳家。主な訳書に、ヴァネッサ・スプリンゴラ『同意』（中央公論新社、二〇二〇年）などがある。

日仏会館ライブラリー —— 5

Bibliothèque de la Maison franco-japonaise

日 仏 会 館

女性・戦争・植民地　1919-1939
——両大戦間期フランスの表象

二〇二五年三月二〇日第一版第一刷印刷　二〇二五年三月三〇日第一版第一刷発行

編者——澤田直・野崎歓

装幀者——宗利淳一

発行者——鈴木宏

発行所——株式会社水声社

東京都文京区小石川二—七—五　郵便番号一一二—〇〇〇二

電話〇三—三八一八—六〇四〇　FAX〇三—三八一八—二四三七

［**編集部**］横浜市港北区新吉田東一—七七—一七　郵便番号二二三—〇〇五八

電話〇四五—七一七—五三五六　FAX〇四五—七一七—五三五七

郵便振替〇〇一八〇—四—六五四一〇〇

URL：http://www.suiseisha.net

印刷・製本——モリモト印刷

ISBN978-4-8010-0863-2

乱丁・落丁本はお取り替えいたします。

【関連書】

異貌のパリ 1919-1939　澤田直編　四〇〇〇円

クレオールの想像力　立花英裕編　六〇〇〇円

＊

《日仏会館ライブラリー》

ボードレール　詩と芸術　中地義和編　六〇〇〇円

フランスのイスラーム／日本のイスラーム　伊達聖伸編　四五〇〇円

レトリックとテロル　澤田直＋ヴァンサン・ブランクール＋郷原佳以＋築山和也編　四五〇〇円

渋沢栄一とフランス　三浦信孝＋矢後和彦編　四五〇〇円

〔価格税別〕